Collection **L'Imaginaire**

Paul Morand

L'HOMME PRESSÉ

Gallimard

Paul Morand est né en 1888 à Paris, rue Marbeuf, sur l'emplacement du célèbre Bal Mabille. Les Sciences politiques et Oxford le conduisent au concours des Ambassades. Il est reçu premier. Sa carrière diplomatique est allée de pair avec une carrière littéraire très féconde : plus de cinquante ouvrages. Paul Morand, qui excelle dans la nouvelle, a été un des premiers chantres de la vie moderne, du cosmopolitisme, des voitures de course, du jazz, des voyages. Il a été élu à l'Académie française en 1968. Il est mort en 1976.

à Hélène Morand

... mais dédie-t-on un livre
à qui l'on dédia sa vie ?
P. M.

PREMIÈRE PARTIE

UN TRAIN D'ENFER

CHAPITRE PREMIER

Au moment où la route atteignait le sommet de la butte et allait redescendre l'autre versant, l'homme sauta du taxi sans attendre le coup de frein du chauffeur. Il entra dans un de ces cabarets des faubourgs où l'on déjeune l'été d'un point de vue et où l'on dîne de fraîcheur. D'un pas nerveux il brûla l'allée bordée de fusains en caisses et galopa jusqu'à la terrasse. Le contraste était tel entre la banlieue si bourrée de chaleur, si farcie de lumière et ce panorama immobile, plein de silence glacé, qu'il s'arrêta net. Sous lui, Paris s'ouvrait en éventail ; une pente s'enfonçait vers la Seine bien contenue par les collines de Clamart et les hauts de la forêt de Sénart. L'œil pouvait descendre de Villeneuve-Saint-Georges jusqu'au Kremlin-Bicêtre. Il s'assit à une table de fer, frappa dans ses mains. Deux fois il regarda sa montre, comme une amie. Personne ne se décidait à lui servir à boire. Enfin un garçon de café septuagénaire dont le service nocturne exaspérait les rhumatismes vint essuyer la table d'un torchon las. Pourquoi le visiteur semblait-il déconcerté, puisqu'il touchait au but ?

Le soleil effleurait encore le ciel qui en bas était déjà dans la nuit ; poussé hors du firmament par de hâtifs éclairages, pareil à un acteur qui ne peut se résoudre à quitter la scène, l'astre se traînait dans le crépuscule d'été de neuf heures, noyé dans un brouillard roux.

Le consommateur sans consommation parcourut d'un regard les tables voisines : autour de lui on dînait ; des réfugiés (partout on s'extasiait dans des langues d'Europe centrale) étaient venus, cette saison-là, se greffer sur la vieille clientèle parisienne d'amoureux, de noces en goguette et d'artistes pour qui Sceaux et Robinson prolongent rustiquement Montparnasse.

L'homme détournait sans cesse la tête, comme poursuivi ; à deux reprises il regarda si sa montre avait du nouveau à lui conter. À peine eut-il passé plus d'une ou deux minutes sur sa chaise qu'il frappa à nouveau dans ses mains, bouscula le vieux garçon qui traînait la jambe, insista pour avoir à boire.

Derrière la dame du comptoir qui étageait des chiffres s'ouvrait toute une panoplie d'apéritifs. Le visiteur regarda les sirops et alcools de couleur avec mélancolie, avec envie, avec passion. Ses jambes se mirent à trembler ; ses genoux s'entrechoquaient ; il serra les poings, se tendit pour résister, soupira et cédant soudain à son désir, libérant brusquement son élan, bondit jusqu'à l'étagère ; il rasa du bras cette pièce montée qu'était la coiffure de la caissière, s'empara au hasard d'une bouteille de quinquina, mit le doigt dans l'anse d'un bock en passant devant la desserte, non sans avoir saisi de l'autre main un siphon au vol, sauta à bas des deux marches et retomba sur sa chaise. Après avoir précipité dans son verre à bière l'eau de Seltz et le Dubonnet – et à la fois, pour gagner du temps – il but d'un trait.

Alors seulement il s'aperçut qu'il n'avait jamais eu soif.

— Monsieur, puis-je à votre table prendre place ?

Le consommateur toisa le nouveau venu.

— Est-ce pour faire mon portrait ? Je vous préviens qu'on n'a jamais pu me croquer ; je ne tiens pas en place.

— Permettez que je me présente : docteur Zacharie Regencrantz, d'Iéna. Voici ma carte. La vôtre s'il vous plaît ? Votre comportement m'a intéressé vivement, monsieur... monsieur Pierre Niox. Je vous suivais avec les yeux depuis votre entrée au restaurant. Piquant ! Mon attention avait été attirée par votre hautement brusque irruption sur la terrasse. Je vous ai vu comme vous avez bondi ! À moi, spécialisé dans l'étude des mouvements impulsifs et dans l'anatomie des réflexes, votre fougue m'est parue très extraordinaire, pas du tout proportionnée avec son objet. Cela avait de l'originalité et même de la beauté. Dans la manière d'une panthère sautant sur un moustique. Ah ! Ah ! Ah !

Le docteur discourait lentement, avec ambages et incidentes, avançant comme sur la pointe des pieds dans un langage qu'il avait évidemment plus l'habitude de lire que de parler ; il perdait l'équilibre et se rattrapait de son mieux sur la syntaxe glissante.

— Jusqu'ici rien d'anormal, mon cher monsieur. Je vous classai d'emblée parmi les subjects-paroxystes-avides-de-se-satisfaire-rapidement, ayant d'abord imaginé que vous aviez bondi afin de raccourcir la distance qui vous séparait de l'instant où vous boiriez, puisque la soif paraissait être le *Mittelpunkt*, le centre de votre activité. Mais le fait nouveau, celui qui volontiers demanderait un commentaire clinique et peut-être même une grosse monographie, c'est qu'après avoir rempli, sous la pression d'un besoin en apparence ardent mais qui en réalité n'était pas ardent, votre verre, vous n'y avez plus touché, pour ainsi dire.

Pierre examina ce Regencrantz avec la sympathie qu'on éprouve pour qui vous parle de vous-même, bien qu'en principe il n'aimât pas qu'on lui touche le bras en murmurant à son oreille, mais il était habitué aux Juifs qui en vous parlant ont toujours l'air de faire une commission ou une confidence. Pierre se sentait fixé par un œil bleu cerné d'or ; un œil de centenaire dans une figure jaune de skieur. Des dents très blanches éclataient au milieu de la peau basanée par l'altitude ; le hâle du docteur n'était pas de la première fraîcheur et commençait à passer, par taches vertes. Le nez en crosse d'évêque s'avançait entre deux joues qui dans le plus grand sérieux avaient toujours l'air de pouffer. Regencrantz se gratta le crâne recouvert d'une mousse blonde d'autant plus rare que tout le poil de la tête s'était réfugié dans les oreilles et dans les narines.

— Asseyez-vous, docteur, moi je vais vous donner une consultation. Je ne suis ni un anxieux, ni un paroxyste, ni un impulsif, ni un surmené. Je suis parfaitement sain.

— Nous verrons.

— Si j'étais seul au monde, je me porterais à merveille ; mais il y a les autres.

— Halt ! Tous mes malades disent comme cela : « Docteur, je suis une victime... »

— Je ne suis pas une victime, je suis un martyr.

— Ah, voilà. À moi vous pouvez dire qu'est-ce qui vous tourmente.

— Mon malheur est d'être exact. Ma vie se passe à attendre. Ainsi, je devais rencontrer ici, ce soir, un ami. Où est-il ? Il est où sont les gens : ailleurs.

— Une question je vais vous poser : êtes-vous enthousiaste ?

— Non. Plutôt indifférent de mon naturel, et même apathique.

— Avez-vous l'espérance de l'au-delà ? Parlez-vous avec Dieu ?

— J'estime qu'après m'avoir joué le tour de me mettre au monde c'est à Lui à me faire signe le premier.

— Et croyez-vous au progrès ?

— Pour qui me prenez-vous ?

— Est-elle d'ordre métaphysique votre activité inquiète ? Je veux dire : *polypragmosyne* ?

— Ne cherchez donc pas du côté du moral, docteur clarissime, vous ne trouverez rien. Ce n'est pas en vertu d'une sagesse apprise que je vais vite, mais en fonction d'un instinct. La seule explication c'est que je possède un don fatal, comme disaient les romantiques, celui de la mobilité. Une malédiction veut que je sois lancé au galop dans un univers qui trottine.

— Vous ressemblez aux alchimistes qui voyaient dans le vif-argent tous les principes des qualités des corps. Avez-vous toujours été aussi... impatient ?

— Moi, impatient ? Mais je suis si patient que j'en ai parfois des convulsions.

— L'expression m'a trahi. Peut-on dire en français : « Y a-t-il longtemps que les gens sont lents avec vous ? »

— Depuis toujours. Au fond, non. Je ne sais plus bien.

— Vous signifiez que votre subconscient (le docteur appuya sur le mot avec une ivresse toute germanique pour la terminologie) préfère ne pas se souvenir. Vous ne savez pas, mais lui il sait et il faudra qu'il parle. Si me revoir vous est agréable, nous collaborerons à une observation méthodique de vous-même, qui nous conduira à un éclairage de votre naturel.

— Mais je ne suis pas malade !

— Qui a parlé de maladie ? Je ne veux nullement vous soigner. Ainsi vous ruez-vous, c'est votre droit. (Et de sa main le docteur imita le lancer du javelot.) Je cherche simplement à m'instruire et je vous répète que votre cas est curieux, qu'une personnalité originale est en vous. Votre essor, tout à l'heure, fut admirable, et aussi votre agilité, votre légèreté exemplaires. Ce n'est point un fatal don, je vous assure, c'est un don tout court.

— Vous me faites grand plaisir, docteur.

— Mon premier diagnostic, c'est que vous ne vivez pas sur une malédiction, comme vous dites. Pas plus que les autres hommes. Vous êtes constitué même un peu plus joliment, plus athlétiquement et vos réflexes, d'une constitution de salpêtre, méritent que je les étudie. Quelquefois, surtout dans vos périodes de surexcitation, appelez-moi et nous causerons. Voici mon adresse.

— Attendez, docteur, ne partez pas. C'est vous cette fois qui êtes pressé.

— Bien. Je reste à vous écouter. Moi, toute ma vie je l'ai, quand je peux, pour le loisir organisée.

— Eh bien, écoutez donc : j'exerce la profession d'antiquaire ; sauf exception, je ne dépasse jamais l'an mil. J'ai un nom dans le carolingien. Je n'ai jamais vendu un objet postérieur au XIIIe siècle, à moins qu'il ne fût faux, et en ce cas on rend l'argent.

— Ce sont des vieux temps où l'on ne courait pas si vite comme vous !

— Oui. Je me disais cela la semaine dernière, au mont Athos, en regardant un ivoire byzantin poli par les siècles. Néanmoins, il faut faire vite, dans l'antiquaille comme dans le reste, et plus particulièrement dans ma partie. Pourquoi ? Parce que les pièces du XVIIIe font l'objet d'une demande régulière et d'un marché stable, alors que la cote de la haute époque est plus capricieuse que la plus effervescente mine d'or : je vois mes clients voler de l'art scythe à celui du Gandhara ; six mois plus tard, c'est le précolombien qui est en faveur et le mycénien qui se déclasse.

— Ne serait-ce pas la faute des jeunes plein-de-sang comme vous, monsieur Dynamit ?

— Non, c'est la faute de ma clientèle. Ma clientèle est aussi rare qu'elle est choisie. Elle est difficile et inquiète. Elle se recrute parmi ces faux sages, ces passionnés que sont les directeurs de musée et parmi les gens d'une richesse récente et exigeante. Quoi de plus surexcité qu'un collectionneur d'objets de haute époque ? Il enjambe les siècles comme des ruisseaux. Quoi de plus instable dans son humeur ? Voilà quinze ans que je pratique cette espèce-là...

— Sans prendre la philosophie nécessaire ?

— Philosophie n'est pas plus l'équivalent de résignation, docteur, qu'éloquence n'est synonyme d'art de ne rien dire. Au contraire, c'est dans la mesure où je suis philosophe que je me sens révolutionnaire.

— Vous vous portez sainement, m'avez-vous dit ?

— Ce que je vous ai dit, c'est que j'étais solide et de bonne hérédité. Nous sommes tous composés des mêmes atomes qui se meuvent à la même allure et pourtant personne n'arrive à me rattraper. Il y a eu à ma naissance quelque erreur de réglage. Expliquez si vous pouvez. Je constate un désaccord entre mon rythme et celui de mon milieu. Il faudra bien qu'un des deux cède à l'autre, que je succombe ou que j'enseigne à mes contemporains, qui véritablement se traînent comme des escargots, à suivre mon train. Ah ! les engourdis !

— Heureusement que vous n'êtes pas dictateur. Vous mèneriez tous les jours le *Blitzkrieg* !

— Que faire ?

— Améliorez-vous.

— Pourquoi *moi* ? J'ai raison contre le monde, car mes concitoyens ont gardé, au siècle du tracassin, l'allure d'autrefois. J'admire les gens : ils semblent avoir temps pour tout, ils s'avancent sur un plan horizontal ; moi, j'ai l'impression de vivre une chute, comme dans les rêves ; je suis, en naissant, tombé d'un toit et je vois défiler les étages et se rapprocher terriblement le rez-de-chaussée. Je pense que la vitesse est la forme moderne de la pesanteur et je sais que j'obéis à l'impulsion vraie de l'univers et je suis seul à sentir que j'y obéis. Pourquoi changer ? Pourquoi changerais-je, puisque l'erreur n'est pas chez moi ?

— Aux drames mentaux il n'y a jamais de causes extérieures.

— Dites-moi tout de suite que je suis fou. Vous m'avez déjà traité de paroxyste, docteur ! Je l'ai sur le cœur.

— Ne peignez pas noir les choses, voulez-vous, cher monsieur Niox. Je n'ai pas parlé de tragédie, mais de drame, car le drame a une pente comique.

— Alors je suis un pitre ?

— À l'origine de nos relations de ce soir est une scène qui se caractérise comme essentiellement comique. Votre essor, en si grande disproportion avec votre soif supposée, devrait faire rire n'importe qui. (Vous voici vous-même forcé de rire.) Mais je crois pourtant que je peux me permettre de distinguer derrière ce comique superficiel...

— Le Martyr ?

— Non. Mais une personnalité marquée dans le sens de la séduction, très dérouillée, probablement courageuse et fort capable de faire le héros de quelque aventure moderne. Après le mot « drame », j'ai employé l'adjectif « mental ». J'aurais mieux fait d'user du mot « spirituel », oui, drame spirituel, *ein seelisches Drama*. Je vous autorise à croire que si vous aviez simplement avalé votre apéritif comme un œuf cru, je ne vous aurais pas adressé la parole. La gloutonnerie ne peut pas m'intéresser, il faut la classer dans la catégorie hystérie ; la soif, impulsion primitive, aurait justifié votre hâte et donc enlevé à lui sa grandeur et son importance. Je vous eusse expulsé de la pathologie au milieu de l'indifférence générale. C'est seulement en proportion de l'inutilité de vos gestes et dans la mesure où l'esprit en vous s'efforcera d'agiter la matière, que vous mériterez de passer à l'œuvre d'art ou au carnet du clinicien, ce qui est souvent la même chose quand la question est d'atteindre le vrai. Mais quelle que soit la motivation de votre conduite, vous êtes pour moi un véritablement vrai sphinx. Vous dites qu'il y a différend entre vous et les autres ? Soit. Qui a raison ? Qui je condamnerais et qui j'absolverais ? Je veux dans ce débat juger. Paris, ville d'Ancien Régime, est une excellente station klimatérique pour l'observation des êtres, car, comme toutes les vieilles capitales, il est le refuge des opprimés de la sensibilité, des déserteurs du règlement et des infirmes du temps présent. Pourquoi Paris a-t-il, chez nous, une si grande renommée ? Parce que c'est une cité d'orages nerveux et de tumulte moral. Voilà, monsieur, où il faut affirmer qu'est sa profondeur, à cette ville qu'on dit superficielle et qui a inventé tant de vices et tant de styles. Je veux mettre mon séjour parisien à profit, en attendant mon visa de passe pour New York. Je prends des calques. Je les reporte ensuite sur fiches. Qui sait si je ne peux pas déjà reconnaître ici les prodromes d'une passion nouvelle et de nous, Allemands, inconnue ?

— Est-ce de moi encore que vous parlez ?

— Peut-être.

— Alors vous serez déçu, docteur. Contentez-vous donc de cet instantané de ce soir.

— Je veux faire mieux.

— Mon autopsie ? demanda Pierre en riant.

— Ah ! Ah ! Ah ! votre autopsie ! Ah ! Ah ! Vous riez, monsieur Niox. *Sie gehen zu schnell !* Vous allez trop vite !

Regencrantz se leva.

— L'homme est une aiguille aimantée qui ne connaît pas le repos, dit Pierre.

— Excepté au pôle...

— Ouais ! Dans les glaces du pôle, dans la mort..., la Mort qui n'est qu'un mot ! Je bois à notre vie, docteur !

— *Prosit !*

CHAPITRE 2

Captif dans Paris tout l'après-midi, Pierre avait convoité l'air libre, dévoré du désir de monter vers les bois de Robinson, gourmand de la fraîcheur du soir. Mais maintenant que Regencrantz l'avait quitté, il ne pensait déjà qu'à redescendre vers son lit, comme un fleuve ; il dégringola la pente pour aller dormir à toute allure.

Le concierge n'a que le temps de l'attraper au passage et de lui tendre un message de Placide.

— Monsieur Niox, de la part de votre associé. C'est urgent.

Pierre décachette la lettre dans l'ascenseur, la lit entre deux étages : « *Il y a du nouveau,* écrit Placide, *la maison qui n'était pas à vendre est à vendre ; mais pas un instant à perdre. Téléphone-moi cette nuit en rentrant.* »

« Pas un instant à perdre ! s'exclame Pierre. À la bonne heure ! Quand partons-nous ? »

Il téléphone à Placide qui accepte d'être du voyage. Demain matin, à six heures, c'est réglé, ils seront tous deux sur la route.

Au lit, Pierre se replie en trois, de sorte que, même immobile, il semble faire le saut périlleux. Il se concentre, puis se détend en un soliloque : « Pierre, réfléchis bien avant de t'endormir et avant de te réveiller propriétaire. Pierre, tu vas t'alourdir ! Tu prends racine. Tu t'immobilises. Tu deviens immeuble ! Tes jambes agiles vont se souder comme celles d'un dieu terme. Ta cascade finira en lac, en marécage. Est-ce possible ? Toi, posséder une maison ! Sache qu'il y a des escargots qui meurent écrasés par leur coquille ! Vas-tu échanger ta tourmente d'homme libre contre les tourments du propriétaire ? Réfléchis bien encore dans le noir, avant de crouler au fond du sommeil. Jusqu'à présent, que possèdes-tu ? Des trésors qui d'ailleurs ne sont pas à toi et qui tiendraient dans une valise. Tu passes parmi les hommes sans excédent de bagages.

» L'inventaire de tes biens, le voici en trois lignes :

» Un jeu d'échecs en cristal de roche, dit de Charlemagne (IXe siècle), déposé dans une banque à Buenos Aires. C'est le gros morceau.

» Un vase byzantin (VIe siècle) avec monture d'ailes d'épervier, en douane à New York.

» Un manuscrit à peintures dit Évangéliaire de Ratisbonne (1025), sur parchemin or et violet, prêté à l'exposition de la Bodléienne.

» Une patène grecque (mont Athos VIe siècle) en dépôt chez Spink de Londres.

» Six sols d'or de Théodebert, monnaie mérovingienne (VIe siècle).

» Un peigne carolingien formé de deux oiseaux de proie affrontés, acheté il y a trois jours à Bruxelles.

» Un petit taureau d'or à collier de perles, des fouilles de la vallée de l'Indus (Ve siècle avant J.-C.).

» Ces deux dernières pièces se trouvent à Paris, sur ton lit, lit dans lequel tu vas t'endormir si ça continue car les inventaires sont le meilleur des soporifiques. Quand on possède des richesses aussi denses sous un volume aussi minime, inutile de s'encombrer d'une maison.

» Pardon, se répond Pierre, j'ai aussi quatre sarcophages francs, trois chapiteaux syriens de serpentine, un fauteuil lombard en porphyre. (*Ronflement.*) Et une mosaïque blanche et noire qui m'attend à Antioche dans un garage. Ces objets disséminés et qui risquent de se perdre justifient l'achat d'une maison. (*Nouveau ronflement.*) D'ailleurs, une chartreuse romane n'est pas une maison, c'est plutôt un objet d'art qu'une maison. Non, ce n'est pas une basilique, j'exagère parce que je commence à m'endormir... C'est une chartreuse. Pensons plus lentement. Mais quand on pense lentement, on dort. Quel ennui de dormir ! »

Pierre rallume l'électricité.

« J'aime compter les heures de la nuit : si je dors, on me vole mes chères heures. Le sommeil est injustifiable. »

Pierre s'endort ; pas pour longtemps : l'idée de sa future acquisition le réveille au bout de dix minutes.

« Cette chartreuse existe réellement et je vais en prendre bientôt possession, à moins que le propriétaire ne m'en demande trop cher. Je n'ai que les billets touchés hier ; j'emporterai la liasse à tout hasard ; peut-être suffira-t-elle. »

Pierre se revoit trois semaines plus tôt se rendant par voie aérienne de Marseille à Salonique, prêt à s'embarquer pour le mont Athos, à destination du couvent de Xeropotamos où les popes lui proposaient cette patène qui figure maintenant à son inventaire. Il avait quitté Marignane à l'aube, survolait le Var. Un instant, l'avion passa en rase-mottes sur la crête du massif des Maures. À sa droite s'étendaient les îles d'Hyères, à sa gauche les Alpes. Sous les semelles de Pierre, à moins de cinquante mètres, il se rappelait parfaitement, dans l'emmêlement crépu des arbres, avoir aperçu une clairière, loin des routes, en plein maquis ; au centre de cette clairière, comme une châsse à reliques posée sur du velours vert, il avait remarqué, enfouie dans les romarins, une chapelle du roman le plus exquis dont son œil de faucon fixa aussitôt tous les détails. « J'ai une excellente mémoire visuelle, disait souvent Pierre ; c'est la mémoire des idiots, *mais* je l'ai ; ou plutôt : *et* je l'ai. »

L'art barbare est rarement exquis ; c'est justement ce qui fit qu'il tomba amoureux de sa chartreuse. Au soleil levant, cette chapelle miniature semblait neuve et sortie à peine de la manche du donateur. Mille ans lui avaient passé sur le dos sans rien salir ; au contraire, la pierre paraissait toute lessivée par l'aurore. Entre les pales de l'hélice qui le tirait en avant, Pierre distinguait chaque détail du clocheton de pierre ; sous le train d'atterrissage défilaient la lanterne et son lanternon comme la vache avec son veau, les murs épais, l'abside plus ronde qu'une crinoline. « Une charrette de fumier sortit du porche, d'où je conclus, avant même que les ailes du monoplan vinssent me dérober ma trouvaille, que la chapelle était désaffectée, que des fermiers l'habitaient, qu'ils la céderaient peut-être si je leur proposais de l'acheter. À cet instant décisif, le dernier objet demeuré sur ma rétine, ce fut une vasque antique, au milieu de la cour, qui me parut servir d'abreuvoir.

» Eh bien, j'ai fait comme Lindbergh prospectant les temples mayas au-dessus de la sylve guatémaltèque : j'ai griffonné un croquis sur mes genoux, avec points de repère et renseignements fournis par le pilote. Les arbres sous nous, c'était la forêt du Dom ; la plage à notre droite, le Lavandou ; les villas provençales à flanc de coteau, Bormes. » Arrivé deux heures plus tard à Brindisi, pendant une triste attente (les voyages en avion se passent à attendre !) Pierre avait envoyé un télégramme à Placide. La réponse lui parvint à Athènes :

« *Chartreuse du Mas Vieux, XIe siècle. Stop. Pas à vendre. Regrets.* » Et voici maintenant que le Mas Vieux est à vendre !

Pierre s'endort pour mieux se préparer à son prochain raid. C'est moins un repos qu'il prend qu'un élan. Cet homme qui ne tient pas en place ne sait même pas gré à la petite chartreuse perdue au fond du Var de l'avoir attendu mille ans.

Placide a une vertu cardinale : l'exactitude. Le voici maintenant avec Pierre sur la route n° 6, à six heures du matin, installé dans un petit cabriolet que Pierre mène à tombeau ouvert. L'aérodrome d'Orly se penche, Ris-Orangis se dresse, Melun s'affaisse, Fontainebleau ouvre sa forêt pour leur livrer passage ; les bornes kilométriques se les transmettent, les panneaux-publicité leur font des offres, les virages les embrassent, les descentes leur préparent une pente aisée, les montées s'aplatissent docilement sous leurs roues, la cathédrale de Sens leur tend ses deux tours, Joigny leur crie au passage : « Bien des choses à Auxerre ! » et Auxerre qu'ils enjambent comme des Gargantuas les renvoie à Saulieu ; ils avalent Dijon, ils bousculent Lyon dans leur escapade volante.

Placide bavarde comme une pie-grièche. Autant Pierre Niox a les trente-cinq ans écumants, autant son associé, rival et ami, a les vingt-huit ans menus. Pierre lance dans le vent ses cheveux noirs, à côté du Placide sans poil. Pierre pense droit, voit droit, marche droit ; Placide, rendu myope et bossu par la lecture, vit en zigzags : il a petits pieds vacillants, mains perplexes, visage mutin. Pierre a le sens des choses et Placide est farci d'érudition. Pierre est entré dans l'art roman à l'âge où Placide sortait de l'École des chartes. Pierre conduit et Placide est conduit.

— J'attends avec bien de l'impatience notre rencontre de ce soir, dit Placide. Le propriétaire de la chartreuse, M. de Boisrosé (armorial de Saint-Domingue), est un vieux créole tout occupé de sa santé et de sa conservation ; il n'arrive pas à finir ses phrases tant il est lent ; toi non plus, tant tu es rapide. Je me promets un régal à vous voir ensemble.

— Mandez-moi donc encore ce que vous en savez, ma bonne.

Placide parle comme Mme de Sévigné écrit et Pierre, taquin, lui donne la réplique sur le même ton, quand il est de bonne humeur.

— On était peu désireux de vendre, mais la servante du lieu me paraît avoir son mot à dire.

— Je serais fort heureux de l'embrasser, cette fille, hormis qu'elle soit à faire peur.

Placide hausse les épaules :

— Elle l'est. Cela t'apprendra à te moquer de moi.

Petit doigt en l'air, Pierre affecte de prendre par dépit une prise dans une tabatière imaginaire.

— Eh bien, non. La servante est fort jolie et tu auras joie à la connaître..., reprend Placide. Mais je suis dans une inquiétude mortelle que M. de Boisrosé ne se ravise, ajoute-t-il perfidement, ne pensant qu'à gâter le plaisir de son ami.

— Le grand fondement que je fais de mes espérances, c'est sur le soin qu'on a pris de nous appeler par télégramme, encore que le mot de télégramme malsonne ici !

Et Pierre rit, écrasant l'accélérateur de tout son pied.

— Ne nous arrêterons-nous pas bientôt ? J'ai si faim, soupire Placide.

— Impossible, si nous voulons être ce soir dans le Var. J'entends bien devenir propriétaire avant dîner ! Quand je fais une bêtise, j'aime m'y précipiter tête baissée.

Placide pousse un soupir désespéré :

— Tu te crois exact, dit-il, mais il te manque l'essentiel, l'exactitude de l'estomac.

— C'est que je te veux léger pour le ravitaillement en plein vol.

Placide prit un air pincé :

— Je pensais, cher ami, que tu m'emmenais comme expert en art roman et non comme mécanicien de recordman. Quelle diable de manie de ne pas t'arrêter à la station d'essence !

— Ah non ! On n'en finit pas. La dame en blouse d'infirmière, à côté de son grand bâton de rouge, m'agace ; elle est bavarde et sans monnaie. Le tuyau qu'elle brandit est toujours trop long ou trop court ; il est en outre de section ridiculement étroite ; l'air entre dans le réservoir tandis que l'essence se répand à terre. C'est stupide ! Les tuyaux sont toujours trop étroits, que ce soit un tuyau de vidange, un tuyau d'arrivée d'eau ou un goulot de bouteille, un larynx humain ou le tube de l'œsophage. Allons, vite, il n'y a plus une goutte dans le réservoir.

— Tu vas encore me faire enjamber la capote à cent à l'heure au risque de me rompre le cou... C'est cruel et dangereux. Ralentis de grâce, ralentis ! crie Placide.

— Moi ! ralentir !

— Ma casquette !

— Enfin, tu es dans le spider ? Bien. Maintenant, attention à la manœuvre : la nourrice de cinquante litres se trouve sous la banquette arrière. Y es-tu ? Bien. Je te surveille dans le rétroviseur : prends l'entonnoir coudé. L'as-tu ? C'est parfait ! Alors, troisième opération : penche-toi au-dessus de l'aile droite de la voiture. Ta droite n'est pas à gauche ! Ne tombe pas ! Dévisse le bouchon en voltige. Mais non, tu ne risques rien ! Retiens-toi simplement avec le pied et accroche-toi avec la main gauche pendant que tu es dans le vide... Bravo ! Tu vois, Placide, comme c'est enfantin de gagner dix minutes !

Placide fit un rétablissement difficile et reprit sa place à côté de Pierre, la figure toute blanche de peur et de vent, les oreilles rouges comme un clown.

CHAPITRE 3

— À partir d'ici, la route n'est plus carrossable, dit Placide. La pierraille croule sous la roue et en allant plus avant nous risquerions de crever mille fois.

Ils sautent à terre, enjambent les racines de caroubier mises à nu par les pluies. Le chemin raviné sert aussi de torrent. Pierre court, suivi de Placide qui dans ce bois, avec sa grosse tête encadrée d'une barbe blonde, ressemble à un des nains de Blanche-Neige, mais sans leur légèreté.

— Je suis au bain turc. Je perle comme un alcarazas...

— En avant ! crie Pierre.

— Laisse-moi m'arrêter une seconde...

— Faut-il s'arrêter pour si peu, marquise ? En avant !

Les chênes-lièges démasclés à hauteur d'homme montrent le derme rouge de leur écorce mâle. Aux carrefours, leurs croûtes crevassées, leurs plaques spongieuses bombées comme des tuiles, sont empilées.

— Belle forêt pour un incendie. Ça n'attend que l'allumette, insinue Placide, vexé d'avoir à se reboutonner en courant.

— Si ma maison brûle, tant mieux ! Il est rare qu'un propriétaire ait une fin wagnérienne.

La rade d'Hyères se hausse à leur rencontre à travers la pinède. Des lézards s'élancent, s'arrêtant pile à leur passage, sur les blocs de grès rouge. Une compagnie de perdreaux rouges, de la couleur du grès et du liège, traverse le torrent, s'enfuit vers des lauriers-roses redevenus sauvages. Lézards et perdreaux sont les seuls personnages de marque rencontrés pendant la première demi-heure de montée, dépensée à enjamber bruyères et cytises, romarins et cystes.

— Gardons à notre droite le col de Gratteloup. Nous sommes dans la bonne voie, en admettant que voie il y ait, dit Placide. Je me rappelle avoir remarqué ces veines de marbre blanc dans le grès.

De petits nuages les dépassent, survolent le sémaphore, se dissolvent au loin dans l'humidité marine. Les bois escaladent une croupe, ces bois ardents, tordus et misérables du Midi, ces petites forêts qui ne mangent pas à leur faim, mais qui restituent en baume et en parfum leur maigre nourriture. Très bas, entre les fûts, on aperçoit le croissant doré d'une plage : c'est le Lavandou, et derrière, le cap Bénat avec son maquis ; au fond, les trois îles d'Hyères que le couchant endort dans une lumière carminée, ourlée de violet.

Pierre pousse un cri :

— Oh ! que c'est beau ! Mon Dieu, que c'est beau ! Voilà mon ermitage, je le reconnais. De chaque côté de la porte charretière voici les deux cyprès d'entrée. C'est exactement ici dessus qu'a passé mon avion, clame-t-il dans l'enthousiasme.

Hors d'une ceinture d'agaves et de figuiers de Barbarie, le bâtiment, d'une pierre si colorée qu'on la dirait neuve, s'arrête au bord du vide. Il s'accroche à la pente ; il se retient à des pins d'Alep d'une ligne et d'une masse admirables, dans un de ces paysages de lumière qui connaissent rarement les hachures de la pluie. Les oliviers viennent d'eux-mêmes se ranger autour du moulin à huile ; ils présentent leur feuillage grisonnant surmonté des pousses vert tendre de l'année où la jeune et amère olive n'a pas encore tourné au violet. On entend les cigales... Sérénité galiléenne.

Pierre et Placide entrent dans une cour où stagne cette vie ralentie et silencieuse des fermes dont la main-d'œuvre est aux champs. Une niche veuve de son saint. Un chat blanc et noir, pattes en manchon, dort sur l'appui d'un des arcs à colonnettes qui trouent le mur de l'ancienne chapelle. Car le Mas Vieux a sa chapelle, d'un roman très primitif, et sa ladrerie devenue étable. Des portes et des fenêtres ont été maladroitement pratiquées par des fermiers pour donner lumière et accès dans ces épaisses murailles de l'an mil qui en sont si avares. Le mistral en a arraché les volets tombés dans l'herbe sèche et que personne ne ramassa. Rien de ce que les siècles ont ajouté au premier établissement, conçu bas, compact, parfait comme un galet, n'a tenu contre les éléments. Au contraire, tout ce qui date de dix siècles paraît neuf, et d'abord l'appareil de la pierre d'un gris verdâtre et micacé d'argent, comme ces *piedras de plata* des Andes dont parlent les conquistadores. L'abreuvoir est un sarcophage où l'on voit encore le profil de l'abbé, un abbé africain peut-être, négroïde, lippu. Le clocheton a perdu sa cloche ; il domine un toit sans couleur à force d'ensoleillement, avec les nervures des tuiles mangées de lichen jaune, tuiles cuites et recuites et qui sonnent sec sous le bec des pigeons blancs, rosés par le couchant.

— C'est l'antre de la chouette et le palais de la bique !

Ils s'épongent, la cravate à la main, se reposent sur un banc où à midi la pierre est si chaude qu'on ne peut s'y asseoir, un banc qui gardera de la tiédeur toute la nuit.

Par la porte ouverte de l'ancienne léproserie on devine l'étable, dans l'ombre, à une queue de vache qui bat en chasse-mouches. À leurs pieds, une dame-jeanne corsetée de fer, une casserole trouée abandonnée des poules... Le long du mur, près de la porte de la chapelle, sous une arcature trapue à contour gras, à tympan plein, gît une de ces charrues des terres pauvres, minuscule comme tous les instruments aratoires du Midi qui comparés aux outils du Nord ressembleraient à des jouets s'ils ne trahissaient la peine, tout usés, rayés, ébréchés qu'ils sont par le silex.

— Je suis fou de bonheur !

Pierre passe déjà une main de propriétaire sur le grès que verdit par endroits le sulfate de cuivre. Silence surprenant de cette cour où ne vit que l'eau de la fontaine.

— Et quelle fontaine ! Du porphyre d'Égypte. Regarde la croix grecque.

Leurs voix font écho. Un chien invisible aboie. D'une porte basse une femme sort à leur rencontre. C'est une paysanne trapue, le cheveu crêpelé par une permanente vieille de plusieurs mois qui accentue son type phénicien. Les jointures sont d'acier, mollets nus, reins de travailleuse, cou puissant descendant vers des seins fermes de bohémienne. Pas de cuisses, le derrière tout près des jarrets, les pieds bien plantés sur le sol, attachés aux jambes par une grosse soudure rustique, dans le pur style méditerranéen.

Elle les attendait, car elle a fait toilette : un chandail jaune très propre et du rouge aux lèvres.

On se serre la main.

— Vous avez reçu ma réponse à votre télégramme ? demande Placide.

— Si, si. Oui, oui.

— M. de Boisrosé est là ?

— Il est là, bien sûr, mais... il est fatigué.

— Mon Dieu, qu'il se repose, fait Placide conciliant ; nous le verrons plus tard.

— Je vous répète qu'il est très fatigué. Vous ne me comprenez pas ?

— Pas très bien. Est-ce qu'il dort ?

— Y fait mieux que dormir, le pôvre, il est tombé en pâmoison.

Il n'est pas facile d'en tirer davantage à cette Provençale sur ses gardes. Elle jauge Pierre, assoit son jugement. Elle a trop intensément attendu ces visiteurs pour se découvrir d'un coup.

— Une syncope ! fait Pierre inquiet.

— Voici des jours qu'il tousse, avec un point de côté qui le plie en deux.

— Pleurésie, le cœur a dû flancher, dit Pierre.

— Cette nuit, il cognait, son cœur ! On aurait dit le vieux moteur du puits. Monsieur s'est trop amusé à travailler !

Pierre et Placide échangent un regard : « Est-ce que nous arriverions trop tard ? » La fille lit facilement leur pensée, en vraie bête des champs. Naïvement, elle s'oublie et répond tout haut :

— Il a déjà perdu quatre fois le sentiment en deux jours, le pôvre. Mais il ne passera pas sans vous avoir causé.

— Est-il seul ?

— Pensez-vous que je le laisserais ! Le notaire, maître Caressa, lui tient compagnie. Entrez. Je vais le prévenir.

Elle ne parle plus en servante mais en maîtresse du Mas Vieux, avec une autorité de padrona. On devine que depuis des années, elle a tendu sa toile ici, cette araignée diligente. Elle se hâte, sûre que la mort va apporter à sa patience un prompt secours. Son avenir de fille appliquée, prudente, se joue en ce moment. Elle a tout préparé par un long travail intérieur et la machine est prête à jouer.

Les deux Parisiens entrent dans la grand-salle pendant qu'elle court à la chambre à coucher. Ils baissent le nez sur du carrelage luisant d'huile de lin, lèvent la tête vers une charpente ancienne que le plâtre laisse à nu ; poutres de décharge et de refend, cornières, jusqu'aux croisillons et entretoises, tout le squelette de la pièce apparaît en vieilles solives ridées avec des vermoulures où dorment les cirons, ces helminthes de l'olivier qui vous font tomber sur la tête de la poudre de bois, quand on marche lourdement. La pièce est à deux tons : le lait de chaux des murs et le noir des tables foncées par les taches d'huile des repas et par la fumée. Sobriété de couvent orthodoxe ; et l'almanach des chemins de fer du Sud-Provence pour icône.

Pierre pousse Placide du coude, lui désigne une cheminée à hotte ronde avec des colonnettes engagées qui la soutiennent par des coussinets à feuillages.

— Dire que je pourrai faire du feu dans une vraie cheminée romane ! Du feu roman !

Et montrant un tas de racines de bruyère, d'aiguilles et de pommes de pin :

— Ici, tu ne me reprocheras plus de jeter du pétrole sur le bois pour le voir brûler plus vite ! Le feu prendra tout seul avec ces bûchettes d'olivier. As-tu déjà vu flamber l'olivier, Placide ? C'est plein de lueurs vertes et bleues comme le punch.

La portière de bambou à perles s'agita : un homme parut.

— Messieurs, j'ai bien l'honneur. Je suis le notaire, maître Caressa, dit-il solennellement. Mon client est revenu à lui.

— Ah, il va mieux ? s'écria Pierre.

— Non. Il ne verra pas le lever du soleil, malheureusement. Le docteur a été formel. « M. de Boisrosé, a-t-il affirmé, passera pendant la nuit. »

Le notaire fit mine de se palper la poitrine, indiquant combien la respiration de son client était difficile, puis serrant la gorge, il imita l'étouffement.

— M. de Boisrosé semblait la santé même ? interrompit Placide, très poliment. Pourrait-on savoir ce qui le met au tombeau ?

— Pleurésie chronique devenue aiguë ; il a eu quatre crises en quelques jours. Et dire que ce gentilhomme de vieille souche, messieurs, et la courtoisie même, voulait, c'était là son expression, « mourir sans faire de manières » !

— Pourrons-nous encore le saluer ? demanda pour la forme Placide qui commençait à s'amuser de voir Pierre convulsé...

La servante qui rentrait l'entendit :

— Ah, monsieur, on dirait qu'il s'embarrasse dans sa tête. Venez donc le voir au plus vite.

— Tout de suite, dit Pierre, ne perdons pas de temps.

Maître Caïus Caressa jeta sur la servante un long regard et se tut. Il portait avec assurance la laideur de plusieurs générations. Sa haute taille, ses souliers passés à la mine de plomb, uniques dans toute une région chaussée d'espadrilles, son habit noir, son chapeau du type Syndic-des-Drapiers qui gisait sur la table, son œil de mulâtre à sclérotique plus ambrée que la glu du papier tue-mouches qui tombait du plafond, tout en lui révélait l'homme cauteleux et fort. Il ressemblait à ces effigies de princes que leurs peuples surnomment le Mauvais et qu'on voit à l'avers des monnaies décriées.

Pierre et Placide, qui ne connaissaient que quelques crapules joviales des cabinets d'affaires de la côte d'Azur faisant des moulinets avec des mots, restaient muets devant cet instrumentaire secret et qui sentait le complot.

— Mlle Hortense m'a prévenu. Elle m'a dit que vous vouliez acheter le Mas Vieux.

— Au plus vite, fit Pierre.

— Quand monsieur votre associé est venu trouver M. de Boisrosé il y a un mois, la ferme n'était pas à vendre. Mais sitôt que mon client eut compris les avertissements du ciel, il voulut mettre ses affaires en règle. Le Mas Vieux est une jolie campagne.

— Le prix ?

— Un prix très raisonnable et doucet. Ce n'est pas sur la route, évidemment, il n'y a pas de pergola, mais vous ferez dix tonnes de chêne-liège à l'année, de quoi fournir en bouchons, en flotteurs et en semelles toute la côte jusqu'à Bormes. Et deux jarres d'huile par an.

— Et de l'eau, ajouta la servante. À preuve, les grenouilles tout l'été.

— Le prix ? répéta Pierre.

Le notaire n'était pas habitué à ces coups d'arrêt. Son œil flamba, s'éteignit.

— Il faut que vous compreniez la situation. M. de Boisrosé a soixante-cinq ans. Ancien magistrat à la Martinique, il vit depuis vingt ans séparé de sa femme qui habite Saint-Germain avec ses trois filles. À la mort de leur père, elles hériteront. Toutefois, M. de Boisrosé voudrait reconnaître les fidèles services que Mlle Hortense Pastorino lui a rendus depuis quelques années. Ne pouvant lui léguer le Mas Vieux, il veut le vendre de son vivant ; encore faut-il qu'il vive. C'est un homme irrésolu et il a fallu qu'il voie arriver M. le curé pour se décider.

— Je paierai comptant.

— Les bois sont pleins d'oronges, de bolets, de nez-de-chats. Goûtez-vous les champignons ?

— Je n'aime que les cèpes.

— Il y en a ici d'aussi beaux qu'à Sospel. Mais il faut de la pluie...

— Quand signons-nous ? dit Pierre impatienté.

— … savez-vous distinguer l'oronge de la fausse oronge ?

— Et vous, maître Caressa, savez-vous distinguer l'homme pressé de l'acheteur de village ?

Pierre se retourna vers la servante, la prit par le bras, l'emmena vers la fenêtre.

Maître Caressa sourit à Placide, haussant une épaule.

— Il est vivace, votre ami.

Si le notaire, qui d'habitude veillait sur ses paroles comme on veille un mort, s'était mis en frais de conversation, c'est qu'il l'avait bien voulu. Lui aussi était pressé de signer, mais par calcul il s'astreignait à différer, exerçant sa célèbre patience sur autrui. Il regardait entre ses cils Pierre fixer la servante, et elle, sourcils froncés, faisant une grosse moue de fille prête à pleurer d'énervement et d'émotion. Elle baissait les yeux, elle se tordait les poignets comme une lieuse de gerbes. Elle pleura en effet. Puis son visage s'éclaira.

— Aimez-vous la chasse ? demandait le notaire à Placide. Il y a ici des lièvres gros comme des dogues. Et des renards. Et de l'écureuil. C'est bon à manger, l'écureuil.

— Je ne tire qu'à l'arc, répondit Placide, modeste.

Pierre et la servante remontaient vers eux.

— C'est fait. Nous sommes d'accord.

Sur le ton dont on dit : « À table, le soufflé est à point ! », le notaire ajouta :

— La pleurésie n'attend pas.

Les voici maintenant dans la chambre de M. de Boisrosé. Il avait repris connaissance. Son visage anguleux, aux lignes fermes, s'enfonçait dans l'oreiller. Le malade qui étouffait se souleva lorsqu'ils entrèrent et sa tête s'efforça de sortir de la plume, comme la tête du Chinois supplicié essaye de sortir de la cangue. Souffle court, nez pincé, mains torturant le drap, tout indiquait un être à fin de course. Il reconnut

Placide, l'accueillit avec une politesse du vieux temps, salua Pierre, leur fit signe de s'asseoir.

— Monsieur, il ne reste plus qu'à signer, dit le notaire.

— Je suis heureux de vendre le Mas Vieux de mon vivant à qui l'aimera, souffla péniblement le malade à court d'haleine. Je voudrais toutefois être sûr...

Le notaire lui coupa la parole, sec comme une affiche de vente.

— Je lis, commença-t-il : « Propriété de maître, sept pièces sur cave, quinze hectares complantés de cent vingt oliviers, cent cinquante amandiers et vignes, deux citernes... »

— ... sûr que l'argent sera immédiatement... continuait M. de Boisrosé d'une voix faible.

— « ... bergerie, poulailler... »

— ... C'est très important...

— « ... pinède... »

— Versé à...

— Ne m'interrompez pas, monsieur de Boisrosé... « Atelier, lavoir... »

— Ma seule exigence..., un paiement comptant...

— Entendu, répondit Pierre.

— C'est que je tiens avant tout à reconnaître...

— Vous parlez trop, vous vous fatiguez, et vous nous empêchez de finir.

— Encore un vœu, reprit le moribond d'un ton subitement ferme : j'ai posé moi-même l'électricité ; il faut, monsieur, que je vous explique comment ça fonctionne.

— Ah, c't'électricité ! Il s'est trop fatigué à l'installer, gémissait la servante.

— Nous n'en finirons pas. Il va faire nuit. Vous m'obligez à vous prier de vous taire, monsieur de Boisrosé.

— C'est horrible, murmura Pierre à Placide.

Puis il pensa que le notaire devait savoir ce qu'il faisait, que cette brutalité était nécessaire envers les moribonds. À mesure que la fin approche, la pensée doit devenir confuse ; au lieu de se simplifier, tout se complique sans doute, tout est hésitation, scrupule, retouches. Les notaires ont l'habitude des situations dramatiques. Ce vieil équarrisseur connaît son métier, mais ça n'en est pas moins abominable.

— Allons, signez.

Et maître Caressa sortit son stylo.

Pierre admira les mains de cire du mourant aux doigts effilés qui semblaient occupées à dénouer le dernier nœud du fil de la vie. Une chevalière d'or aux armes descendit le long de l'os, ne s'arrêtant qu'à la dernière phalange. M. de Boisrosé traça son nom sans lever la plume, la laissant reposer trois fois sur le trait, n'ayant pas la force de la soulever.

— J'ai comme du brouillard devant les yeux...

— Voyez la croix... *Lu et approuvé.* Signez sur la croix.

— Quel mot de la fin ! soupira Pierre écœuré.

— Attendez. Il faut que je me retire avant la signature, dit maître Caressa, en se coiffant de noir. Je suis ici à titre d'ami, car vous passez un simple acte sous seing privé et non un acte notarié.

— Que devrai-je faire de l'argent ? demanda Pierre.

— Donnez-le-moi, fit M. de Boisrosé, précipitamment. Vous demanderez à maître Caressa le reçu et les titres de propriété.

Le notaire sortit.

— Aimez le Mas Vieux comme je l'ai aimé, dit M. de Boisrosé comme s'il faisait les honneurs de sa tanière. Monsieur, rien ne pouvait me donner plus de plaisir que de vous y voir. J'ai cependant une faveur à vous demander...

Il respirait difficilement. On entendait son râle montant et descendant, comme une balle dans une sarbacane.

— Je ne vais pas tarder à plier bagage. Faites-moi donc la grâce de me laisser mourir ici en paix. Rassurez-vous. Je vois que vous êtes rapide, mais je ne le serai pas moins. Il me déplairait seulement, faible comme je le suis, de quitter maintenant ce lit et cette maison.

M. de Boisrosé faisait avec sa poitrine un bruit de mirliton ; il contempla le paysage nacré qui se désorientait rapidement, les grands pins, les yeux mouillés de sa servante. Il ajouta, en remerciant Pierre qui avait accédé à cette volonté dernière :

— C'est que, voyez-vous, monsieur, elle et moi, nous avons eu ici nos plus beaux jours.

CHAPITRE 4

La forêt était noire, mais la route s'y traçait en clair comme la craie sur l'ardoise. Une lune cernée d'huile, annonçant le mistral pour le lendemain, apparut au-dessus des vignes et montra le chemin. Pierre et Placide retrouvèrent leur auto dans l'obscurité. Les phares allumés firent soudain de la crypte nocturne un merveilleux palais blanc.

— Et maintenant, dit Placide, nous allons bien dîner, prendre un café filtre sous les platanes d'Aix aux belles fontaines et dormir enfin notre saoul.

— Nous serons à Paris - porte d'Italie -, à l'aube, répondit laconiquement Pierre.

Écrasé, Placide resta coi ; la bouche ouverte, montrant une langue rose d'épagneul, il rêvait d'une revanche qu'au fond de soi il savait impossible : à La Londe, il appellerait au secours et Pierre serait forcé de s'arrêter ; à Grimaud, il trouverait le moyen de lui crever un pneu ; à Ollioules, il l'étourdirait d'un coup de poing ; à Orange, il l'assassinerait. Finalement, il dit :

— Laisse-moi au moins allumer une pipe !

— Un cigare, dit Pierre. Ça te donnera l'illusion d'avoir dîné. Non ? Tu tiens à ta pipe ? Alors, accroupis-toi sous le tableau de bord pour l'abriter du vent.

— Ralentis, mordieu, ralentis, cria Placide désespéré. Je me suis fait une bosse au front !

— Aie un briquet à amadou qui ne s'éteint pas, imbécile ; on n'a pas idée d'emporter un briquet à essence en auto.

— Tout le monde n'a pas comme toi du temps à perdre en inventant des trucs pour économiser les secondes, fit aigrement Placide.

Les cadrans verdâtres du tableau de bord éclairaient le bas de leurs visages. Le menton barbu de Placide, pareil à celui d'un mercenaire suisse bien gras d'avoir léché les casseroles de Charles-Quint, et le menton sec, anguleux de Pierre Niox.

— Ma curiosité ne laisse pas d'être piquée, dit Placide, retrouvant le Grand Siècle. Les secondes que tu gagnes, qu'en fais-tu ?

— J'en fais des minutes, grogna Pierre...

Il commençait à en avoir assez de Placide. Celui-ci poursuivait ses réflexions critiques :

— Est-il Dieu possible d'acheter une propriété en moins de deux heures !

— Que de temps perdu, en effet, murmura Pierre.

— Poseur ! dit Placide furieux d'être obligé de crier, ce qui le privait de ses moyens.

Son petit domaine à lui, c'était la conversation, avec sous-entendus, allusions, insinuations et demi-teintes perfides. Champion de l'escrime à l'épingle, du bombardement par boules puantes, l'auto l'empêchait de tirer juste, mais il était trop irrité pour se taire.

— À peine as-tu acquis le Mas Vieux que tu le fuis, dit Placide, passant à l'attaque directe. Tu t'es attaché une casserole au derrière, mon pauvre ami ! Sans compter que tous tes sous y passeront. C'est de l'argent jeté.

— C'est pourquoi je rentre à Paris, dit Pierre. Je rentre pour chercher des fonds...

— ... et aussi un garde-chasse assermenté, contre les braconniers ; et un métayer présumé honnête ; et un ménage de gardiens avec moins de huit enfants. Je t'envie, mon bon Pierre. Tu vas jouir de ton bien bourgeoisement ; tu dégusteras ta chartreuse en bon chartreux ; tu vas planter le devis, cultiver le mémoire et récolter le procès.

— Merde ! cria Pierre, écrasant contre le pare-brise son cigare qui ne voulait pas tirer et qu'il reprit, éteint, dans ses lèvres nerveuses.

— Tu ne sais pas, tu ne sauras jamais fumer, dit Placide avec mépris. Le cigare se consume sous la cendre ; à cent à l'heure, c'est une hérésie. Le havane est natif du pays de l'indolence et du nonchaloir ; le tien était horrible à voir, tout troué de petites fenêtres rouges, jutant noir sur ta lèvre. Pouah ! tu ferais mieux, dans ces conditions, d'adopter la pipe.

— Je tire trop dessus ; je calcine le bois en un jour.

Placide poussa avec affectation un grand soupir :

— Mon amitié pour toi, dont personne ne doute, m'autorise à te poser une question indiscrète. Tu permets ? Je voudrais arriver au fond du problème Pierre Niox.

— Il n'y a pas de problème Pierre Niox, fit Pierre sèchement.

— Que si, que si ! Il y a l'*x* inconnu qui te fait agir : ce n'est pas le sentiment, tu n'aimes personne ; ni l'intérêt, tu jettes l'argent à peine gagné ; ni la volupté, tu les ignores toutes ; ni la vanité, regarde-toi. Serait-ce la Certitude, un de ces principes abstraits sur quoi on axe sa vie quand on est bête et jeune ? Non, tu as passé ta classe de philosophie à jouer au football. Serait-ce le *carpe diem* ?

— Ton Horace m'horripile au moins autant que tu m'horripiles toi-même, interrompit Pierre ; il est le père de tous les aphorismes latins cités par les gens qui ne savent pas le latin. Non certes, je ne suis pas jouisseur, encore moins un dégustateur.

— Serais-tu tourmenté par l'idée que tes heures sont comptées ? Ce qui est exact : depuis notre naissance, nos heures le sont. Enfin, réponds !

— Répondre quoi ? Je ne me suis jamais posé toutes ces questions saugrenues.

— Dis-moi pourquoi rien ne s'accroche ni ne s'emmanche jamais quand tu es là ? C'est une bousculade perpétuelle ; chaque moment chasse le précédent à grands coups de balai ; chez toi, cher camarade, poursuivit Placide s'enivrant d'un style fleuri, les instants se chevauchent comme des vagues, chacune haussant sa crête dans l'écume de l'autre ; le présent choit instantanément dans l'avenir ; je doute même que pour toi le présent existe. Un démon redoutable te donne la chasse. Le nom de ce démon ?

— Le vent.

— Pierre, je te parle sérieusement.

— Très sérieusement : le vent, ou, si tu préfères, mon élan vital. Enfant, on m'apprenait à sauter. « Prends ton élan ! » criait mon père. « Où il est mon élan ? » Cela fit rire et j'eus honte ; depuis, j'ai su que mon élan était en moi, rien qu'en moi, et que c'était une merveilleuse force virtuelle, toujours à ma disposition, dont les grandes personnes avaient sans doute oublié l'usage puisqu'elles ne semblaient courir ni ne sauter jamais. À mesure que je grandis, je sentis sous mes pieds cette force à dépenser ; d'autres la dépensent en bonté, en volonté de puissance, en concentration, en méchanceté ou en paroles ordurières, moi je la dépense en vitesse. Je suis un homme d'une expédition prompte, comme dirait ta Sévigné. En un mot, un précurseur : « je cours devant », c'est l'étymologie.

— Tu serais bien ennuyé si le monde allait ton train et te rattrapait ?

— Pas de danger. Ce jour-là, depuis longtemps, je serai mort.

— Et retourné au néant.

— Qui sait ? Il y a peut-être là-haut une récompense pour ceux qui ont tant géhenné à attendre les autres, un paradis où les omnibus partent et où les femmes arrivent à l'heure, où les discours tiennent en dix mots, où les effets et les causes se suivent la main dans la main, où l'alpha télescope l'oméga et où Dieu...

— Dieu est au-dessus du Temps, fit Placide perdant pied.

— Pas du tout ! Dieu est le Temps. S'il nous est invisible, c'est qu'il va trop vite. Pour arriver à le voir, il suffira d'aller aussi vite que lui : c'est toute l'Éternité. L'autre jour, un train démarrait. « Ah, cria à côté de moi un enfant, voilà les arbres qui marchent ! » Ainsi de l'autre vie : ce sera au tour des choses immobiles à se mettre à marcher.

— Attention au virage ! hurla Placide. Ta portière va s'ouvrir, bon Dieu ! Ton indicateur de vitesse marque cent soixante ! Et tu ne conduis pas si bien que tu crois.

— *Vite et mal*, c'est ma devise !

— On dirait plutôt une épitaphe.

— Les épitaphes sont les devises des morts.

À ce moment, Pierre entrait dans un virage, après un bond. Les phares de la voiture prirent dans leur champ une masse carrée, immobile, mauvaise. C'était un gros camion sans feu arrière, arrêté sur la route. Pierre bloqua ses freins à trente mètres...

Ils eurent soudain d'immenses loisirs, plus d'un cinquième de seconde, pour contempler les pneus jumelés qui s'approchaient, pour bien examiner le cric posé sous l'essieu du camion en réparation et le madrier sous le cric et la lanterne fautivement éteinte et le numéro de police couvert de poussière qui allait bientôt leur entrer dans le crâne, le tout dominé par une bâche couleur de chauve-souris. Ils prirent le temps de lire chaque lettre du nom de l'entreprise de transports, de considérer presque avec ennui chaque brin d'herbe et l'énorme roue de rechange sur le talus et le moindre puceron de cette nuit tiède que la proximité du Rhône faisait amazonienne ; ils revirent leur vie passée, purent songer à leur avenir, aux futurs gendarmes avec la boîte à pansements sans les médicaments nécessaires, aux curieux attroupés, aux voisins tout fiers.

D'un brave coup de volant, Pierre évita cependant le plus gros, l'ambulance municipale, le lit d'hôpital et le caveau provisoire au cimetière de Saint-Vallier. Ils en furent quittes, grâce à ses réflexes, pour une aile toute neuve qui sentait encore bon l'atelier et la peinture à la cellulose. Mais cette aile défoncée étant un de ces perfectionnements de l'actualité automobile qui enrobait le phare, lequel s'éteignit aussitôt, suivi de son voisin.

La nuit était splendide, à chair très noire, à grains serrés ; les étoiles brillaient, on entendait couler le Rhône sur son lit frais, on le devinait, large, entre les hauts peupliers et les échalas.

— Et voilà, murmura Placide tremblant, s'efforçant au flegme.

— Quel beau fleuve ! dit Pierre. Enfin de l'eau qui va vite !

— Nous l'avons échappé belle. Le scélérat qui conduisait ce poids lourd doit être au cabaret, ou endormi ! fit Placide indigné. Voilà une mauvaise action qui mérite cent coups.

— Allons, gouvernez-vous, monsieur de Grignan !

— Et où y a-t-il un garage à cette heure ?

— Tu en trouveras bien un demain matin.

— Mais jusque-là ?

— Installe-toi dans ce qui reste de la voiture. Prends mon pardessus.

— Et toi ? Où vas-tu donc ?

— À Paris, fit Pierre simplement. Tu ne voudrais pas que j'attendisse ?

Et il partit dans la nuit, marchant au milieu de la route, d'un pas rapide, en tirant très fort sur son bout de cigare mâchonné.

CHAPITRE 5

Il est midi. Naturellement, Mme de Boisrosé est au lit, car de ce lit elle ne sort presque jamais ; elle n'y dort pas, bien que somnolente et perpétuellement fatiguée elle s'efforce nuit et jour de dormir. Rien n'est plus épuisant que de ne pas réussir son sommeil ; il y a une lassitude horizontale que ne connaîtront jamais les gens actifs.

Le soleil patine le faux Louis XVI de la chambre, entre en séton dans l'atmosphère tiède ; les bûches mouillées moussent dans le poêle, mêlant l'humidité à la chaleur, faisant régner dans cet appartement de Saint-Germain une saison de pluies caraïbe.

La famille Boisrosé, installée là depuis le jugement en séparation qui avait refoulé M. de Boisrosé vers sa retraite du Mas Vieux laissant les trois filles à leur mère, tient en plein jour une veillée funèbre en l'honneur du défunt. Les quatre femmes, qui n'avaient pas revu le vieil ermite depuis neuf ans, se sont découvert pour lui, en apprenant sa mort, un immense amour. L'éloignement, la jalousie, les querelles, le ressentiment n'empêchent pas l'amour, affection reptilienne qui se mord la queue et se nourrit volontiers de son contraire. Ce qu'appréciaient avant tout les dames de Boisrosé dans ce deuil, c'était le choc nerveux, la stimulation lacrymale provoquée par l'événement imprévu, l'idée de la douleur éveillant bientôt la douleur elle-même, enfin une exaltation magique analogue aux transports des funérailles nègres, le tout aboutissant à une apothéose française de l'esprit de famille. En sa chienne de vie, M. de Boisrosé avait poussé de nombreux soupirs ; seul le dernier fut entendu.

— Pauvre papa est mort tout seul, sanglotait Fromentine.

— Sans avoir revu la colonie, le Trou Dauphin, dit Hedwige.

— Sans un coin de la terre chaude pour son dernier repos.

— Il eût préféré le cimetière des matelots ou même celui des Noirs à une tombe en France !

— Il est mort de chagrin ; moi aussi je mourrai de chagrin ; on ne meurt jamais d'autre chose, dit Mme de Boisrosé.

Couchée en travers du lit de sa mère, Fromentine laissait couler son rimmel, comme une poix délayée sur ses joues mates. Ses cheveux roux jetaient des feux. Assise sur le sol, la brune Hedwige, le dos au sommier, ressemblait à une allégorie funéraire tandis qu'Angélique, sa tête blonde enfouie contre la joue de Mme de Boisrosé, composait le dernier volet de ce portement de croix tricolore et familial. Rien ne pourrait arrêter les larmes de ces quatre femmes qui remuent des souvenirs et finissent par pleurer sur leur propre personne, cette urne sans fond, rien si ce n'est l'étendue nivelée de leur nonchalance créole où se perd dans le sable tout ce qu'elles ressentent ou entreprennent.

Quand on eut beaucoup larmoyé et sangloté, quand se résorba l'émotion de cette scène matinale régulièrement provoquée par l'arrivée d'Angélique qui habitait Paris, qui n'avait pu pleurer la nuit avec les siens et qui courait retrouver sa famille sitôt son mari parti au bureau, quand ce bout de l'an quotidien eut assez duré - et il durait depuis trois semaines - on s'aperçut que midi avait sonné et qu'il était grand temps de préparer le déjeuner, c'est-à-dire, aujourd'hui, des piments au maïs.

Pendant qu'Angélique mettait le couvert et que Fromentine graissait la poêle, Mme de Boisrosé s'ouvrit l'appétit en vidant une boîte de chocolats. C'était une femme de quarante-huit ans qui, les jours où elle faisait toilette et se peinturait en blanc, arrivait à n'en paraître que soixante, car chez les créoles la nature met les bouchées doubles. Sur ses trois filles Mme de Boisrosé régnait à la manière du Roi-Soleil. Les trois demoiselles Boisrosé seraient célèbres pour leur beauté si elles voyaient du monde, mais elles ne connaissent personne. Elles vivent à Saint-Germain, ville pourtant reliée à Paris par quatre-vingt-dix trains quotidiens, comme dans un champ de cannes à sucre. Aucune nouvelle n'y pénètre, le monde extérieur ni le présent ne leur font signe ; elles s'épanouissent dans un bonheur collectif hermétique et pneumatique. La plus âgée (vingt-quatre ans), la seule mariée, se nomme Angélique ; la seconde (vingt ans) Hedwige ; la dernière (dix-huit ans) Fromentine.

N'osant appeler leur mère maman, elles lui ont donné le surnom de Mamicha. Ainsi, les religions primitives évitent de nommer le dieu par respect suprême. C'est bien une idolâtrie élémentaire que celle dont Bonne de Boisrosé fait l'objet. Pour ses filles elle est la déesse-eau, la déesse-vache, la déesse-arbre. Et comme un arbre à l'automne domine la terre jonchée de ses fruits, Bonne assise sur une pile d'oreillers voit tout le jour ses filles étendues sur son lit à ses pieds, l'adorer ; et la servir suivant un certain nombre de rites applicables au hasard et à l'ordinaire de la vie dont parfois elles osent sourire en tremblant et qu'elles désignent d'un mot : le Règlement.

Le Règlement réserve à Angélique les soins du ménage. À elle le linge de maison, le repassage, la machine à coudre, la cuisine ; on ne rissole, on ne braise que sous sa direction ; elle fait la liaison avec la femme de journée ; de ses mains généreuses s'échappe l'eau de Javel ; le boire et le manger sont dans ses attributions ; elle seule a les clefs des armoires, les recettes pour les cornichons et l'autorité pour décider si une sauce sera piquante ou vinaigrette. Mais à Fromentine elle abandonne les desserts comme un châtelain tolère une servitude. Sa puissance s'arrête à la porte des babas, des madeleines, des brioches et des macarons. Angélique s'occupe des conserves. Angélique s'occupe parfois aussi de son mari, mais ayant épuisé sa vitalité ménagère à Saint-Germain, elle est avec lui si indolente, si léthargique, qu'il ne connaît d'elle que l'odalisque.

Hedwige, elle, s'essaye dès le saut du lit à la comptabilité domestique. Elle a des ciseaux pour les coupons de rente et aussi pour tailler les patrons des robes de la famille. Elle règle parfois une facture sur dix. Les compteurs du gaz et de l'électricité lui disent leurs secrets tarifaires. Elle range la bibliothèque Boisrosé qui contient même des livres ; elle change les aiguilles du gramophone. Enfin elle répond aux lettres car son écriture est la plus lisible. Hedwige achète les billets de loterie. Du haut d'un mètre soixante-dix, elle discute avec le contrôleur des contributions directes qui n'a qu'un mètre cinquante.

Le Règlement veut que Fromentine prenne au nom des Boisrosé contact avec la nature, les sports, les fleurs, les fruits, les bouquets et les sécateurs. Sans doute parce qu'elle est la moins naturelle du lot. C'est elle qui donne les graines au pit-pit dans sa cage, petite fauvette des tropiques pépiant au moindre rayon de soleil. Tous les jeudis matin elle part pour Paris, débarque dans cette volière exotique qu'est la boutique d'Hédiard et en rapporte, comme les conquistadores à Séville, de l'huile de palme, des patates et des épiceries. Dès qu'une arrivée de mangues est signalée (l'été des mangues de Guinée et l'hiver des mangues du Venezuela), elle en achète de pleins cabas. Ainsi sert-elle la collectivité tout en calmant pour deux jours le goût familial et jamais assouvi de la dépense (d'ailleurs aussi bien calmé avec des sous qu'avec des billets).

Jeunes et superbes, ces trois filles travaillaient et n'avaient pas trop de vingt-quatre heures pour bénir leur mère de les avoir élevées sans soins, sans religion, sans dot et presque sans y penser. Mais si l'une d'elles avait un malaise ou un chagrin, il lui suffisait d'entrer dans la chambre de Mamicha pour retrouver la paix et la santé. Comme une idole miraculeuse, Mamicha recevait tout, ne donnait rien, mais guérissait. Elle se réservait d'ailleurs la droguerie ; et aussi la justice ; elle tranchait les cas en appel parmi les chamailleries et pour le contentement général.

Cléopâtre mit une perle dans du vinaigre, le vinaigre dans un vase et but. Dans cette courte légende tiennent les Boisrosé : Fromentine, la plus jeune et la plus belle, c'est Cléopâtre ; Hedwige, la plus brillante et la plus fine, c'est la perle ; Angélique, la plus mordante, la plus fermentante, c'est le vinaigre. Et que fait là-dedans Bonne de Boisrosé sinon le vase ?

Bonne de Boisrosé n'était ni bonne ni aimante ni intelligente ; elle n'avait ni gentillesse ni vitalité, au contraire, et pourtant les trois filles, si différentes l'une de l'autre, eussent accepté avec joie de ne jamais se marier, de mourir dans les tourments pour donner à leur pauvre mère confort et bonheur. Elle leur avait inculqué, sous l'étiquette commode d'amour filial, tout un ensemble de tabous et d'impulsions aussi impérieuses que les lois de la chute des corps. On n'avait jamais constaté chez Bonne cet effacement heureux de la plupart des mères à mesure que leurs enfants croissent en force et en beauté. Plus ses filles grandissaient et plus les exigences mamichesques, sa personnalité despotique, rayonnante et nulle s'affermissaient. Car il existe une vigueur infirme de l'âge, un génie entêté de l'inefficacité, un chantage domestique de la faiblesse avec lesquels les romanciers et les historiens, ces frères siamois de notre époque, doivent compter.

Cette grosse nabote alitée avait mis au monde ces trois filles dont la moins grande comptait un mètre soixante-dix. Quand elles se groupaient, on aurait dit les sibylles de la Sixtine : tout y était, les proportions, les attaches, le port de la tête. Elles ne pouvaient manier un balai ou une poêle sans avoir l'air de tenir des cornes d'abondance ou des mains de justice. Ce n'est pas un chapeau qu'elles eussent dû avoir sur la tête mais un chapiteau. La mode ne mordait pas sur elles car elles étaient à l'échelle de tous les temps. Sur elles les vêtements glissaient. Pour de telles femmes, il n'existe pas d'hommes en notre époque, ni surtout en notre pays. Les filles Boisrosé n'avaient aucun succès parce que chez nous le succès chausse du trente-six, gante du six, parce que le succès se joue sur des pointes d'épingle comme la foudre domestiquée. L'échec les guettait ; elles avaient la taille du guignon car ce qui est très grand se casse ou se perd : le Nil dans les sables ou Mermoz dans l'Océan. Les Boisrosé étaient comme ces immenses tapis d'Aubusson, ces coffres géants du XVIIe siècle qui aux enchères se vendent à vil prix parce que personne n'a de camionneur pour les soulever ni d'appartement pour les loger. Ces êtres humains à taille d'allégories étaient simples et indécis, différant en cela des allégories qui n'ont ni simplicité, ni mystère et livrent leur nom inscrit au bas de leur robe. Aux sibylles elles empruntaient un côté vague et sombre ; elles étaient les ornements voyants d'un temple invisible aux non-initiés, le temple de la Mère. C'étaient des Templiers femelles, les filles Porte-Glaive de l'ordre utérin.

— Dépêchez-vous, enfants, cria Bonne ; Mme de La Chaufournerie doit venir à deux heures me faire son compliment sur la mort de votre père et il faut encore déjeuner et desservir. Hedwige, ma douillette rose.

— Vous n'allez pas vous lever, Mamicha ?

— Tousseuse comme je suis et mal hypothéquée, étiolée et mise sens dessus dessous par ces nouvelles ! C'est catastrophant ! C'est crucifiant ! Un de ces quatre matins, je vais y passer !

— Mamicha, gémit Fromentine, comment pouvez-vous nous faire ces peurs ? Mourir, vous ! Mais alors nous mourrons toutes.

— Je file un mauvais coton ; j'ai une fièvre de cheval à croire qu'une araignée-crabe m'a piquée ! Et il faut penser à tout, parer à tout, faire le bilan de notre situation ; le bilan ! (Bonne aimait les mots auxquels elle n'entendait rien.) La sucrerie de l'Anse à Moustique en a dans l'aile et l'indigoterie s'est éboulée. Où trouver de l'argent ? Ma cervelle éclate quand il faut penser chiffres. Et pour comble, voilà votre père qui vend le Mas Vieux et meurt tout de suite après.

— Eh bien, mais, s'écria Fromentine les yeux brillants, en voilà de l'argent !

— Que tu es écervelée, fillette ! Tu n'écoutes jamais les conversations sérieuses, tête à l'envers ! N'avons-nous pas dit et redit que cette somme n'a pas été retrouvée ? Hedwige, vite les cartes ! Un jeu de cinquante-deux ; je vais voir ce qu'elles ont à me conseiller... et aussi une aspirine, non, plutôt de la paraffine dans un peu de verveine. Tu en trouveras dans la petite armoire à pharmacie. Fromentine, active le service !

On entendit un grésillement se rapprocher et le plat de piments aux maïs fit son entrée. Angélique, en sueur dans les fumées de cuisine, un madras autour de la tête, superbe enchanteresse, tenait la poêle dont, pour ne pas se brûler les doigts, elle avait emmailloté la queue dans un mouchoir de dentelle ; Fromentine, comme un enfant de chœur, portait la burette d'huile, cette huile de palme, élément essentiel de l'alimentation Boisrosé.

Le déjeuner fini, son paquet de cartes à la main, Mme de Boisrosé se remit à verser des larmes tout en faisant le *Tombeau de Napoléon*.

— Petite Mamicha adorée, dit Hedwige, dorlotante, ne pleurez plus, nous vous débarrasserons de tous vos soucis.

— Je pleure ton pauvre père qui nous aimait tant ; sa dernière pensée a été pour nous, sois-en sûre ; ah, quel grand cœur et quel cerveau !

— Où donc papa a-t-il pu cacher ces milliers de francs ? demanda rêveusement Angélique ; dans le trou d'un mur ou dans un olivier creux ?...

— Il les a donnés à sa maîtresse, bien entendu, cria aigrement Mme de Boisrosé, à cette poule qui l'a entortillé ; sa dernière pensée a été pour elle, n'en doutez pas, et sa dernière volonté aussi.

— Ça devrait être défendu, ces choses-là ; c'est ignoble ce qu'a fait papa.

— Tais-toi, Angélique, ne manque pas de respect à ton père. Hilarion n'était pas un méchant homme mais faible avec les femmes ; elles l'exploitaient ! De fil en aiguille, tout le bazar y a passé... et il n'aura même pas fait un bon repas !

— Moi j'ai une idée, cria Hedwige ; je vais aller trouver cet acheteur, ce M. Pierre Niox. Je lui expliquerai que cette affaire est illégale et comme il doit être honnête...

— Honnête ? Un antiquaire ? Regarde ton oncle ! cria Bonne. Cette démarche est idiote...

— Vous me la défendez ?

— Non, je ne te la défends pas. Cherche sous le lit, Fromentine, il manque le valet de trèfle.

CHAPITRE 6

Depuis des années le service de Pierre est fait, et mal fait, par Chantepie. Tombé d'un escabeau et resté boiteux, habillé trop long, cravaté de travers, lent sans majesté, sordide sans économie, écouteur aux portes et pressant sans assiduité, Chantepie est le chaînon qui relie le chimpanzé domestique à l'homme domestique. Puissant capitaliste, Chantepie sort tous les après-midi pour aller consulter les cours de la Bourse ; et aussi, car sa nourriture lui est payée à forfait, pour disputer aux animaux des rognures de boucherie chevaline avec lesquelles il subsiste. Pierre le met au moins une fois par mois à la porte, mais Chantepie refuse de s'en aller, proposant de rester sans gages, ce qui désarme son maître. Chantepie lui prête d'ailleurs de l'argent et leurs comptes sont si embrouillés que Pierre n'a pas le temps de les examiner et les solde une fois pour toutes en gros. Le patient use toujours l'impatient.

— Chantepie, mes souliers !

Les souliers ne sont pas plus cirés que les habits ne sont brossés, le déjeuner prêt, le bois scié ou le vin mis en bouteilles. Plutôt que de le voir procéder à ces opérations en traînassant, Pierre fait son service lui-même ; Chantepie suit mollement, commente de loin, regarde passer l'éclair. Pierre tonne mais Chantepie ne l'entend pas, car il est sourd. Il vit enfermé dans sa surdité comme Pierre enfermé dans son rythme trépidant : toutes les infirmités sont des prisons. C'est grâce à son imperturbable léthargie que Chantepie a pu rester chez Pierre qui eût rendu fou tout autre domestique.

Chantepie n'était plus que le fantôme d'un ex-maître d'hôtel ; il vivait sur d'anciens réflexes. Il ne volait ni ne chapardait ; il eût même crevé de faim à côté de friandises comme un vieux chien courant habitué à rapporter sans mettre les dents. Il ne se saoulait jamais avec la cave de son maître mais avec un poiré immonde reçu du fond de sa Bretagne. Quelques gouttes suffisaient à l'envoyer par terre ; une fois là, ses rhumatismes l'empêchaient de se remettre debout et il restait, comme une tortue sur le dos, à attendre que Pierre vînt le relever. Il se laissait faire avec une plainte d'enfant, en gémissant « Monsieur est gentil ! »

Pour toutes ces raisons, Pierre gardait Chantepie ou plus exactement Chantepie gardait Pierre.

L'Impatient à sa toilette, c'est un spectacle.

« Ce qui nous retarde tellement, monologue Pierre à haute voix, c'est que nous ne faisons qu'une chose à la fois. Et que nous hésitons entre divers gestes. Il m'a fallu vingt ans pour me créer une méthode et améliorer mes temps, mais que de faux pas encore : je jette mon pyjama pour entrer dans l'eau ; à ce moment je m'aperçois que j'ai oublié le savon sur la toilette... Chantepie, mon savon ! »

Et Chantepie apporte des bûches.

« Je remets mon pyjama parce que j'ai froid ; je m'embarrasse à cause de mes pantoufles qui glissent mal dans la jambe du pantalon. »

— Monsieur devrait toujours porter des savates, remarque Chantepie qui flatte les manies de son maître, c'est beaucoup de temps de gagné ; Monsieur entrerait et sortirait le pied plus rapidement.

« Il faudra supprimer ces résidus incohérents, continue Pierre. Commençons par numéroter les mouvements : *un*, repasser la lame du rasoir et profiter de ce que les jambes me sont inutiles à ce moment-là pour me livrer à des flexions du cou-de-pied, ce qui diminuera d'autant la durée de ma culture physique ; *deux*, visser le rasoir de la main droite entre le pouce et l'index, tandis que la main gauche trempe l'éponge dans l'eau chaude ; *trois*, se raser au bain et éviter ainsi le temps gaspillé dans l'eau. »

Pierre est célèbre parmi ses amis pour la rapidité avec laquelle il se rase, deux minutes vingt-huit secondes, record jamais battu.

« *Quatre*, se coiffer tout en se séchant le corps... Non, patientons, car passer une chemise par-dessus sa tête, c'est avoir à se coiffer deux fois. Chantepie, un disque et vite ! »

Pierre fonctionne toujours en musique, ayant lu dans les ouvrages de Bedeau que cela active le rendement humain.

« Avoir des chemises qui se boutonnent de haut en bas ? Folie ! Huit boutons, c'est chaque jour dix-huit secondes de perdues. J'ai déjà supprimé les boutons de manchettes et le plastron qui vous mangent la vie, ce n'est pas pour les remplacer par d'autres boutons. Entrer dans ses chaussures tout en nouant sa cravate, c'est l'enfance de l'art. Et maintenant, le pantalon. Tous mes pantalons sont munis de fermetures Éclair. »

— Le jour où les fermetures Éclair se coincent, Monsieur perd une heure, observe Chantepie, et c'est moi qui prends.

— Achetez-moi une combinaison de mécano !

— Ce n'est pas un habit pour Monsieur ! Quel homme que Monsieur..., soupire Chantepie en faisant mine de balayer avec un balai chauve de tout poil.

Dès le lycée Pierre éblouissait ses camarades, non par ses bonnes notes mais parce que déjà il possédait autant de bretelles que de pantalons, de façon à enfiler le tout ensemble. Avec leur unique paire, les autres restaient bien en arrière de leur fougueux condisciple. Pierre avait appris de bonne heure la leçon des irruptions fulgurantes de Fregoli, sur la scène de l'Olympia, et se rappelait ses admirations enfantines quand l'artiste génial surgissait côté jardin en chef d'orchestre, disparaissait sans cesser de monologuer, pour réapparaître côté cour trente secondes plus tard en décolleté ; à la fin du numéro, la toile de fond se levait découvrant, suspendus par des ficelles, cent et un costumes béants entourés d'une panoplie d'accessoires : l'habit du chef d'orchestre accompagné de ses gants blancs, de son bâton, et la robe de bal encadrée de son éventail et de son réticule. À la caserne, le peloton d'élèves officiers restait traditionnellement couché au tambour et ne se levait qu'au commandement de « Tout le monde en bas ! ». On appelait ça s'habiller *ras* en jargon de polytechnicien. Pierre devait sa popularité à ce que, sorti de son lit le dernier, il était en bas le premier. C'était le fin du fin, *l'hyper-ras* ; il avait conquis cette prééminence par toute une série d'inventions : col attaché à la tunique, bottes pleines de talc enfilées sans chaussettes ; il couchait d'ailleurs presque habillé. Plus tard, il s'était dressé à allumer une cigarette tout en dépliant son journal, à décacheter son courrier tout en téléphonant, le récepteur maintenu à l'oreille par une épaule remontée sous le menton.

« Voilà. Je suis prêt. Un quart d'heure aura suffi ; ce n'est pas mal, mais cela fait une heure de perdue tous les quatre jours, soit à peu près quatre-vingt-seize heures par an consacrées à la propreté. Quelle dilapidation du capital temps ! On frémit d'y penser. Comme j'ai bien fait de renoncer au masseur et à la manucure ! La brosse à dents me joue encore des tours et aussi le tube de pâte dentifrice qui éclate toujours par la culasse. Il faut sacrifier ces petits luxes à ce grand luxe qu'est le temps. Ce sont surtout les à-côtés qui me tuent : la brillantine, la pince à épiler, etc., il y aura lieu de revoir ça dans un sordide esprit d'économie de gestes : supprimer par exemple le gargarisme ; ne plus se faire passer de l'eau par les fosses nasales ; préparer d'avance les carnets de métro dans mon portefeuille. »

Voici Pierre Niox debout entre les deux glaces, celle de la cheminée, celle du mur. Non qu'il s'arrête pour se contempler, mais tandis qu'il passe dans ce champ, saisissons cet insaisissable sur les deux faces. Pierre s'est lavé les mains, mais il n'a naturellement pas pris le temps de les essuyer et il les sèche en faisant les marionnettes. C'est un bon moment pour examiner cet exemplaire de l'homme-instantané et la journée ne nous offrira plus pareille occasion, car Pierre prend le train de onze heures pour Bruxelles. La lumière oblique le montre sans graisse, la peau sur les méplats, bien fendu de gueule, bien avantagé en nez, et de très beaux yeux bleu clair surprenants sous des cheveux d'un noir tzigane.

La balle qui fuse hors du canon ne se demande pas si elle va trouer un carton ou fracasser un crâne ; Pierre non plus. À lire ceci, on pourrait le croire audacieux. « Voilà, dira-t-on, un homme assuré qui ne doit pas rater son coup. » Au contraire, Pierre est timide car sa hâte lui a valu beaucoup d'échecs alternant avec de foudroyants succès. Et ce sera la moralité de cette histoire que de montrer l'Impatient plus souvent puni que récompensé.

Reprenons la pose : Pierre a la silhouette d'un fleurettiste peint pour le Salon des artistes français vers 1895, avec la calvitie et les moustaches cirées en moins. Il ne peut être que Français avec ses mains fiévreuses, ses lèvres vibrantes, sa peau très brune sous laquelle remuent beaucoup de sentiments très bruns. Ses vêtements sont moulés sur son corps et il serait impossible à un chien mordeur de le happer par le fond de sa culotte ou par la manche, tant sa ligne est sèche, précise.

Il marche les mains enfouies dans les poches arrière de son pantalon, ce qui accentue la concavité de son abdomen. Son ventre fait un trou au fond duquel brille une chaîne de montre qui jette en travers de son corps de Christ espagnol un éclat froid.

Maintenant Pierre lit le journal. Il le lit, si l'on peut dire. Il s'est jeté dessus et l'avale. Il le prend par la fin, de même qu'il commence ses lettres par la signature, et la suscription des enveloppes par le nom de la ville ou le numéro de l'arrondissement. C'est plus fort que lui. C'est toujours plus fort que lui. Continuant la lecture du quotidien, il arrive enfin aux caractères gras de la première page, à l'éditorial, fait une boule d'une si belle prose et l'envoie rouler à travers la pièce. Cette habitude date du temps où Pierre possédait un chat et où il essayait de le distraire. Mais le chat ne s'amusait pas, le chat restait triste, étant d'une race contemplative qui déteste les impulsifs. Le chat supporte un bruit à condition qu'il soit répété. Nerveux, la surprise le blesse. Le chat ronronne le présent. Le chat est toujours dans aujourd'hui et Pierre était toujours dans le lendemain. Le chat pense et n'agit qu'à son corps défendant. Le chat mijote et ne bout jamais. Le chat est un animal concentré, un poêle à combustion lente. Le chat de Pierre regardait son maître (mais est-on jamais le maître d'un chat ?) avec regret. Il avait un caractère accommodant, mais il n'aimait pas, ayant mis sa queue devant ses yeux à cause du grand jour et bien installé en haricot pour la matinée, les entrées brusques de Pierre et ses sorties désordonnées. S'il buvait son lait et que Pierre se levât d'un bond, il couchait les oreilles, baissait la queue, se plaçait de côté pour boire tout en surveillant de l'œil l'agité, puis, l'appétit coupé par ce galop qui faisait trembler le plancher, une goutte au menton, il partait tristement se réfugier sous la commode. Un jour le chat n'en voulut plus. Il sortit par le balcon et s'envola.

Ayant jeté son journal, Pierre regarda sa montre : « Perdre cinq minutes à lire le journal, c'est insensé ! » Il pensa que le mieux, en vertu du principe *deux choses à la fois si possible*, eût été de le lire aux cabinets. Idée géniale : imprimer les quotidiens sur papier hygiénique. D'ailleurs, Pierre ne s'attardait guère à ces besognes ; c'était, chez ses camarades, un sujet classique de plaisanteries :

— Il fait sa grande affaire plus vite que d'autres la petite !

Pierre regarde de nouveau sa montre. Il vivait l'œil au poignet. Impossible d'évoquer son image sans ce geste familier : le bras lancé en avant pour faire sortir le bracelet-montre, puis plié et brusquement remonté vers la figure pour lire le cadran. Cet homme si affranchi était crucifié sur deux aiguilles ; il en avait honte, mais la honte a-t-elle jamais guéri d'un vice ? Ces minuscules ciseaux lui découpaient sa journée en secondes dont chacune, à force d'être trop précieuse, composait avec les autres un total parfaitement invivable. À de rares moments, il avait conscience de sa hâte et s'en étonnait : « Pourquoi donc ai-je le cœur qui me bat comme si je devais courir à un rendez-vous d'amour tandis que je vais simplement chez mon bottier ? Il doit y avoir des trucs pour se retarder la systole : une fausse horloge ? Ou un faux temps ? On se fabrique bien, artificiellement, une heure d'été. » À ces moments-là il se trouvait absurde et se promettait de vivre plus posément ; mais il ne réussissait qu'à bourrer sa journée de flâneries bêtes pour mieux déguster la durée en elle-même, la durée pure et insipide. (Ainsi toute l'activité de Ford, les heures qu'il arrache au travail, aboutissent à des divertissements de roi nègre, à des leçons de menuet.) Placide, consulté un jour, avait recommandé des remèdes : un voyage en mer, où tout est suspendu (Ah ! jetez l'ancre, sinon j'enjambe la rambarde !) ; les spectacles coupés de longs entractes (Oh ! plutôt tuer l'ouvreuse !) ; la pêche à la ligne (jusqu'à ce que le bouchon assis sur son reflet vous crève les yeux) ; la chasse (des heures à virevolter sur la canne d'affût tandis que le garde grommelle : « Ça tirasse... C'est rapport au vent qu'a changé de place, rien ne paraîtra plus aujourd'hui »). Pourquoi pas se faire couper les cheveux ? riait Pierre (Non, pas de friction, pas de brûlage, pas de séchage, pas de... pas de... et surtout pas de conversation !) ; patienter au guichet d'une banque (française) ; se plonger dans *l'Illustration* chez le dentiste (« Excusez-moi, j'avais une dame de province avec une grosse fluxion ») ; les régates (Allons, bon ! Voilà la brise qui tombe !).

« Non, il faudrait trouver quelque chose de plus idiot encore pour bloquer tout à fait le cours du temps : l'abstention totale de tout acte. Car ce qui nous dévore, c'est moins l'attente forcée, prolongée, que ces pauses imperceptibles et ces gestes automatiques qui trouent la journée comme une écumoire : mâcher les aliments, tailler un crayon, coller des timbres, chercher à tâtons des boutons d'ascenseur, signer une lettre recommandée, mettre l'eau dans un radiateur, attendre qu'un chien ait fait sa crotte, consoler une femme... »

Pour la dixième fois Pierre regarda sa montre.

— Ce n'est pas possible ! Elle est arrêtée. Chantepie, quelle heure est-il ? Comment, vous n'avez pas remonté l'horloge du salon ! Chantepie, à l'amende ! La première fois que j'aurai de l'argent je me paierai une pendule perpétuelle.

— Comme on dit par chez nous, monsieur, les hommes ne sont pas faits pour l'heure, mais l'heure est faite pour les hommes...

Un coup de sonnette interrompit le valet de chambre ; il disparut, revint avec un bout de papier portant au crayon un nom.

— C'est économe en cartes de visite, fit-il avec mépris.

Pierre lut :

MADEMOISELLE HEDWIGE DE BOISROSÉ

Aussitôt Pierre prit les précautions d'usage. Il avait contre les fâcheux tout un arsenal de procédés défensifs : il cacha les sièges de façon à éviter l'installation définitive de la visiteuse, ouvrit les fenêtres pour laisser entrer une bise aigre ; la demoiselle ne tiendrait pas longtemps. Pour plus de sûreté, Pierre se coiffa d'un feutre (ce n'était que le symbole d'une sortie imminente, car dans la rue il allait nu-tête et généralement sans pardessus faute de prendre le temps d'enfiler les manches). Il empoigna d'une main ses gants, de l'autre son parapluie.

Ses yeux tombèrent à nouveau sur le bout de papier, restant attachés au nom.

« Pauvre en cartes, mais riche d'ennuis, cette visite », pensa-t-il.

Il faillit dire « Je suis sorti », mais il sentait à travers la cloison la présence d'une femme seule qui insisterait, reviendrait.

— Je verrai cette dame, fit-il en congédiant Chantepie qui attendait au garde-à-vous.

Hedwige entra. Hedwige en deuil dans la pièce toute blanche ; rien qu'un mouvement simple et lent, avec juste assez de fragilité dans le pied pour rendre la démarche ravissante. Involontairement, Pierre posa son chapeau sur la table ; cette femme apportait quelque chose avec elle, mais quoi ? Hedwige écarta son voile. Le crêpe, emblème de ce qui n'est plus, avait le don d'émouvoir Pierre. Cette cendre jetée en plein matin sur la jeunesse et la beauté comme pour en amortir le choc, vêtait Hedwige d'une pudeur espagnole, la parait de la mélancolie d'une tombe jamais visitée. Image exquise de l'infortune estompée par la mine de plomb du crêpe, cette grande jeune fille était la hampe portant le drapeau en berne.

— C'est vous, n'est-ce pas, monsieur, qui avez acheté le Mas Vieux à mon père, M. de Boisrosé ?

Pierre admira cette peau de perle, non pas ravagée par l'insolation comme celle des demoiselles à la mode, mais tout opaque d'ombre et de fraîcheur ; le léger tremblement du crêpe, sa gaufrure, le crissement de son frisson noir qui déroutait la lumière achevaient de l'enchanter.

— C'est bien vous ? répéta Hedwige.

— Oui, mademoiselle, dit Pierre machinalement.

Il éprouvait une impression curieuse ; il était débrayé, en roue libre, et descendait sans effort, comme en rêve, dans une sorte de bien-être inconnu. Cette chambre aveuglante de blancheur où il venait de faire le vide et d'introduire son allié le froid devenait une tiède nuit océanienne. Pierre entrait en une région de lui-même non encore visitée et où il se mouvait avec une aisance surprenante. Par hasard il s'aperçut dans la glace et se trouva changé, plus relevé d'allure, plus imposant. Son regard se croisa avec celui d'Hedwige.

— Pourquoi riez-vous ? demanda-t-il.

— Parce que vous aviez oublié que j'étais là ; je vous ai vu dans la glace : quand on regarde les gens en face on les voit, mais quand on les regarde dans la glace on les comprend.

— Ce n'est pas bête du tout ce que vous dites là, fit Pierre ; vous lisez beaucoup ?

— Jamais ; je n'aime pas couper les pages.

— Moi, je les coupe avec mon doigt.

Ils éclatèrent de rire, soudain heureux de rire ensemble de quelque chose de si solidement idiot. Une gaieté de déjeuner sur l'herbe se répandit dans cette pièce où le spectateur n'eût vu qu'une grande fille en noir, un grand garçon en gris, quatre murs qui vous faisaient mal au nerf optique et aux sinus frontaux par leur blancheur, un bureau d'acier, deux téléphones, des fils électriques, un poêle électrique et des rideaux de toile cirée.

Hedwige passa un doigt sous la jugulaire de crêpe blanc qui étranglait son rire. Ce geste lui rappela qu'elle s'était habillée pour affaires sérieuses.

— J'espère, monsieur, dit-elle, que vous ne vous formaliserez pas si je prends la liberté de vous poser quelques questions.

Pierre fit un geste poli.

— À qui, s'il vous plaît, avez-vous versé l'argent du Mas Vieux ?

— Mais à Monsieur votre père, naturellement.

— Et savez-vous ce qu'il en a fait ? S'il l'a remis au notaire ou à quelque autre personne ?

Pierre se dérobait :

— Ma foi, comment le saurais-je ?

Elle le poursuivit :

— Vous étiez probablement dans la chambre de mon père, puisqu'il était très malade. N'avez-vous rien vu ?

— C'est un interrogatoire ? fit Pierre.

Ces questions devenaient gênantes.

— Cet argent...

Pierre ressentit la poussée presque physiquement, comme si on le réveillait ; ses nerfs se tendirent pour résister ; un moment encore il demeura arrêté, puis soudain un petit déclic se fit en lui et tout l'engrenage repartit : le temps, au vol un instant suspendu comme un oiseau planeur, s'était remis en marche ; Pierre était de nouveau embrayé. En un clin d'œil il regarda sa montre, jeta sa cigarette dans un coin, sonna et sans attendre ouvrit l'autre fenêtre, les deux portes et cria :

— Chantepie ! Chantepie, ma montre s'est encore arrêtée. (Il agitait le bras comme s'il se noyait.) Quelle heure est-il à l'horloge de la cuisine ?

— Elle dit bientôt midi, répondit Chantepie.

— Un taxi, au galop !

— Vous êtes pressé ? demanda Hedwige, étonnée.

— Je n'ai que le temps de filer... Ne vous inquiétez pas, je reviendrai... demain ou après-demain... Je vous téléphonerai... nous arrangerons tout ça, criait Pierre déjà dans l'escalier, une phrase par palier. (Depuis le lycée, il était recordman de la descente d'escalier.)

Arrivé en bas, Pierre piétina dans la loge, fulmina sur le trottoir, se planta au milieu de la chaussée, pesta contre le mari de la concierge qui ne savait pas courir, envoya Chantepie chercher un second taxi, puis finit par sauter dans une voiture en maraude sans plus attendre. Il démarra juste au moment où les deux taxis successivement requis s'arrêtaient devant sa porte, l'un avec le concierge sur le siège, l'autre avec Chantepie sur le marchepied, tous deux faisant mille signes impuissants.

— C'est un dératé, dit le chauffeur de taxi.

— C'est un papillon, dit poétiquement Chantepie.

— C'est un cornichon, dit le concierge.

CHAPITRE 7

Le soleil de deux heures tombait sur la neige dont un coup de vent d'est oblique avait prématurément badigeonné Paris ; la neige ne gardait rien pour elle, renvoyait la lumière chaude muée en lumière froide dans toutes les directions, soulignant les reliefs des maisons, noircissant les arbres nus, muant les pigeons en corbeaux, hâlant les blondes en négresses et peignant en jaune safran les chiens les plus blancs. Les autos faisaient éclater la glace et traçaient des paraphes dans les rues. Les concierges grattaient les seuils avec des pelles à charbon et recevaient sur la tête, du haut des corniches, les stalactites fondantes.

Pendant ce temps, à Saint-Germain, les minutes stagnaient. (Les dames Boisrosé, étrange société par inaction, ne tiennent aucun compte de l'écoulement des heures, ni des trajectoires célestes ; elles se moquent que ce soit le soleil ou la lune qui monte au zénith et font à leur gré de la plus radieuse journée un crépuscule fabriqué à coups de rideaux tirés, ou de la nuit la plus obscure une fureur de lumière électrique.)

Bien que l'après-midi fût à peine commencé, la chambre de Mme de Boisrosé, tous volets clos, n'a d'autre clarté que la petite flamme d'une veilleuse d'argent ; dans cette pénombre, Angélique assise sur le lit de sa mère, ses immenses yeux noirs cernés d'anneaux comme Saturne (et d'ailleurs elle avait toujours l'air de revenir de saturnales inconnues, sinon insoupçonnées), se regardait dans une glace à main.

— Attention, Angélique, elle va t'échapper ; *miroir cassé, âme brisée*, dit Bonne.

Angélique hocha vaguement la tête. Rien de plus trompeur que le physique des femmes : Angélique la raisonnable, la bonne ménagère, apparaissait toujours défaite, échevelée, absente, moins une femme qu'une figure de drame. Pourtant sa vie était la plus banale du monde et ne présentait d'exceptionnel que cet alliage de mère et de mari, d'amour libre et de devoir conjugal. Pour les Boisrosé, le mariage était une cérémonie nécessaire mais transitoire et la procréation une sorte de fécondation, mais artificielle, avant laquelle le mâle était inutile, après laquelle il était abandonné. À peine le photographe nuptial avait-il fixé pour l'éternité la robe de satin blanc d'Angélique aux côtés de la jaquette et des guêtres du polytechnicien qui avait cru naïvement entrer dans la famille Boisrosé (on n'entre pas dans cette famille, on y naît) qu'Angélique avait regagné la ruche et qu'elle était retournée chez sa mère, menace que tant de femmes brandissent et que si peu exécutent. Angélique passait auprès de son époux les heures horizontales et réglementaires, raccourcies d'ailleurs par le téléphone qui, sans pouvoir sur le corps, libère l'âme, permettant à la fille mariée de garder un contact nocturne avec les siens, par l'intermédiaire de voisins complaisants (les Boisrosé n'avaient pas le téléphone) qui se laissaient même parfois réveiller sans protester, tant les Boisrosé avaient le don de se faire rendre des services par tout le monde. Au matin, à peine l'époux choisi comme un moindre mal avait-il pris son petit déjeuner, qu'Angélique retournait à la matrice jusqu'à l'heure du coucher. Cette courte absence de la nuit, sorte de migration gazeuse d'un corps, qui n'entamait pas l'intégrité familiale ni la permanence de l'autorité maternelle, restait sans effet sur les relations conjugales. Angélique n'avait pas d'enfant.

Pour le dogme Boisrosé tel que Bonne l'avait reçu du ciel, révélé sur on ne sait quel Sinaï, l'amour était la seule trahison. Jamais Angélique ne s'en était rendue coupable. Jamais non plus Hedwige ne se perdrait dans ce marécage. Il ne lui arriverait jamais, pareille à un faucon déchaperonné, d'aller vers le large au-dessus de quelque jeune mâle sans revenir à l'heure dite chevaucher le poing maternel. Mais on était moins sûr de Fromentine. Ses dix-huit ans, son tempérament dénicheur et curieux, une certaine audace exploratrice, l'orgueil qui la poussait à essayer sur autrui la dangereuse propagande de sa beauté, indiquaient des tendances au déracinement et des sympathies envers le monde extérieur : elle raffolait des robes et le luxe l'eût percée de ses flèches si elle l'eût connu ; mais elle ne le connaissait que par une sorte de nostalgie inconsciente et par cette pente naturelle qui pousse les filles belles vers la rue de la Paix et l'avenue Matignon. La famille Boisrosé, cela va sans dire, veillait, chacune faisant le quart autour de Fromentine, et les galants en étaient restés pour leurs frais, les dames marieuses pour leur courte honte et les bijoutiers pour leur manque à gagner. Pour le cas où, contre toute vraisemblance, le danger serait devenu réel, Bonne de Boisrosé tenait en réserve une arme secrète et sûre : la syncope et la mort, d'ailleurs suivie, sitôt obtenu le repentir de la pécheresse, de la résurrection. Elle n'avait pas son égal pour tirer de sa faiblesse des procédés d'intimidation.

Les élèves du Conservatoire travaillant comme morceau de concours *la Dame aux camélias* eussent gagné à venir prendre chez elle des leçons d'agonie. Ajoutons qu'elle avait rarement besoin de sortir le grand jeu ; toujours suffisait la phrase menaçante, dernier paragraphe du Règlement : « Je vais mourir. » Ce chantage au cimetière avec complaisante description des futures obsèques, fixation du rituel, constatation du décès, ensevelissement, messe et chants liturgiques, sans oublier la rédaction des billets de faire-part, écusson, convoi... avait le don funèbre de bouleverser les trois filles. Loin de les familiariser avec une éventualité somme toute naturelle et même inévitable, cette perspective trop souvent évoquée avait transformé en névrose d'angoisse ce qui chez des gens normaux est une pensée triste, vite refoulée.

La sonnette, un pas précipité, une interjection joyeuse jetée en passant à la femme de ménage, c'est Hedwige ; elle entre, dégageant de toute sa personne l'air pur et glacé qu'elle a absorbé.

— Te voilà ! dit paresseusement Angélique ; quelle heure est-il ? Oh, tu nous apportes du froid ; as-tu déjeuné ?

— Oui, j'ai mangé des pistaches, il m'en reste, tenez, fait-elle, vidant son sac sur le lit. Vite, Fromentine, rallume le poêle, je suis gelée, moi, j'ai couru toute la matinée.

— Raconte, raconte ! cria Fromentine (à genoux), elle souffle pour ranimer la braise. As-tu vu les nouveaux kashas ? Où sont les échantillons ?

— Attends, dit Hedwige qui fouillait dans ses poches, dans son sac, dans son corsage et finalement dans son soutien-gorge d'où elle les tira ; ils sont merveilleux, sens comme c'est doux ; j'ai aussi apporté le vernis blanc pour les ongles, il faut mettre celui-là d'abord avant le rouge, ça tient mieux ; c'est américain.

Un énorme soupir poussé par Bonne interrompit ces renseignements.

— Mamicha, vous ne vous sentez pas malade au moins ? cria Hedwige, éperdue ; ma chérie, je vais vous faire tout de suite du bien ; je vous apporte de bonnes nouvelles : M. Pierre Niox va tout arranger.

— Il va nous retrouver l'argent ?

— Je ne sais pas, mais il a dit en partant : « Nous arrangerons ça. »

— Il paiera le Mas Vieux une seconde fois pour faire plaisir à Hedwige, dit Fromentine sans hésiter.

— J'espère, mon enfant, que tu n'as pas donné à ce monsieur inconnu l'impression que nous disputons à une servante l'héritage de ton père ; nous ne sommes pas d'assez grande maison pour faire sans rougir ces choses-là.

— Mais, Mamicha, il fallait bien que je lui parle de la vente ; nous ne sommes pas intéressées, mais nous avons besoin d'argent ; il a certainement compris...

— Qu'est-ce qui te fait croire qu'il a compris ? Que t'a-t-il dit ? Raconte tout.

Hedwige ouvrit la bouche, chercha quoi dire et se rendit compte qu'elle n'avait rien à raconter. Heureusement pour elle Fromentine cria :

— Dis-nous d'abord comment il est ; fais-nous son portrait ; est-il beau ?

— Il est laid, dit lentement Hedwige, il est laid et il donne le vertige.

— Le vertige, c'est la tête qui tourne ; il t'a tourné la tête, Hedwige ?

— Tais-toi, fillette, dit Bonne, son inquiétude tout de suite alertée. Voyons, Hedwige, reprenons : répète-moi mot pour mot ta conversation avec M. Niox.

— Ce n'est pas précisément un monsieur, dit Hedwige (elle tâtonnait cherchant le trait juste) ; c'est un jeune homme ; il est drôlement habillé ; ses fenêtres étaient grandes ouvertes et il faisait très froid.

— Alors il t'a offert un fauteuil et tu lui as dit...

— Il ne m'a rien offert du tout ; il n'y avait pas de sièges dans la chambre...

— Je ne comprends pas, dit Mme de Boisrosé, sincèrement ahurie ; comment une chambre peut-elle ne pas avoir de sièges ?

— C'était son bureau ; je ne l'ai pas aimé, dit Hedwige du même ton lent et réticent. Une pièce toute nue où il n'y avait rien à quoi s'accrocher : ni meubles, ni moulures, ni corniche, ni boutons de porte ; toute blanche avec ça, comme si elle était composée de six plafonds.

— Tu devais avoir l'air d'une mouche là-dedans, éclata de rire Fromentine, et te demander si tu avais la tête en bas ; je comprends que ça t'ait donné le vertige !

Hedwige lui jeta un regard mécontent et se tourna vers sa mère qui lui demandait de commencer par le commencement, par le moment où il lui avait dit bonjour.

— Il ne m'a pas dit bonjour, fit Hedwige, du moins je ne m'en souviens pas ; pendant quelque temps il ne m'a rien dit, puis nous avons parlé de choses... de choses indifférentes...

— Comment, tu ne lui as pas exposé l'affaire ?

— Mais si, je lui ai tout dit ; ce n'est pas la peine que je vous répète cette histoire que vous connaissez par cœur, fit Hedwige en proie à un agacement inusité.

— Ce qui est la peine, c'est que nous sachions ce qu'il t'a répondu, fit Angélique avec ironie.

Elle appuya son regard sur sa sœur. Il ne lui échappa pas que quelque chose ici lui échappait.

— Tu le sauras prochainement, ma chère, fit Hedwige, car il a l'intention de nous demander une entrevue ; pour l'instant je suis fatiguée, je n'ai pas envie de parler ; je me repose.

Et elle se glissa dans le lit maternel, tout habillée, après avoir fait sauter du bout du pied engagé sous le talon ses souliers qui allèrent rejoindre au milieu de la pièce les chaussures de ses sœurs. (Les Boisrosé se déchaussaient tout le temps et partout, en voiture, sous les tables, à l'église, et à plus forte raison, chez elles ; ce dérèglement faisait partie du Règlement ; et c'était un paysage de cheminée de Noël, de marché aux puces ou de seuil de mosquée que ces paires de chaussures éparses sur le tapis, et un des bruits caractéristiques de cette famille coloniale que ces grands corps faisant plier les lattes du parquet sous leurs talons nus.)

Vers six heures du soir, Fromentine la première se réveilla et alla s'occuper du feu. Elle y jetait des boulettes de papier qu'elle mouillait et faisait durcir au soleil avant d'en bourrer son poêle. Le poêle était un vilain petit poêle de corps de garde dans lequel brûlaient tous les résidus de la famille Boisrosé. Car, au grand étonnement des boueux et des chiffonniers, cette famille n'envoyait jamais d'ordures à la rue, pas même les os de gigot. Elle brûlait dans ce poêle à combustion lente les restes de ce qu'elle consommait, c'est-à-dire presque rien. Le café était son principal luxe alimentaire et encore l'oncle Rocheflamme l'apportait-il presque toujours, le recevant de Trou Dauphin par l'intermédiaire d'un ancien esclave de la famille Boisrosé, devenu chancelier d'une légation caraïbe à Paris. Les factures, d'ailleurs fort rares, n'avaient pas de prise sur ces femmes seules, et le fisc lui-même, d'une si diabolique ingéniosité, se cassait les dents sur cette vie cloîtrée sans signes extérieurs de richesse, plus dénuée que la vie des carmélites du couvent voisin dont on entendait les cantiques.

— Fromentine, *le Figaro*, commanda Bonne.

Fromentine lut à haute voix la deuxième page du *Figaro*. Les listes de cadeaux de mariage les passionnaient. Ses sœurs écoutaient, assises par terre, se polissant les ongles ; cette cérémonie, commencée aux quatre coins de la chambre, finissait par un rassemblement des filles Boisrosé sur le trône maternel, et vers le soir, comme elles avaient froid, par un alignement général sous la vieille couverture d'écureuil mitée qui servait de dessus-de-lit. Car incapables de résister au « Comment, tu vas me laisser là ! » de leur mère, elles avaient l'une après l'autre renoncé à leurs occupations diverses. Une heure plus tard, on entendait encore :

— Marquis et marquise de Z... un éventail, baronne W... un nécessaire en or, vicomte B... une aquarelle de chasse.

Cette race de crampons s'entre-cramponnant, ces aimants s'entr'aimant et s'entr'aimantant, elles avaient repris la bienheureuse vie créole en peignoir, à peine abandonnée un instant à leur arrivée à Paris. Quatre têtes sur l'oreiller : une grise, une brune, une blonde, une rousse, couchées au-dessous d'un Christ de buis, stupéfait devant cette humanité retournée à la forêt vierge. À côté du crucifix se trouvait un almanach dont aucune feuille n'avait été arrachée depuis huit mois, ce qui témoignait du parfait mépris des Boisrosé pour les divisions du calendrier. Ainsi reconstituée, la cellule mère en voyage dans ce palanquin immobile n'offrait plus de prise au monde ; c'était le retour au germe, au silence et à la solitude de la vie fœtale, au plus élémentaire amour.

Peu avant dîner, l'oncle Rocheflamme entra en traînant les pieds, comme quelqu'un qui a fini sa vie, mais on ne se dérangea pas pour si peu. Couleur de pierre ponce, la moustache gauloise, l'œil bleu viking, l'habit retourné, M. de Rocheflamme n'avait eu qu'à traverser la rue pour retrouver sa famille : il habitait en face un appartement où il faisait sans patente un commerce d'homme du monde, touchant des commissions honteuses sur de petits meubles en marqueterie que des confrères déposaient chez lui « en nourrice », suivant le jargon de la salle Drouot. Son nom qui évoquait l'époque primaire des granits en fusion et des silex en pâte chaude correspondait peu à sa personnalité refroidie de garde-noble déplumé. Il n'avait d'autre pittoresque que sa connaissance des meubles du XVIIIe siècle. M. de Rocheflamme, n'ayant personne avec qui s'entretenir du ciselage des bronzes de Gouthière, laissait sa sœur trancher sur tous les sujets, sauf sur la torréfaction du café où il avait des idées qui, pour une fois, n'étaient pas toutes faites. À part cela, il était de l'immense troupeau des imbéciles qui, d'une voix coagulée, rendent leur journal après l'avoir mangé. On ne lui demandait rien. Sa présence était une absence. Il restait des heures derrière le dos de sa sœur à la regarder faire des patiences, se faisant reprendre quand il donnait de mauvais conseils, gronder quand il en donnait de bons. Il entrait tout naturellement dans ce nirvana Boisrosé, sorte de suspension de tout devenir, de repos définitif où le Temps ressemblait à une bande de cinéma soudain bloquée par une panne d'électricité.

Ce soir-là Bonne de Boisrosé, avec sa perruque d'un blanc café au lait en équilibre sur un front dégarni, son nez Bourbon, sa lèvre de perche au court-bouillon, sortit plus tôt et plus activement que de coutume de sa condition somnolente pour prendre sa part dans ce barbare et enfantin bivouac qu'était la vie de la famille Boisrosé.

— Connais-tu un monsieur Pierre Niox, antiquaire ? demanda-t-elle à son frère avec animation.

— De nom... et de réputation, mâchonna M. de Rocheflamme d'un air mauvais.

— Il a acheté le Mas Vieux.

— Compliments ; il est donc cousu d'or, ce margoulin ?

— Il ne m'a pas du tout fait l'effet d'un margoulin, dit Hedwige.

La méchanceté de M. de Rocheflamme n'était pas seulement l'humeur d'un brocanteur pour un collègue patenté, ou celle d'un vieux monsieur pour un jeune homme, bref, cette malveillance naturelle née de la confrontation de deux situations contraires ; c'était aussi une passive mais cordiale antipathie pour tout ce qu'il ne connaissait pas et qui n'était pas de sa famille.

— Oncle André, prenez du gigot froid : il reste encore un peu de viande.

L'oncle André cessa de parler, oublia Pierre sur lequel il ne savait d'ailleurs rien et c'est sur l'os de gigot qu'il continua de se faire les dents.

CHAPITRE 8

Le séjour de Pierre à Bruxelles se prolongea assez longtemps pour éveiller l'inquiétude des Boisrosé qui cependant n'avaient pas la notion du temps. Hedwige surtout s'impatientait d'autant plus que ses sœurs ne cessaient de la taquiner sur le beau succès de sa démarche.

Enfin un matin, de très bonne heure, c'est-à-dire vers onze heures, la crémière qui assurait normalement la liaison téléphonique vint prévenir qu'on appelait Mlle Hedwige à l'appareil.

— C'est Hédiard, les mangues sont arrivées ! cria Mme de Boisrosé, les yeux gourmands.

— C'est M. Pierre Niox ! s'écriait en même temps Fromentine, les yeux brillants. Dépêche-toi, Hedwige !

Hedwige descendit d'un pas nonchalant de déesse. Au bout d'un moment elle remonta.

— C'était bien M. Pierre Niox. Il nous invite à dîner au restaurant et à aller ensuite au cinéma.

— Comment, dit Mme de Boisrosé, il invite toute la famille ? Et pourquoi au cinéma ? C'est une idée baroque.

Pourquoi pas dans son bureau puisqu'il s'agit de parler affaires ?

Hedwige expliqua non sans difficulté que, de la part de Pierre, c'était une entrée en matière pour établir une prise de contact, amorcer des conversations futures en vue de préciser...

— Quel drôle de langage tu parles, Hedwige. Où as-tu pris ces expressions ? On dirait un communiqué officieux, interrompit Angélique. Enfin nous allons voir ce fameux M. Niox !

— Pas toi, Angélique, dit Hedwige. Fromentine et moi nous sommes seules conviées.

Pierre passa à Saint-Germain prendre dans sa petite voiture Hedwige et Fromentine. N'étant presque jamais invitées, elles s'étaient fait une grande fête de cette fête et avaient commencé leur toilette aussitôt après le déjeuner. Hedwige renonça à sa sieste, Fromentine dès trois heures s'était mise à godronner sa chevelure ; elle jouait maintenant avec ses quelques petites robes avant de se décider pour le smoking du soir de sa sœur aînée (dans la famille Boisrosé, vêtements, bas et souliers étaient interchangeables).

Pierre, en grimpant la côte de Saint-Germain, se répétait la phrase d'Hedwige : « Nous tâcherons de ne pas vous faire attendre. » « J'espère qu'elles vont tenir leur promesse, pensa-t-il. De mon côté je veux répondre à cet effort d'exactitude, non pas en étant exact, je le suis toujours, mais en me modérant et contrôlant si elles ne le sont pas. Il est par trop idiot de transformer son plaisir en supplice. »

Pierre arrêta sa voiture devant la maison des Boisrosé. C'était la consigne. Cependant, comme il était sept heures et demie passées et qu'Hedwige lui avait recommandé de ne pas monter « vu qu'on entrait chez elles par une impasse obscure mal éclairée par de vieux lumignons enfoncés dans le lierre, pas de pipelet et qu'il se perdrait certainement », il se mit à corner, d'abord discrètement, puis à klaxonner à grand fracas.

Pierre commençait à souffrir et n'en était pas peu fier. Il lui plaisait d'endurer. Il avait froid sous la capote dont la toile tremblait. Quelques gouttes de brouillard perlèrent aux vitres. Une odeur de feuilles mouillées et d'herbe s'infiltrait par les portières. « Après tout, pensait-il, attendre une femme n'est pas désagréable ; en attendre deux c'est encore mieux. »

On entendait des chats miauler. Pierre s'occupa avec application à fumer, à faire jouer les phares, le code, les lanternes, le code, les phares. Il réfléchit à ses rendez-vous du lendemain, du surlendemain, consulta son carnet.

« Pour rien au monde, je ne voudrais être chauffeur, surtout chauffeur chez une Parisienne. J'aimerais mieux conduire un autocar à la campagne avec des malles à ficeler sur la galerie. »

Il paria avec lui-même que les demoiselles Boisrosé seraient là avant sept heures cinquante, perdit son pari, risqua encore une fortune, en fut pour son argent.

« Il faudrait avoir avec soi une bibliothèque logée dans la pochette de la voiture. Il y a des années que je n'ai trouvé le temps de relire mes classiques. On imprime aujourd'hui de longs chefs-d'œuvre sur papier pelure... J'ai envie de grimper l'escalier quatre à quatre, mais je risque de prendre la porte qu'il ne faut pas et de les faire attendre à mon tour, ce qui serait un comble... J'aurais dû amener Placide. Il est vrai qu'on ne tient que trois dans la voiture et je ne peux pas lui imposer le spider, tant il pleut. »

Deux ombres passèrent dans la lueur des lanternes. Pierre sursauta : « Les voilà. » Non, c'étaient des boniches se rendant au cinéma.

« Mon attente est un sacrifice, dit-il : que la fumée, au moins, en soit pure et le fumet agréable aux dieux. Il est bon pour moi d'être ici, à faire le pied de grue (drôle d'expression quand il s'agit d'un homme assis) et à élargir le cercle de mes relations, car si ma tendance à la précipitation s'accroît, il me faudra m'entourer d'amis nouveaux, des amis avertisseurs pour ainsi dire, non encore habitués à moi et qui tireront le signal d'alarme.

» Si je n'avais envie que de ce qu'il est convenu d'appeler les plaisirs, ce serait simple ; je me les procurerais bien tout seul. Mais j'ai envie de tout autre chose ; j'ai envie de me sentir projeté en avant par ma volonté ; j'ai envie de montagnes russes, de souffle coupé, de vide dans l'estomac, de vie lampée d'un trait. Je me casserai la tête un beau matin si quelqu'un ne me tire en arrière, mais en ce cas j'aime mieux, nettement mieux, que ce soit un joli bras de femme qu'un sermon du docteur Regencrantz. »

— Attention ! soufflait à Pierre son ange libérateur, tu t'embarques aujourd'hui dans une voie qui n'est pas la tienne, où tu n'auras que peines et déceptions ; tu as reçu de moi un don pittoresque et qui pourrait être sublime si tu avais une once de génie (cette once de génie qui te manque). Cet instinct noble qui te tire de la cohue des humains, cette aisance pratique à te mouvoir vite et seul au milieu de l'empâtement général, tout cela tu vas le perdre si tu t'intéresses aux dames.

Ces propos angéliques tentaient Pierre car on n'est jamais aussi dangereusement tenté que par les anges. Il luttait avec peine contre les mauvaises pensées qui assaillent les impatients. C'est ainsi qu'il vit passer l'image de son lit fascinateur, c'est ainsi qu'il pensa qu'il pourrait très bien dîner seul. Ce serait une bonne farce à faire à ces demoiselles. Il battait le tambour sur la vitre, nerveusement, et traçait des monogrammes ésotériques sur la buée du pare-brise.

— J'espère que nous ne sommes pas en retard, fit soudain une voix du fond d'un col relevé.

Hedwige appuyait le nez à la vitre.

— Absolument pas, répondit Pierre poliment.

Au restaurant Pierre s'assit en face des deux sœurs pour mieux jouir de cet éclat des femmes qui atteint son maximum dans les deux premières minutes.

Hedwige posa les coudes sur la table en un mouvement qui accentua le dessin vigoureux des épaules. Impossible de ne pas admirer la puissance du cou soutenant la belle tête dont l'austérité était adoucie par le regard nonchalant et le sourire rapide, vite effacé. Hedwige parlait peu, c'était son genre. Plus éveillée, plus babillarde, plus soumise à la mode, avec ses sourcils épilés et l'appareil moulé de ses boucles rousses, Fromentine attirait davantage l'attention ; sa gracilité d'esquisse à la sanguine éblouissait. Fromentine bavardait en roucoulant, un peu ventriloque, comme les très jeunes filles gênées qui débutent dans le monde. Pierre s'étonnait que la petite ville de Saint-Germain eût pu garder pour elle seule de telles beautés et se félicitait de sa découverte. À nouveau il ressentit cette impression sédative que lui avait déjà donnée sa première rencontre avec Hedwige. La grande douceur ondulante, la chaleur qu'il y avait en elle, sa voix mate incitait l'Impatient à s'arrêter, à mettre pied à terre, à souffler enfin.

— Le cinéma ne commence qu'à dix heures et demie. Ne nous pressons pas, dit Pierre. Nous avons tout le temps. Ouf ! Que c'est bon de se détendre...

— Au cinéma, je puis arriver quand je veux, dit Fromentine avec assurance, je comprends toujours.

— Moi, je ne comprends jamais, répondit Pierre. Je ne vous dis pas ça pour avoir l'air plus intelligent que vous, mais parce qu'il en est ainsi.

Voyant l'étonnement d'Hedwige, Pierre n'insista pas. Il s'aperçut qu'il venait de dire une phrase de son milieu que ces petites ne pouvaient pas comprendre, étant beaucoup trop naturelles, trop étrangères à ces raffinements de simplicité. Parmi certains clients et amis de Pierre, d'une préciosité et d'une subtilité proverbiales, on affectait en effet, par mode et par tactique, d'être ingénu, pisse-au-lit, pataud, Deux-Nigauds, Bibliothèque rose ou tête de Turc. « Nous recevons à la fortune du pot », faisaient les marquises ; « Je suis un paysan », disait tel peintre qui s'appliquait à ne pas être malin comme le diable ; « J'écris en somnambule », proclamaient les critiques les plus extralucides ; « Quelle godiche je fais », s'écriait une vieille rôtisseuse de balai ; et tous les vicomtes avec des sabots de chez Hellstern et les milliardaires vêtus de toile à sac à deux cents francs le mètre, de faire gauchement trempette avec leur mouillette dans leur café au lait, de se lire à haute voix les feuilletons de Jean de La Hire, de déclarer qu'il fallait arriver au théâtre « avant les chandelles » et de peler des oranges dans les loges, dans les loges du Châtelet, car le Châtelet était mille fois « plus beau » que les festivals de Salzbourg.

— Je n'aime pas, continua Pierre, être enfermé pendant trois heures dans une grande salle obscure traversée de projections qui devraient jeter pêle-mêle sur un écran ce que l'univers a de plus éblouissant, mais qui n'arrivent qu'à faire de moi, contre mon gré, le complice paresseux de sentiments vulgaires, de mœurs croupissantes et d'acteurs payés si cher qu'ils ne vous font pas grâce d'un battement de paupière. Au cinéma, je m'attends toujours à de l'inexploré, à quelque puissante incantation, je souhaite être vidé de moi-même par la nouveauté du spectacle. Et puis... rien du tout !... Qu'allons-nous manger ? Des huîtres ? Combien de temps faut-il pour ouvrir trois douzaines d'huîtres ?

Le maître d'hôtel se livra suivant l'usage à des évaluations trompeuses. Sans l'écouter, Pierre calculait : « Il faut bien dix secondes par huître ; l'homme qui les ouvre est seul ; pour peu qu'il ait un couteau ébréché, il faut bien compter quinze secondes ; pour trois douzaines cela fait environ dix minutes ! »

— Nous prendrons ce que vous prendrez, fit Fromentine que l'élégance de la salle médusait et qui écarquillait les yeux comme un nègre qu'on mène au cirque.

— Moi, dit Pierre, je suis l'homme de la petite marmite ; il y a cinq plats réunis dans la petite marmite : le potage, le pain, le bouilli, les légumes et le fromage.

— Alors, prenons-en, dit Hedwige, conciliante.

— Il n'y a plus de petite marmite, répondit le maître d'hôtel.

Pierre ne le regretta pas, car les potages sont toujours brûlants et il lui était difficile devant des non-initiées de réclamer plusieurs tasses pour y précipiter le bouillon et le faire refroidir plus vite ; ses mauvaises habitudes, on ne les exhibe pas du premier coup.

Le maître d'hôtel se morfondait, jouant avec son bloc-notes vierge. Les Boisrosé méditaient sur leur menu sans rien dire. Pierre prit l'affaire en main, puisque avec les femmes, au restaurant, on n'en sort jamais.

— Il est déjà tard pour vous faire faire un dîner fin, décidons-nous pour le plat du jour.

— Oui, oui, s'écria Hedwige, tant pis pour le dîner fin.

— Bravo, fit Pierre.

— Quel homme électrique ! dit en riant Fromentine qui échangea un coup d'œil avec Hedwige.

Pierre comprit que les deux sœurs s'étaient déjà entretenues de sa hâte et qu'elles en avaient ri ensemble. Il en souffrit ; il se jura de se surveiller.

— Nous nous rattraperons sur les vins ; prenons un peu de loisir et commandons d'avance un soufflé. — Maître d'hôtel, il faut combien de temps pour un soufflé ?

— Vingt minutes, monsieur.

— Faites marcher.

— Et en attendant ? fit le maître d'hôtel qui languissait.

— Mais puisque mademoiselle vous a dit que nous prenions le plat du jour !

— Le plat du jour, c'est dix minutes, monsieur. Rien avant ?

« Pourquoi faut-il attendre le plat du jour plus longtemps que les autres plats ? » soupira Pierre. Il sentit qu'il aurait vraiment l'air trop méchant, ou trop ridicule, ou trop dément s'il se mettait en colère pour si peu.

— Garçon ! Passez-nous ce saladier d'écrevisses, fit-il en se penchant à mi-corps au-dessus de la table et en touchant du doigt les écrevisses sur la desserte voisine. Ce saladier-là et pas un autre, vous entendez ! Et tout de suite !

— Comme vin ?

— Du bon champagne pourvu qu'il soit frappé et prêt à boire.

— On vous le mettra à la glace, dit le sommelier.

— Ce qui veut dire que vous allez pour commencer nous donner un champagne chaud.

— Monsieur, on ne peut pas faire refroidir d'avance le champagne, ça le casse.

— Et vous préférez me casser, moi ! gémit Pierre en se faisant craquer d'impatience les jointures du métacarpe.

Le décorticage, nettoyage et suçage des queues d'écrevisses fit regretter à Pierre les huîtres qui, après tout, avec un bon couteau et une main experte, se laissent ouvrir d'un coup.

— Comme c'est agréable, dit Hedwige, les yeux très doux et très heureuse, de manger de la cuisine qu'on n'a pas faite soi-même !

Pierre la regarda, admirant à nouveau la beauté de son visage et cette silencieuse mélodie qu'on entendait près d'elle. Elle portait un turban fait d'une fourrure très hérissonnée qui évoquait quelque XVIe siècle polonais et faisait désirer qu'elle portât (ce qu'elle ne portait pas) un dolman d'un rouge légèrement orangé. Pierre eut un tendre mouvement en pensant qu'elle n'avait pas ri lorsque Fromentine avait commencé à le taquiner, qu'au contraire elle avait paru attristée. Fromentine alliait sans doute cette méchanceté naturelle des rousses à ce sadisme innocent des jeunes filles qui souffrent et font souffrir volontiers parce qu'elles ne sont pas comblées.

Le garçon vint présenter le plat du jour : un canard aux petits pois.

— C'est très beau, très beau, dit Pierre, mais laissez donc le canard sur notre table. Les plats qu'on vous présente cérémonieusement pour les escamoter aussitôt me désespèrent.

— Mais puisque je vous le rapporte, monsieur ! dit le garçon en faisant demi-tour.

Pierre le rattrapa par le tablier.

— Non, non, mon ami, amenez le tranchoir et dites au maître d'hôtel de découper ici même, sous nos yeux. J'en ai assez d'attendre !

Fromentine se tordait. Hedwige souriait, contrainte. Ainsi Pierre gâchait-il peu à peu une soirée si bien commencée. Il se trouvait en face de deux beautés inexplorées, d'une table bien servie, dans un restaurant tiède, tout progressait normalement, suivant les rites, avec le raffinement silencieux et les mœurs douces que des générations de Parisiens s'étaient appliqués à perfectionner. Or, lui n'avait qu'un désir, qu'une passion, c'était de semer là-dedans la panique, la débandade. « Quel sauvage je fais ! se dit-il. Si toutes ces choses délectables me croulent un jour sur la tête, je le regretterai, mais je l'aurai bien voulu. »

Pierre avait déjà englouti son canard que le garçon n'avait pas encore commencé à repasser les pattes à la flamme du réchaud. À une table voisine, une dame épluchait des noix fraîches.

« Pourvu qu'on n'ait pas l'idée de nous en offrir ! » soupira Pierre tandis qu'il dérobait au passage une pomme qu'il mangea sans la peler.

Heureusement le soufflé ne se fit pas attendre et les demoiselles Boisrosé ne prirent pas de café, ce qui ramena la bonne humeur sur la figure de leur hôte.

— Nous ne buvons que celui que nous faisons nous-mêmes ; hors de chez soi on n'a jamais que du costa-rica. Le café de la famille vient de l'Anse à Banane.

— L'Anse à Banane ! Quel est ce délicieux endroit ?

— C'est la maison des Boisrosé, aux Îles, dit Fromentine. Moi je ne l'ai jamais vue, pas plus que le Trou Dauphin, plantation de cannes qui nous vient du côté de ma mère.

— Si après cela vous n'acceptez pas un coup de rhum, mademoiselle !

— Quand j'étais petite, ma nourrice me donnait des bains de rhum. Ça m'a dégoûtée du rhum à tout jamais, dit Hedwige.

— Excusez-moi, dit Pierre. Il n'y a ici que des verres. Je n'avais pas prévu les baignoires.

La voix d'Hedwige avait un accent profond lorsqu'elle prononçait le mot rhum, l'*r* d'abord un peu résorbé, à la créole, suivi d'une nasale grave qui faisait trembler tout le palais comme une caisse de résonance, pour retomber enfin derrière les dents tandis que l'*m* final venait mourir contre les lèvres scellées.

— J'ai entendu dire que l'odeur de mélasse flottait sur les Antilles comme le parfum du maquis sur la Corse, dit Pierre.

— La mélasse, vous croyez que c'est une bonne odeur ? Ça sent le vieux cuir ! s'exclama Fromentine en éclatant de rire.

— Preniez-vous des bains de taphia ou seulement de rhum ? demanda Pierre qui cherchait mille prétextes pour qu'Hedwige prononçât à nouveau cet *r* qui l'enchantait.

Pierre en oubliait de s'en aller. Mais soudain il se dressa, se rappelant qu'il était plus de dix heures.

— Vous m'avez fait peur, dit Hedwige.

— Peur ?

— La famille Boisrosé, belle d'indolence, se balance et n'a pas l'habitude de se réveiller en sursaut, fit Fromentine. Chez nous, les négresses vous réveillent en vous appuyant la main sur la plante des pieds : c'est l'endroit le plus éloigné du cœur ; on n'éprouve aucun choc.

Ils se levèrent de table. Pierre jeta son pardessus sur ses épaules, tandis que les demoiselles Boisrosé disparaissaient derrière cette portière mystérieuse du vestiaire où elles s'en vont toutes pour ne jamais reparaître, cérémonie qui d'habitude avait le don de le mettre au désespoir mais qu'il endura ce soir-là sans trop danser d'une jambe sur l'autre.

Ils traversèrent les Champs-Élysées. Le cinéma donnait un film idiot, plein d'étoiles célèbres, tout en premiers plans, avec des visages aux dents larges comme des dalles et aux lèvres noires dont on voyait chaque crevasse, des peaux de vingt ans aux rides plus profondes et plus proches du spectateur que le Cañon du Colorado vu au télescope. On ne faisait grâce ni d'un cil ni d'un poil. Pierre avait raison : quelle inertie dans les sentiments, quelle stagnation dans les péripéties ! Jamais on n'eût dit que cette histoire avait été ordonnée par une intelligence humaine.

— Ce n'est pas supportable, dit Pierre. Si nous allions ailleurs ?

— Mais où aller à cette heure-ci ?

— À *l'Excelsior* ; on donne de très bons documentaires.

À peine avait-il prononcé ces mots qu'il bondissait. Elles coururent après lui, mais il les avait précédées pour aller chercher sa voiture et la sortir de la file. L'instant d'après il était de retour. Hedwige et Fromentine n'avaient pas refermé la portière que Pierre démarrait et s'arrêtait au Rond-Point, devant *l'Excelsior.* Là, il tambourina en vain à la vitre car il était tard et la guichetière avait déjà fait la caisse, sauta au contrôle et revint en brandissant un coupon de loge.

Quand ils s'assirent, l'entracte était sur le point de finir et la sonnerie retentissait déjà. Pierre s'installa entre ces deux corps parfaits. Il se sentait tout heureux maintenant. Il avait fait sa crise. La soirée prenait une bonne direction. Le moment difficile était passé. Il partagea son sourire entre ses compagnes. On amorça un prochain rendez-vous.

— Il faudrait pourtant se revoir pour parler affaires, dit Pierre.

— Vous viendrez dîner à Saint-Germain. Maman serait heureuse de vous connaître, dit Hedwige.

— Il n'y aura qu'un plat, et nous vous promettons que vous n'attendrez pas, ajouta Fromentine.

L'obscurité se fit. Pierre comptait que de saines actualités allaient enfin les retremper dans un torrent de vitalité impétueuse, parmi les cris de la foule, les gestes sportifs, les charges de cavalerie, bref, tous les flux et les reflux de la beauté contemporaine en action.

— Maintenant, on va s'amuser ! fit-il gaminement en se frottant les mains.

La publicité lumineuse disparut. Après que l'orchestre eut traîné en longueur une valse de Johann Strauss l'écran annonça, hélas, un documentaire au ralenti :

LA DIGESTION DU BOA

— Il y a des jours où rien ne marche, soupira Pierre.

— Vous en avez assez ? demanda Hedwige, compatissante.

— C'est-à-dire que... Saint-Germain est loin. Je propose que nous rentrions.

Lorsque Pierre les eut déposées chez elles, Fromentine se déshabilla dans sa chambre et revint s'asseoir sur le lit de sa sœur.

— Ton ami, c'est un drôle de type.

— En tout cas, il n'est pas fade, répondit Hedwige. Crois-tu qu'il se soit amusé ?

— Au début, oui, mais il paraissait très pressé, pressé de nous quitter. Il devait avoir un autre rendez-vous, insinua-t-elle.

— Pas nécessairement.

— Mais si, continua Fromentine, taquine.

— Je croirais plutôt qu'il avait envie d'être seul, dit Hedwige. C'est un original.

— Est-ce bien un original ? Un homme seul ça ne s'est jamais vu. Je ne crois pas à la solitude des hommes...

— Quelle expérience !

— C'est peut-être tout simplement un homme qui a la permission de minuit et qui craint de manquer l'appel ? ajouta Fromentine d'un air nonchalant, en brossant ses cheveux roux.

CHAPITRE 9

— Me voici, j'accours, qu'y a-t-il ? Qu'est-ce qui est arrivé ?

Placide, le foulard noué sous une barbe plus dure que le dos de l'irritable porc-épic, la mèche folle, le pantalon sur les chevilles, tombe chez Pierre Niox qu'il trouve pour une fois fort calme, étalé dans un fauteuil, un livre à la main.

— Mais rien du tout, fait Pierre tranquillement.

— Comment ? Tu n'es même pas malade ! C'est trop fort. Alors pourquoi me tires-tu du lit ? Est-ce pour me faire la lecture ?... Et du Michelet encore !

— Il a de beaux cris, dit Pierre.

— Un historien ne doit pas crier, répond le chartiste. D'ailleurs l'Histoire de Michelet est tellement confuse qu'on en sort ayant oublié l'histoire. Mais cela ne me dit pas pourquoi tu m'appelles d'urgence. Quelle tuile...

La tête échevelée de Placide et son désarroi sont si drôles que Pierre, pris d'envie de prolonger la taquinerie, poursuit son propos sur un ton de conférencier.

— Je me suis fait peu à peu une petite galerie de génies familiers, un panthéon portatif composé d'hommes-éclairs.

J'accorde la préférence aux héros impétueux, aux génies de prime saut, aux meneurs de razzias, aux raiders célèbres. La contemplation de ces surhommes est aussi tonique que l'audition d'une marche militaire. Ce sont mes saints patrons.

Placide sentit la moutarde lui monter au nez.

— De saints patrons, je ne t'en connais qu'un, c'est saint Guy.

— César mérite la première place, poursuit Pierre, imperturbable. On ne peut que louer le saut du Rubicon, et aussi ses armées soudain plantées là en pleine Germanie et ses descentes à bride abattue sur Rome, d'où il rebondissait aussitôt jusqu'aux confins de l'Empire. Relisons cette page où il raconte comment il s'engage au fond de l'Illyrie ; là, il apprend que la petite Bretagne s'est soulevée ; d'un coup d'épaule, il secoue son bivouac provincial, saute les Alpes, abat d'un crochet du droit les Armoricains tout en assommant d'un swing du gauche les Germains qui s'étaient révoltés à leur tour...

— Brutus tua César parce que sa frénésie lui tapait sur les nerfs et le Sénat l'approuva... et moi aussi ! hurla Placide.

— Auprès de César, les conquérants les plus célèbres semblent dormir debout, continua Pierre sans l'écouter. Charlemagne par exemple et ses guerres de quarante ans, traînantes comme sa barbe ! Et cette fade chevalerie des croisades s'enlisant dans des disputes de préséance, des procès de mitoyenneté et des romans d'amour ; et ces soporifiques tournois avec harangues alternées de hérauts d'armes...

— Tu n'es pas fait pour comprendre la solide et inébranlable beauté des armures, interrompit sèchement Placide.

— Préférons-leur, mesdames et messieurs, Henri IV conquérant son royaume au débotté, Gustave-Adolphe avalant l'Europe d'une haleine, Condé et ses illuminations stratégiques...

— Je te remercie de ce petit cours sur les grands agités, interrompt Placide. Maintenant, dis-moi pourquoi...

— ... pourquoi le dieu par excellence, c'est Napoléon ? Ah, Placide, quelles effrénées poursuites parmi les cloches et le canon, que ces guerres de l'Empire ! Ces volte-face, ces sauts périlleux, ces ripostes de pugiliste profitant de la moindre rupture d'équilibre chez l'adversaire ! La campagne d'Italie, tiens, je la sais par cœur : le retournement fulgurant de Montenotte, la bousculade de Roveredo, le coup d'épervier de Bassano, les trente-six chandelles de Marengo, les Alpes franchies en une foulée ! César ou Napoléon, c'est le même triomphe de la dextérité. Ils débuchent toujours par les chemins impraticables où la vieille stratégie ne les attendait pas.

— Assez ! crie Placide. Pour une fois, c'est moi qui te demande d'être bref...

— Et la campagne de France où le vieux lion, rendu, essoufflé, trahi par ses muscles, retrouve tout à coup ses soubresauts, son ancienne escrime, ses tête-à-queue qui à Sainte-Hélène terrifiaient encore les visiteurs venus le lorgner à travers les barreaux de la cage !

Placide se campa debout devant Pierre et, le sourire venimeux, articula :

— Ces capitaines savaient mieux gagner des batailles que des cœurs : sur ce dernier point tu leur ressembles.

— Tu ne m'aimes plus, Placide ?

— Non.

— Tu boudes ?

— Le mot est mal choisi, comme tout ce que tu choisis, d'ailleurs, cria Placide, exaspéré.

— J'ai pourtant une bonne nouvelle à t'annoncer ; cela ne t'intéresse pas ? Écoute tout de même : les deux urnes du IVe siècle et le casque à spirales d'or d'Oslo dont tu n'approuvais pas l'achat, eh bien, le musée de Baltimore nous les reprend avec cent pour cent de bénéfice.

— Et c'est pour ça que vous me mandez ici, fit péniblement Placide qui étouffait de rage.

— Oui, c'est pour cela que je vous mande. Et pour te dire que je double ton pourcentage là-dessus ; et aussi tous tes pourcentages sur toutes nos affaires, tant je suis satisfait de la bonne marche de notre association.

Placide demeura muet, rougissant et pâlissant tour à tour.

— Quoi, tu n'es pas content ? fit Pierre en souriant.

— Non, non et non ! éclata Placide, trépignant. Vos façons me tuent. Sachez que j'ai failli m'évanouir d'émotion ! Je redoute les chocs. Quand vous me faites une gentillesse, c'est si brusquement que j'en suis plus fâché que d'une amende ! Vous me réveillez en sursaut ! Vous ne me laissez pas le temps de m'habiller. Même pas le temps de dormir ou si peu que vous m'empêchez de trouver le vrai sommeil. Vous ne me laissez d'ailleurs le temps de rien ! Je suis votre souffre-douleur. Je souffre de toujours essayer de vous rattraper. J'ai besoin de vivre normalement, moi, et non pas crispé à l'arrière du convoi, dans un rôle de serre-frein. Et puisque je suis ici ce matin, contre mon gré, j'en profite pour vous dire que je romps notre association et que je m'installe à mon compte.

— C'est sérieux ? demanda Pierre.

Il regardait, stupéfait, cet ami de quinze ans chez qui il n'apercevait plus qu'une incompréhensible animosité. Il eut envie de dire : « Mais qu'est-ce que je t'ai fait ? », ne parvenant pas à comprendre qu'une simple différence dans leur tempo respectif pût charger d'un tel ressentiment l'âme de Placide.

Il s'efforça de se mettre à sa place, de se juger impartialement ; qu'est-ce qu'on pouvait lui reprocher ? Un peu trop de rapidité, poussée parfois - bien rarement - jusqu'à la fébrilité. C'était un défaut, un travers plutôt, un travers charmant ; tant de gens sont léthargiques, poids lourds odieux à soulever. Chez lui, tout était vitalité, envol. On devrait, au contraire, lui être reconnaissant d'accélérer les choses et de les mener si vite à bonne fin.

Placide s'était un peu calmé ; il reprit froidement :

— J'ai besoin d'un climat plus tempéré que le tien ; tu torréfies, et moi il faut que je mitonne. Dès ma sortie de l'École des chartes, tu as été mon mauvais génie...

— J'ai été ta Providence, voyons ! Je t'ai débourré, je t'ai donné le coup de fouet dont tu avais besoin. Sans moi aurais-tu quitté ta maman pour un seul repas ?

— Ça oui, tu as bouleversé mes habitudes les plus chères ; tu m'as bousculé, hypnotisé ! Tu ne m'as su aucun gré des leçons que tu es venu prendre à mon école, car le bon antiquaire, l'antiquaire artiste, c'est moi, ce n'est pas toi ; tu as du flair, voilà tout.

— Mon vieux Placide, je n'ai jamais contesté aucune de tes grandes qualités, mais tu as quelques petits défauts ; tu es méticuleux, tatillon, circonspect, circonscrit ; avoue que sans moi tu aurais rêvassé ta vie... ne crois-tu pas ?

— Je ne tiens pas à poursuivre cette discussion, dit Placide, très sec ; mettons si tu veux que nous allons divorcer pour incompatibilité d'humeur. Déjà à Saint-Vallier, lorsque nous avons eu cet accident et qu'après avoir failli me tuer, tu m'as laissé toute la nuit seul, abandonné dans ton auto au bord du Rhône, j'étais si furieux que j'avais décidé de ne pas te revoir. J'ai eu pitié de toi et me suis ravisé, mais depuis, ta trépidation d'express n'a fait que s'aggraver. Comme entre-temps un syndicat international d'antiquaires s'est formé à Rome et qu'on m'a offert d'y entrer comme expert d'art gothique, j'ai accepté. Cela te contrarie ?

Pierre réfléchit :

— Non, dit-il. J'aime mieux cela que si plus tard tu devais me reprocher de ne t'avoir pas laissé courir ta chance.

— Tu me vois charmé de ce prompt acquiescement, fit Placide à la fois vexé et soulagé, car il craignait plus de résistance. Sans rancune, zèbre, sans rancune, ma belle anguille !

Et il sortit faisant de la main un petit adieu affecté.

Pierre resté seul demeura un instant l'œil au plafond. Il pensait à la manière dont il réorganiserait son affaire, sans associé. Tout un travail ennuyeux en perspective, avoirs à partager, nouveaux capitaux à trouver. Il faudrait s'y atteler tout de suite. Pour une fois, son *tout de suite* ne signifiait pas *immédiatement* car Pierre ne bougeait pas ; même il se rassit dans son fauteuil et se mit à réfléchir.

« Ce crétin m'a gâté ma journée ! »

La mauvaise humeur peuplait son esprit d'images désagréables. Il revit en pensée la soirée de l'avant-veille avec les deux jeunes filles, si joyeusement commencée et terminée si maussadement. Qu'est-ce qui avait pu lui jeter un sort ?

Il envoya promener son fauteuil d'un coup de pied et sonna Chantepie qui ne vint pas. Il sonna à nouveau. Le bruit devenait lugubre de cette sonnette qui ne déclenchait pas la claudication tardive du vieux domestique. C'était comme une pierre qui tombe dans un puits. Pierre ouvrit les portes en hurlant :

— Chantepie !

Il regarda partout pour voir si ne traînait pas un de ces billets doux que Chantepie laissait derrière lui, lorsqu'il partait en course, pour renseigner ou interroger son maître : « *Monsieur a-t-il réfléchi au dîner de demain ?* » ou « *Les chemises ne sont pas rentrées, le blanchisseur n'a pas été de parole : que Monsieur ne me dispute pas.* »

Sur les balances de la cuisine, Pierre trouva une enveloppe à son nom :

Monsieur,

Je viens respectueusement dire à Monsieur que je ne veux plus le servir et que je m'en vat et voilà ; je suis zété visiter le docteur Abraham le même qui me fait lever les amendes de Monsieur car il est conseiller municipal et qui me donne aussi de la consultation gratuite sans me faire payer bien qu'il soye juif. « Chantepie il faut enrayer, votre naturel est délicate et ne souffrira pas longtemps les gros travaux qu'on lui soumet, vous vous tuez Chantepie. — Monsieur Abraham que j'y ai répondu je serai heureux de mourir à la tache vu que je n'ai pas d'enfant et rien que des déceptions et pas d'argent. »

Ce n'est pas le muscle qui rapetisse c'est les nerfs qui me tue et je ne peux plus voir Monsieur en peinture j'en ai soupé de lui cavaler toujours après sans dételer et toujours au pas de courses vivement la pause je dévore mes larmes mais je m'en vat après tant d'années sans pleurnicher je n'en veux pas à Monsieur qui était franc comme l'or et bon et qui m'a souvent relevé quand j'étais noir et que je ne pouvais plus me remettre sur mes pieds vue mes rhumatisme, Monsieur n'est pas bête Monsieur comprendra.

Salutations dévouées.

Chantepie (Gasparin)

« Ainsi Chantepie s'en va lui aussi ! railla Pierre. Me voilà cocu deux fois ; et sous la forme la plus rare de cette mésaventure, cocu sans femme. Chantepie et Placide d'accord pour me condamner pour excès de vitesse, c'est comique !

» En attendant, me voilà seul ; seul, seul, répétait-il en arpentant la galerie. Si cela continue, je n'aurai bientôt plus à qui adresser la parole ; je penserai tout haut comme les explorateurs polaires.

» Seul !... Au fond, c'est justice ; qu'est-ce que la vitesse sinon une course gagnée dont la solitude est le prix. On sème ses semblables... On les sème dans l'espoir que l'espèce n'en repoussera plus, compléta Pierre rageusement. Moi, je suis le champion de l'épreuve ; j'ai résisté mieux que les autres à cette pression invisible qui s'infiltre en nous et qui s'appelle la lenteur. Je suis un spectacle sportif, conclut-il orgueilleusement.

» Oui, mais quand je serai vieux ? Quand j'aurai perdu ma pointe (c'est la pointe qui s'émousse la première), puis mon démarrage, que mon allure sera tombée, que je ressemblerai à tout le monde, que deviendrai-je ?

» Non, je ne serai jamais vieux. Le jour où la lenteur sera plus forte que moi, je mourrai asphyxié. La mort n'est probablement qu'une différence de pression entre le milieu extérieur et notre être intérieur ; quand l'extérieur devient plus fort, on *crève*.

» N'empêche que je ne pourrai pas toujours traverser les êtres comme un rayon, sans en accrocher aucun. Les êtres ont une réalité, un volume, un mouvement : entre eux et moi, quel choc le jour où nous nous rencontrerons ! ce qui s'appelle se rencontrer ! c'est-à-dire échanger constance, chaleur, vitalité, le tout dans une intimité que je n'ai jamais connue jusqu'ici. Bref, le jour où j'aimerai une femme, où il y aura autre chose près de moi que des associés ou des domestiques, que des gens avec qui je déjeune, dîne, couche, pagaie ou pédale, le jour où il faudra bien que je me dédouble en une partie de moi-même, en attendant que cette partie-là se dédouble elle aussi en de nouveaux sectionnements qui seront mes enfants...

» Il est curieux que chez les autres, tout cela se passe sans heurt, sans même qu'ils aient l'air de s'en apercevoir ; ils doivent avoir un instinct qui me manque et qui fait le travail à leur place. Ils se soudent les uns aux autres je ne sais comment... au petit bonheur... mais c'est un bonheur tout de même. D'ailleurs, ajouta-t-il pour se consoler, cela ne va pas sans grincements : les morceaux jouent et se contrarient et même se disloquent... devant les tribunaux. Mais comme la mécanique universelle embrasse les rouages particuliers, le monde continue à rouler. Je n'ai donc pas à m'inquiéter de lui.

» J'ai à m'inquiéter de moi. J'ai peur de ne pas rentrer dans l'ordre, d'aller contre la nature. Je ne suis pas sûr qu'une accommodation entre moi et les autres soit possible. Preuve : Placide et Chantepie.

» L'amour est un climat dangereux pour les athlètes. Pendant les guerres, les cieux les plus purs sont ceux où le plus grand nombre d'aviateurs se tuent. Que m'arrivera-t-il le jour où je rencontrerai l'amour ?

» Car je suis prêt à l'amour comme à la mort, comme à la misère ; ce n'est pas moi qui ruserai avec les forces élémentaires et les grandes aventures simples. Je paierai rubis sur l'ongle quand le moment sera venu de m'engager et de me compromettre.

» Pour cela il faut se bien connaître, savoir qui on est, ce qu'on vaut. Je me croyais un homme comme les autres, doué seulement d'un peu plus de vivacité. Cette vivacité dont je suis fier est-elle la vitesse ? Ou bien une traînasserie déguisée, un moyen de temporiser, d'éluder les vraies réponses, de suspendre, grâce à des sautillements, le grand saut que chaque homme doit faire dans l'inconnu ? Mais Chantepie m'a quitté. Mon chat m'a quitté. Placide me quitte. Je n'ai pas d'amis. (Il revenait toujours là-dessus.) En raclant mes fonds de tiroirs, je ne trouverais que des relations ou des camarades. Serais-je un monstre ? Mon pouls a un rythme régulier et mon coefficient de coagulation rentre dans la normale. Je ne me connais pas de tare physique, mon hérédité est excellente, ma moelle épinière ferait envie à un équilibriste. Alors pourquoi m'évite-t-on ? Pourquoi me laisse-t-on seul ? Je me croyais un feu de joie ; peut-être suis-je un incendie ? »

Pierre en était arrivé à ce point où l'on ne peut plus se traduire en phrases. Où l'on n'ose plus.

Il se souvint d'un mot de Regencrantz : « En allant si vite, fuyez-vous ou poursuivez-vous ? » « Si je fuis, se dit-il, qu'est-ce que je peux bien fuir ? »

Arrivé au pied de cette énigme, le fugitif se vit entouré de points d'interrogation qui le retenaient comme des crochets.

CHAPITRE 10

— Une derrière la nuque, bien chaude... Une derrière la jambe gauche. Celle-ci est froide et me gèle la jambe droite !

Bonne de Boisrosé est entourée de bouillottes en caoutchouc. Elle ressemble à un cheval qui passe une rivière sur des outres.

La table est mise au pied du lit, une jolie petite table hexagonale à damiers, prêtée par l'oncle, où les verres se touchent, avec un couvert devant chaque pan coupé. Les filles Boisrosé font le service, car la femme de ménage n'est là que le matin. Plusieurs fois, des bonnes ont été convoquées par voie d'annonces, mais la concierge leur a fait au passage un tableau si haut en couleur de la maison Boisrosé qu'elles n'ont pas dépassé la loge.

Fromentine a posé un lotus blanc au centre de la table dans un céladon plein d'eau. Hedwige met les assiettes à tiédir sur le poêle. Elles ont fait toilette, abandonnant pour une fois les peignoirs, matinées, robes de chambre et autres vêtements d'intérieur dans lesquels elles vivent. Hedwige est en blanc : c'est la robe d'Angélique. Angélique est en noir : c'est la robe de Fromentine. Fromentine est en noir et blanc : à sa sœur aînée elle a emprunté la robe et à sa seconde sœur, la tunique ; les colliers d'or, à sa mère. Bonne de Boisrosé est en guipure, le buste posé sur des draps à entre-deux de valenciennes, comme une tête de coiffeur sur le bouillonné du socle.

Pierre Niox vient dîner. On l'a invité, ostensiblement pour le remercier de ses fleurs, en réalité pour lui parler de la vente du Mas Vieux. Mme de Boisrosé avait décidé que cette fois ce serait Angélique qui l'approcherait, Hedwige ne s'étant pas montrée à la hauteur des circonstances puisqu'elle avait laissé passer deux occasions sans aboutir.

Pierre sonne. Autant dire qu'il est déjà là. Il n'ouvre pas les portes, on dirait qu'il les enfonce. Il se précipite, enjambant l'antichambre et les rites introductifs, jusqu'au milieu du salon où on l'attendait, non sans cérémonie, car à Saint-Germain la présence d'un étranger est assez rare. Fromentine qui lui avait ouvert la porte palière le suivait en courant, espérant, bien à tort, arriver au salon en même temps que lui. Dès le seuil, Pierre s'écrie :

— Tant de toilette et tant de beauté pour moi tout seul !

— Comme ça vous êtes sûr d'être le préféré, répliqua Fromentine d'un air gamin. Excusez-moi un moment, je vais chercher Hedwige.

Pierre resta en tête à tête avec Angélique. Celle-ci adroitement mit le cap sur le Mas Vieux. Pierre lui en fit en quelques mots une description enthousiaste.

— Je ne connais pas la maison, malheureusement, répond Angélique. Père l'a achetée lorsqu'il s'est séparé de Mamicha et il l'a vendue sans nous en informer. Pauvre papa était très malade et sans doute mal conseillé. Nous non plus, nous n'avons personne pour nous aider, nous sommes quatre femmes seules qui ignorons tout des affaires.

Pierre l'interrompit :

— Je sais ce qui vous préoccupe, mais croyez-moi, soyez sans inquiétude. J'ai une idée... pas encore mûre, mais réalisable. Votre sœur Fromentine me taquine sur ma hâte : vous voyez, cette fois je prends mon temps.

— Je ne peux pas savoir d'avance ? demanda Angélique.

— Pourquoi des femmes aussi belles s'embarrasseraient-elles de tous ces mots d'affaires et d'argent ? C'est aux hommes comme moi de les libérer de leurs soucis.

Ces phrases de chevalerie galante étaient si peu dans ses habitudes qu'il demeura étonné de se les entendre prononcer.

Fromentine rentra, ramenant Hedwige.

— Venez dire bonjour à ma mère. Excusez-la de vous recevoir couchée, elle n'est pas très bien aujourd'hui.

Pierre craignit de déranger Mme de Boisrosé, se défendit ; il se défendit mal, car il regardait parler Hedwige. Il était hypnotisé par les bouches de femmes ; il ne voyait que ça, d'abord. C'est par là qu'il commençait à les débrouiller ; c'était le premier signe vrai qu'elles lui faisaient. Il lisait sur leurs lèvres leur particularité, leur affectation, leur vérité, comme un sourd se sert des lèvres de qui lui parle pour lire les mots qu'il n'entend pas. C'est la bouche qui, la première, dénonce. Pierre avait une fois pour toutes récusé les bouches jolies et bêtes qui ne ferment pas ; les bouches accablées qui essaient de se remonter à coups de bâton de rouge mais dont les muscles lâchent et descendent ; les bouches élastiques, hystériques et qui s'en vont dans tous les sens ; les bouches fébriles qui barbotent dans les mots à prononcer ; les bouches tragiques, à scènes, à tirades, pareilles à un trou noir dans le masque de Melpomène ; les bouches à la mode, réclames de dentifrice ; les bouches actives, âpres, en cordons de bourse ; les bouches éboulées par la maladie.

Mais Hedwige avait une bouche ferme, bien équilibrée et qui respirait la sérénité et le recueillement ; une bouche qui vivait en paix avec les yeux, avec toutes les parties du visage et de l'âme.

Fromentine s'agitait :

— Si, si, il faut venir chez maman, dit-elle. Vous serez bien obligé d'en passer par là puisque nous dînons au pied de son lit. C'est ce que nous appelons le petit couvert.

Et elle ouvrit la porte de la chambre à coucher avec un grand éclat de rire, en poussant Pierre jusqu'à la ruelle.

— Je vous fais compliment de vos filles, madame, dit-il en s'inclinant.

— Trois filles, c'est une catastrophe ; ne me rappelez pas, monsieur, que j'ai trois filles.

— Elles sont bien belles.

— Pour ça, oui, elles sont belles et bonnes, dit Mme de Boisrosé avec un orgueil si naturel que ce n'était plus de l'orgueil. Et d'un geste elle appela l'assentiment de son gendre Amyot et de M. de Rocheflamme qui lui tenaient compagnie.

Pierre trouva charmant de dîner dans la chambre à coucher. Il était fasciné par cette intimité de femmes à l'état pur sans rien de grimacier, de sournois, de mondain. La cuisine ressemblait à une récréation, le service à un exercice de prestidigitation ; de tous les coins sortaient les casseroles, les plats, les bouteilles et cela donnait à cette dînette un air de charade et de divertissement. Pierre fut sur le point de dire : « Comme ça va plus vite qu'au restaurant ! » mais préféra ne pas évoquer cette première soirée ratée.

Vincent Amyot, le mari d'Angélique, était un esprit fin dans un corps de quatre-vingt-dix kilogrammes. Bien que fort intelligent dans le privé, dès qu'il désirait plaire et briller devant l'étranger il perdait son esprit naturel et s'exprimait comme un livre, comme un livre ennuyeux. Ce polytechnicien repenti faisait paraître dans les hebdomadaires des articles d'actualité économique pleins d'autorité et de pessimisme facile. Il s'était essayé au roman-détective, aux études historiques et écrivait trop, mais contrairement aux œuvres des peintres, des musiciens, des orateurs qui accablent leurs proches d'expositions, de concerts et de conférences, les productions d'un écrivain ami sont toujours évitables. Aussi personne ne connaissait celles d'Amyot. Sauf quelques ministres des Finances qui, avec la susceptibilité propre à tous les hommes politiques, ne digéraient pas les leçons qu'il leur donnait du haut d'une infaillibilité théorique qui dans la pratique se traduisait pour l'oracle par des désastres boursiers. Pierre écoutait la conversation, immobile.

Pierre immobile, quel spectacle stupéfiant ! Immobile comme une flèche au carquois, comme un projectile dans un arsenal. Pierre perdant son temps mais éprouvant et donnant l'impression qu'il gagnait à tous les coups. Pierre en léthargie, Pierre mâchant, oui, mâchant sa tarte aux pommes au lieu de s'étrangler, ne dévissant pas la saupoudreuse, ne mangeant pas tout dans la même assiette, ne couvrant pas sa pâtisserie de sel au lieu de sucre. Pierre arrondissant ses angles, approfondissant sa soirée et savourant chaque quart de seconde en dilettante. Cela pouvait-il durer ?

Cela durait pourtant. On dégusta. On sirota. Les dames prirent des canards. Pierre écoutait Mme de Boisrosé moduler diverses réclamations contre le temps présent et ses filles contrepointer ses plaintes d'objections timides et d'approbations déférentes. Il écoutait aussi gémir le vent et craquer le poêle rouge. Il écoutait le polytechnicien, sa thèse du mouvement giratoire des placements à long terme et ses paradoxes terminés par C.Q.F.D. Et lorsque l'oncle

Rocheflamme parla à son tour, Pierre l'écouta sans déplaisir moudre son café et ses banalités, l'un entre ses jambes, les autres, entre ses dents.

— Tout de même, la France..., commençait Amyot, entrant en matière par cette phrase bien française.

— Nous nous laissons mener par les circonstances, ronchonnait M. de Rocheflamme, bête comme la radio. C'est un de nos malheurs de n'avoir pas de dirigeants. Des hommes distingués, mais pas de caractères. Poincaré, lui, était un chef.

— Poincaré avait de l'étoffe, dit Pierre, heureux de se raccrocher machinalement à un nom propre dans ce déluge d'idées générales.

— Oui, mais il n'emportait pas la conviction : je vais vous exposer les données du problème France. Toutes choses égales d'ailleurs...

Et pour commencer, Amyot expliqua avec anecdotes à l'appui et quelques métaphores bien filées, que ce qui faisait défaut au traité de Versailles, « c'était le cœur ».

Coupée de vues transcendantales sur l'art de mener les nations, la soirée arrivait à son plus haut degré de monotonie lorsque Pierre, engourdi, anesthésié, sentit soudain que son génie maléfique remontait à la surface. D'un doigt souple et fort, ce fantôme familier lui indiquait la sortie.

Pierre regarda la porte, une belle grande porte à trois panneaux avec un bouton brillant qui n'attendait qu'une main pour tourner.

« Je ne peux pas m'en aller comme ça, pensait-il en se raidissant. C'est impossible. »

— Qu'eût été le traité de Versailles..., développait Amyot.

La porte parut s'ouvrir sur un escalier enchanteur qui gagnait la rue par une rampe douce comme l'huile. Souvent, en s'endormant, l'homme pressé pensait à une maison modèle, à une maison d'où l'on sortirait par des descentes aussi rapides que des pistes de luge, où l'ascenseur vous monterait en automobile jusqu'au salon ; une maison d'où l'on enverrait les paquets et les lettres directement de la fenêtre dans la rue par des toboggans en spirale, comme dans les grands magasins ; où, comme dans les salles à manger de Louis II de Bavière, la table sortirait toute servie du sous-sol par une trappe ; où les vêtements, s'abattant par un système de poulies, vous habilleraient d'un coup ; où les visiteurs, déclenchés par une horloge, arriveraient à l'heure dite dans des fauteuils tirés par des trolleys et repartiraient sur rails dès que les mots essentiels auraient été prononcés, laissait les conversations enregistrées sur des murs de paraffine.

— Toujours tangents aux événements, nos hommes d'État..., disait encore Amyot.

M. de Rocheflamme qui ne répondait même plus à son neveu par alliance suivait maintenant de l'œil la réussite de sa sœur. Les trois filles parlaient entre elles. Pierre sursauta. Il avait dormi. Personne ne semblait s'en être aperçu. Combien de temps avait-il dormi ?

— ... une orientation plus sincère, continuait Amyot.

En rapprochant les deux termes de la phrase, Pierre conclut qu'il n'avait dormi que pendant trois mots.

Il se sentait maintenant un grand poids sur les épaules, tourmenté comme au saut du lit par une journée pleine de tracas et de rendez-vous. Et pourtant, cinq minutes plus tôt il était heureux. Mais son fantôme familier et exigeant continuait à lui montrer la porte. Il lui fallait absolument prendre l'air.

— Je n'ai plus de tabac, dit-il. Voulez-vous me permettre d'aller en acheter ?

— Le bureau de tabac est très loin, objecta Bonne de Boisrosé.

— Nous avons du virginie, offrit Fromentine.

— Voulez-vous du caporal ? dit M. de Rocheflamme.

— Excusez-moi. J'ai l'habitude du scaferlati Levant. Je reviens. C'est l'affaire d'un instant.

Pierre descendit quatre à quatre. Dans la rue, il respira. Des réverbères centenaires faisaient des ronds dans le brouillard. L'avenue était vide, la ville indifférente. Pierre prit ses jambes à son cou. L'air lui entrait jusqu'au fond des poumons. Jamais de sa vie il ne s'était senti si heureux. Ses semelles caoutchoutées adhéraient bien au macadam, ses bras volaient en l'air, ses grandes jambes bien articulées lui offraient sans compter la liberté. Quelle partie de plaisir ! Il ne se sentit pas d'aise en révolutionnant un quartier endormi où les chiens de garde aboyaient.

Il passa devant le débit de tabac sans y entrer puisqu'il avait son scaferlati en poche.

Il s'arrêta, se sentit mieux. Une horloge sonna dix heures. Sa vélocité l'avait sauvé du démon. Il inclinait maintenant à la politesse, pensait même sans déplaisir qu'il allait retrouver ses hôtes. Il rebroussa chemin.

— J'ai dû aller à pied. Ma voiture n'a pas voulu partir, fit-il pour s'excuser. Vous allez me trouver de la dernière grossièreté ?

Hedwige sourit. Pierre vit qu'elle n'était pas dupe, mais qu'elle lui savait gré de son effort. Il rentra dans le cercle. À sa vue, l'oncle Rocheflamme prit son élan.

— Moi, dit-il, je n'ai pas pignon sur rue et en vain chercheriez-vous le nom de Rocheflamme dans l'annuaire des marchands d'antiquités : il n'y est pas. Je suis un franc-tireur ; je mets l'indépendance au-dessus de tout... Tenez, cher monsieur, voici quelque chose qui vous intéressera, fit-il en ouvrant son portefeuille, lisez cette carte de Waldeck-Rousseau. Oui, j'étais en correspondance avec lui. Mon Dieu, cela ne date pas d'hier, c'était en 1901... Écoutez.

Il lut à très haute voix : « Je ne puis qu'approuver, monsieur, le titre de votre futur journal et je souhaite longue vie à *l'Indépendant*. L'indépendance est l'affranchissement vis-à-vis des autres, c'est-à-dire la vraie liberté, liberté qu'une subvention du Ministère de l'Intérieur risquerait de compromettre... mmm... mmm... » Le reste est sans importance, grommela M. de Rocheflamme.

— Bel autographe, répondit Pierre, gêné.

— J'en ai bien d'autres, reprit l'oncle qui avait retrouvé son aplomb. Mes contemporains se sont plu à rendre hommage à mon activité tant civique que professionnelle. J'ai fait la guerre comme porte-fanion du général Hély d'Oissel, malgré mon âge. Voyez plutôt ma citation.

Il sortit un mince papier cassé aux pliures et le tendit à Pierre.

— Vous avez lu ? « Caractère fier et indépendant... »

— C'est chic, ça, fit Pierre.

— Un jour vous viendrez chez moi et je vous montrerai les perles de ma collection : j'ai des lettres du poète Edmond Rostand, du baron Édouard de Rothschild, du romancier Paul Hervieu et même de Rockefeller ; toutes s'inclinent devant ma compétence en art et la fierté de ma nature ; toutes me félicitent de n'avoir jamais été prisonnier d'une formule, jamais lié à un parti, jamais subordonné à rien ni à personne. Servir, nenni ! Ni esclavage, ni compromis. Me voilà tout cru.

— C'est rare, dit Pierre.

— C'est comme cela. Si jamais nous faisons affaire ensemble...

— Hélas ! des siècles nous séparent, remarqua Pierre avec déférence et défiance. Vous cultivez le XVIIIe siècle, et moi...

— Je puis faire un pas en arrière, vous un autre en avant. Et nous nous rencontrerons à mi-chemin ; dans le gothique, par exemple. Tenez, j'ai entendu parler d'une occasion extraordinaire : il s'agit d'un coffret d'ivoire...

Pierre jugea prudent de donner un coup de caveçon.

— Restez donc dans la marqueterie, c'est plus sûr, et laissez-moi m'enfoncer seul dans la barbarie ; pour moi, une langue entre en décadence dès qu'elle est écrite, et une commode de Riesener c'est le comble du style écrit... Tandis qu'un bronze du Louristan ou une coupe mycénienne, c'est une légende parlée.

— Je n'en ai jamais vu ! s'écria Fromentine. Oh, monsieur Niox, montrez-m'en une.

— Avec plaisir, dit Pierre heureux d'échapper à l'oncle ; un matin, je vous emmènerai au Louvre... toutes les trois.

Le reste de la soirée fut fort plaisant car les filles Boisrosé s'ébattirent entre elles, sans tactique ni frais envers l'étranger, chacune avec son regard, son mouvement, sa grâce, sa chaleur propres, tandis que la conjonction des voix, l'enlacement des gestes, l'enchaînement de ces mélodies individuelles se nouaient en un bourdonnement musical, en un assortiment de couleurs continuellement pittoresque. Angélique, raisonneuse, pleine de répliques, l'esprit en arrêt. Fromentine, poussant des cris folâtres, secouant le tire-bouchon de ses frisures. Hedwige, énigmatique, contenue, les dominant de haut.

Il était minuit. On avait plusieurs fois comblé le poêle. Pierre prenait racine, n'arrivant pas à se désensorceler, à sortir de cet empire vanillé où le temps ne pénétrait pas, où il serait resté enfermé jusqu'au petit jour si M. de Rocheflamme, entre autres crétineries et gallicismes, n'avait parlé de « réintégrer ses pénates ».

Pierre prit congé le dernier.

— L'escalier est de la compétence de Fromentine, fit Mme de Boisrosé dont le style des meilleurs jours égalait celui de son frère.

Mais Fromentine ayant pressé des citrons se passait les mains à l'eau et ce fut Hedwige qui descendit ouvrir la grille.

— Prenez mon pardessus, dit Pierre. Je puis aussi bien le jeter sur vos épaules que sur les miennes.

L'escalier n'avait pas de minuterie. La lanterne du rez-de-chaussée l'éclairait seule, par la cage ; de sorte que sur les murs, au ras des marches, se dessina d'abord l'ombre des barreaux de la rampe, puis la longue silhouette oblique d'Hedwige qui paraissait descendre dans quelque tombeau grillé. « Tout ce que fait cette fille est magnifique, tout ce qui me vient d'elle est étonnant », pensa Pierre.

Arrivée en bas, elle rejeta le pardessus. Dans ce rez-de-chaussée de province carrelé de blanc et de noir, d'une nudité pompéienne, Hedwige drapée à l'antique, blanche et noire elle aussi comme une gravure sur acier, quel style !

— Asseyons-nous un instant sur cette banquette (X d'ébène, velours rouge mité). Je me sens bien chez vous, Hedwige. Quelle tranquillité ! Depuis que je vous connais, j'ai des pensées graves.

— Des pensées tristes ?

— Oh non ! mais je réfléchis ; les choses tournent étrangement pour moi depuis quelque temps, tous les chemins semblent me conduire au mariage. Et vous êtes la seule femme à me plaire. Donnez au mot plaire son sens le plus intense.

Il la regarda ; elle frottait l'une contre l'autre ses belles mains maigres.

— Hedwige, vous ne me répondez pas ?

— Je voudrais attendre, dit-elle avec hésitation. Ce n'est pas de la coquetterie, vous le savez, mais puisque je me sens pleinement heureuse ici avec ma mère et mes sœurs, c'est que le moment n'est pas venu.

Pierre l'interrompit avec impatience.

— Quel moment ? Je ne comprends pas ; faites-moi une réponse claire. Vous ne m'aimez pas ?

— Je ne sais pas, dit-elle du même ton incertain ; je sais seulement que cela dérangerait quelque chose si je vous aimais tout de suite. Attendez.

— Non, je ne peux pas attendre ! Quand un bel objet m'attire dans une devanture, j'entre et je l'emporte avec moi sur-le-champ ; je sais trop que le lendemain il ne sera plus là.

Hedwige, muette, regardait à terre : elle écoutait attentivement se former en elle la réponse qu'elle ferait à haute voix à Pierre. Quand elle leva les yeux, ayant effectué un de ces départs instantanés, invisibles et silencieux dont il avait l'incommunicable secret, il avait disparu.

CHAPITRE 11

— Et puis, tant pis. Attendre ? Non. Aucune femme ne vaut qu'on l'attende.

Attendre écrasait Pierre. Pour lui la lenteur se traduisait toujours en kilogrammes, en tonnes. Quand il lui fallait ralentir le pas dans la rue pour se laisser rattraper par le compagnon qu'il avait distancé de cent mètres sans s'en apercevoir et tout en continuant à lui parler, il se sentait soudain métamorphosé en un âne pliant sous le bât. Or l'amour est d'un grand poids dans la vie des hommes ; c'est une surcharge. Rien d'écrasant comme les impondérables. Le cœur est un organe de plomb. Quand un homme et une femme se rencontrent, ils s'étudient moins qu'ils ne se soupèsent ; ils savent qu'un jour l'un des deux portera l'autre sur ses épaules. Car un couple, ce n'est pas un appareillage latéral, c'est un assemblage vertical.

— Et maintenant, assez de cette histoire. Secouons-nous. On va penser à autre chose.

Pierre chercha ce qu'il y avait de plus urgent sur le chantier. Le Mas Vieux. Prendre dix jours de vacances, aller dans le Midi, mettre en train les travaux de réparation...

— En somme, il s'est trouvé qu'à un certain moment j'ai pensé au mariage ; j'ai jeté le filet : Hedwige par hasard était dedans. Je n'aurai qu'à le jeter de nouveau, plus tard, si l'idée du mariage me revient. Dès demain matin, je file au Mas Vieux.

Au Mas Vieux, depuis quatre jours, on palisse, on gâche, on renfaîte, on descelle, on perce, on abat les plafonds. Une carrière de pierre dure est ouverte dans la forêt où un scieur et un polisseur débitent les blocs, taillent des dalles, restaurent les parties d'angle manquantes, les tablettes ébréchées des fenêtres et les seuils. Les enjolivements, les barres d'appui, les moulures ont sauté ; le jet d'eau est supprimé. Le jardin, renonçant à son esthétique de square, abandonne ses plates-bandes de géraniums, perd sa tonnelle orgueil du treillageur, sacrifie au style ses pelouses de gazon, et sous l'œil du nouveau maître retourne à la forêt. Des claies et des abrivents en racine de bruyère coupent maintenant de leur ligne d'un violet sombre les romarins et les mimosas sauvages. La maison rajeunit ou plutôt vieillit d'un siècle par jour.

Pierre fait le démolisseur ; il ne s'est jamais tant amusé ; tout le jour, il cogne, frappe, use ses muscles et c'est une volupté pour lui de voir crouler les gravats et l'effet suivre instantanément la cause. À Paris, enfermé entre quatre murs avec des pensées pas toujours agréables, il avait accumulé un potentiel de mauvaise humeur qu'il décharge ici. Il passe ses nerfs sur la maison ; il donne ses coups de pioche comme un chien donne un coup de croc. Il oublie de déjeuner, vit sur les échafaudages, manie l'outil à contre-fil, le maillet à contretemps, ébrèche les haches, descend au poinçon des morceaux de vieux clayonnage qui tombe sous ses coups comme la pâte brisée sous la dent. À bout de forces, il s'arrête, fignole un peu son ouvrage, puis le souffle revenu, se rue à nouveau sur ce pisé, fait envoler le plâtre en fumée blanche sous le mistral. Il transforme la démolition en exercice physique, en pugilat, en voltige.

Il avait décidé de détruire cette vieille cour de ferme sans autres animaux qu'un cheval et trois poules et qui ne servait qu'à boucher la vue. Cette cour, accolée à la chapelle, avançait sur la crête de l'éperon, dessinant un quadrilatère autour duquel les communs étaient distribués : grenier, garage, étable, cellier, poulailler et hangar à pressoirs. Il fallait faire « sauter » tout cela ; d'ailleurs c'était du travail méridional, du bambou recouvert à la bauge et rien ne tenait ; il suffisait d'un coup de canne pour percer une cloison. Seuls, les quatre murs intérieurs de la cour restaient encore debout.

Pierre, ce matin-là, s'attaquait aux jointements du mur près du pignon ; la pioche à la main, avec trois fois plus de force qu'il n'en fallait, il faisait ébouler le torchis ; soudain quelque chose sonna dur sous le fer.

« Tiens ! Il y a de la pierre là-dessous. »

Un instinct le fit travailler plus doucement ; jetant la pioche, il se mit à gratter à petits coups de ciseau ; quelque chose de noir apparut ; une vieille charpente ? Pierre passa la main, sentit le froid et le poli du granit ; le cœur battant, il se mit à creuser, à gratter à une vitesse folle, la joue tout près de son ouvrage, se refusant à prendre du champ pour voir l'ensemble, s'interdisant toute conjecture de peur d'une déception.

Non, l'erreur n'était plus possible ; ce qui se découvrait, c'était le tambour de granit jaillissant hors de son informe gaine de pisé, c'était le fût de la colonne, le haut du fût, la volute de pierre qui le bague et enfin le chapiteau de marbre rose avec ses ornements sculptés, têtes d'hommes ou de bêtes encore intactes et du plus authentique roman.

Pierre n'osait pas le croire. Il avait assisté à des fouilles, mais jamais aucune trouvaille ne lui avait ainsi sauté au nez, dans un bond de huit siècles, émergeant toute fraîche, encore à demi emmurée, mais bien vivante. La tête lui tournait sous le soleil d'hiver, ses yeux à force de regarder ne voyaient plus que de la nuit et des étoiles rouges. Dans ses paumes brûlantes, de grosses ampoules pleines d'eau crevaient, l'empêchant de reprendre la pioche ; il cracha dans ses mains, remonta son pantalon et appela ses ouvriers avec de tels cris qu'ils s'interrompirent de boire à la régalade et accoururent autour de lui, persuadés qu'il avait découvert un trésor.

— Voyez ce que j'ai trouvé ! Une colonne romane ; à l'œuvre, il y en a sûrement d'autres !

Son enthousiasme était si sincère que les ouvriers, déçus, mais sympathisants et émotifs, prirent avec ardeur leur part de la battue. Sous la hachette une nouvelle colonne apparut soutenant un cintre de belle pierre et l'amorce d'un second ; peu à peu les arcatures développèrent leur festonnement continu.

À la fin du jour, les deux tiers d'un cloître roman nettoyé de sa gangue de plâtre se découpèrent sur le ciel.

Pierre ne sentait plus sa fatigue ; seul maintenant, au centre de sa petite basilique retrouvée, il ne se lassait pas d'en contempler les détails ; dans chaque cintre, le paysage plaçait un tableau, tantôt un pin couché par le mistral, tantôt un pan de mer blanc d'écume, ou une branche de figuier traversant le ciel. Les ténèbres tombèrent peu à peu, remplissant d'ombre et d'un scintillement d'étoiles les arches dont Pierre distinguait encore le pur mouvement.

Cloîtres silencieux, voûtes des monastères,
C'est vous, sombres caveaux, vous, qui savez aimer.

« Si seulement Hedwige était là ! » murmura-t-il.

Comme il lui plairait de vivre avec elle ici, selon la règle monastique, lui l'homme déréglé ! Ensemble ils abriteraient leur promenade sous ces berceaux ; ces angles briseraient leur léthargie, diviseraient en quatre points cardinaux leur méditation. Un cloître, c'était d'abord ce qui avait toujours manqué à sa vie, une clôture ; désormais contenus, inscrits dans ce carré, leurs gestes se modelant sur la monotone retombée des cintres, ils entreraient dans le rythme exemplaire.

À deux kilomètres du Mas Vieux perchait le village de La Penne. Un chemin vicinal transformé en lit de torrent y déboulait, vomissant le silex et le schiste à pleine gueule. Un demi-siècle auparavant, ce village ne comptait plus aucun habitant ; le figuier y poussait librement descellant les maisons qui tenaient encore debout. Au milieu des toits effondrés nichaient parfois des romanichels ou des ouvriers agricoles en chômage qui venaient faire du feu parmi les tuiles cassées. L'un de ces nomades, un jeune Génois (et qui d'ailleurs ressemblait à Gambetta), y avait établi son gîte. C'était un beau taureau sauvage, haut comme le taureau Farnèse, avec une poitrine poilue et escarpée ; peu à peu il avait attiré les filles de ce pays pauvre en hommes, transfusé du sang ligure à ces déserts français et repeuplé la région. On l'appelait Magali. Une tribu de Magalis était née bibliquement dans les lézardes de ces vieux murs, se chauffant avec des échalas, des sarments, des poutres et des volets, braconnant, ramassant la châtaigne, retaillant les vignes abandonnées, tuant les sars à la dynamite et suçant les chèvres à même le pis, comme les vipères.

Aujourd'hui le village comptait une centaine d'habitants, tous légitimement ou illégitimement Magalis. De porte-besace, l'octogénaire Magali était devenu notable ; de vagabond, dieu Terme. Il avait marié le plus réussi, le mieux dégrossi de ses petits-fils à la fille d'un marchand de biens de Grimaud, une demoiselle Estramuri, paroissienne abonnée aux journaux de modes, impérieuse de nature et intelligente en affaires, qui tenait un vieux bouchon à tonnelle restauré par elle et servait sous les bambous casse-croûte et boissons aux rouliers, aux saisonniers, aux liégeurs.

Les Magalis sortaient peu de La Penne ; on les voyait l'automne venu descendre à la coopérative vinicole de Bormes pour trafiquer sur les moûts et, en de rares occasions, apparaître à la gare du Lavandou où ils prenaient le train pour Toulon. Ils ne vivaient pas mal, mangeaient souvent de la viande, pêchaient un peu pour les châtelains des environs, travaillaient mollement, si paresseux qu'ils ne ramassaient même pas leurs figues. On ne leur voyait un peu d'activité qu'en septembre, aux vendanges, où ils mettaient une véritable ardeur à cueillir les grappes et à fabriquer leur alcool ; tous avaient un trou sous le nez. Le père surtout, rubicond et boursouflé, ne quittait pas ses fiasques. En blanchissant de la barbe, le vieux Magali avait converti sa vitalité sexuelle en influence politique : franc-maçon, cacique écouté, car il faisait voter toute sa tribu, il avait installé une de ses filles comme receveuse des postes à Hyères. Assermenté, il surveillait les propriétaires voisins et leur rendait la vie impossible, sauf compromis. Du fond du vallon de La Penne, il guettait l'horizon comme un naufrageur ; à la belle saison, il plaçait ses petites-filles et arrière-petites-filles non encore établies, comme bonnes chez les estivants ; l'hiver, grâce aux renseignements recueillis par elles, il dévalisait discrètement, avec une légèreté de main toute latine, les maisons non confiées à sa garde. Une malveillance naturelle, l'impunité démocratique et l'amitié des gendarmes faisaient des Magalis de redoutables créateurs de mythes ; les filles calomniaient jusqu'à Saint-Raphaël, écoutaient les conversations téléphoniques, lisaient les lettres par transparence et étendaient jusqu'à Marseille le secteur de leurs dénonciations anonymes.

À peine le cloître du Mas Vieux avait-il vu, ou plutôt revu le jour, que les Magalis furent alertés par un des leurs qui y travaillait comme manœuvre. Mme Magali née Estramuri réunit aussitôt la tribu Magali en une sorte de conseil des ministres et fit un exposé de la situation. Comprise à demi-mot par les plus dégourdis, respectueusement écoutée par les plus ignorants, elle fit ressortir l'importance de la trouvaille et dénombra tous les avantages qui pouvaient en résulter pour le village : le cloître attirerait la foule des touristes ; des postes d'essence s'ouvriraient entourés de boutiques de cartes illustrées et de souvenirs locaux ; on verrait à La Penne un va-et-vient de guides et d'interprètes ; tout cela serait pour les Magalis, et le petit bouchon devenu Restaurant Magali figurerait dans le guide Michelin à la page gastronomique. Bien entendu, il faudrait construire un chemin carrossable ; deux kilomètres du Mas Vieux à La Penne, cinq cents mètres de La Penne à la route départementale. Peu de chose en vérité ; M. Niox, le millionnaire parisien, en ferait les frais et y trouverait son compte. Séance tenante, Mme Magali dépêcha son mari au Mas Vieux. Quarante minutes après, il était déjà de retour.

— Eh bien ?

— Eh bien, il m'a envoyé promener en deux mots ; et pas même poli ; pour moi, il n'a pas envie d'avancer l'argent de la route.

Le lendemain et le surlendemain, les ambassades et délégations se multiplièrent. Les Magalis offrirent leur travail gratuit, puis se firent fort d'obtenir une subvention départementale. Excédé, Pierre consigna sa porte.

Alors le patriarche-pirate Magali, avec son bâton entouré d'un serpent, s'ébranla en personne. Sa tête crasseuse coiffée d'un béret de chasseur alpin, le ventre comprimé par une ceinture à cartouchière en cuir orangé toujours vide, son fusil en bandoulière, puant le vin, l'ancien chemineau, aujourd'hui gras comme fromage de porc mais resté corsaire dans l'âme, força la consigne.

Du fond du poulailler, Pierre vit surgir avec étonnement ce Silène déguisé en Tartarin ; il aurait voulu lui fermer sa porte, mais le Mas Vieux en pleine démolition n'en possédait plus. Déjà Magali s'était lancé dans une longue phrase où l'on trouvait de tout, souhaits de bienvenue, description des beautés du pays et de ses dangers cachés, offre de protection contre l'indigène que Magali connaissait d'autant mieux que c'était lui-même, le tout enrobé dans la légende locale.

— Vous avez bien de la chance, monsieur Niox, d'avoir cette belle petite chapelle, *aquelle poulido picholo capello*, qu'elle est célèbre *dans lou païs* ! Quand vous viendrez ici à la Noël, vous en aurez une surprise ! *serès étouna* ! Et une belle *paour* que je vous promets. À minuit, des capuchins viennent chanter la messe, *maï leï verras pas, perqué ésiston pas !*

— Elle est hantée, ma chapelle ? demanda Pierre amusé.

— Hantée, je n'ai pas dit ça, se récria le vieux saltimbanque, voltairien d'adoption, mais superstitieux d'origine ; c'est les gensses d'ici qui racontent une histoire de l'an mil : un petit moine qui s'embêtait dans le couvent, *ténas*, à la *plaço* où vous êtes ; il empoisonna son abbé et prit la crosse et l'anneau et femme et *lou resto* ! Les autres moines se marièrent le même jour et puis tous ils foutent le camp avec les vases et les chasubles et *li relicos* et ils se font vouleurs sur la route deï Alpes. Ces brigands étaient amis avec le diavle, mais ils étaient pas *fâchas avec lou Boun Diou* et chaque dimenche ils revenaient dans leur capelle - la vostre, hein - pour dire la messe ; à la fin l'évêque de Digne, il les chassa et mit l'ordre et la *gentilezza dans lou païs*, mais ils l'empoisonnèrent aussi, du *veneno* dans son ciboire et recommencèrent *un vido d'inferi*.

Ici le vieillard cligna son petit œil rouge et insinua en quelques mots tentateurs qu'il ne tenait qu'à Pierre de rétablir en ces lieux abandonnés une aussi séduisante bacchanale. La route, Magali en faisait son affaire. Subitement inspiré, il montra du doigt sur une crête voisine l'emplacement du futur *Grand Hôtel du Cloître*, de son tennis, de son garage, de sa piscine où s'ébattraient les jolies dames touristes.

Pierre écoutait atterré.

— *Maï !* ès une boune affaïre, monsieur Niox, que vous avez faite, Cré Diou ; vostre terrain, *do estre* de l'or ! Et puis leï lotissements, attendez, de l'or en barres.

En un éclair, Pierre vit se dérouler les cinq actes de cette tragédie :

LE MAS VIEUX

Centre d'attractions touristiques

D'une voix que la colère étranglait, il articula :

— Ma maison est à moi ; personne n'y mettra les pieds ; vous tout le premier, vous allez me foutre le camp d'ici !

— Mais, monsieur Niox, vous n'avez *rein comprès*, fit le vieux, étonné et digne ; peut-être vous croyez *que van vous vola* vostre panorama ? Magali n'est pas un preneur de vues, *maï siou artisto !* Il admire votre cloître, qu'il est un monument d'utilità publique ! Riquesse nationale !! La rosette violette, monsieur, vous l'auraï en récompenso de vostre descouverto !

— Écoutez-moi bien, Magali, dit Pierre qui écumait ; vous voyez cette grille : ce soir elle aura une porte et une serrure et demain, derrière la porte, un couple de dogues tels que pas un être humain ne les approchera, s'il tient à sa peau.

— Alors, dit le vieux, blêmissant, *que prétendès ?*

— J'ai la prétention de garder mon cloître pour moi tout seul, oui.

Furieux, Magali éclata en mille morceaux, en une pluie d'invectives niçoises qui s'arrêta brusquement ; un sourire mielleux revint sur sa figure.

— *Fassès errour*, monsieur Niox, vostre cloîtré *es la proprietà dé la Francé*, si *cé qué vous disi es pas veraï vous poudès creïre* la commissione des monumens historiques. Il prit un temps et ajouta d'un ton significatif : La commissione des monumens historiques elle est amie avec nostre notaire maître Caressa.

Et tirant son béret dans un grand salut empreint de cette politesse spéciale des déclarations de guerre, Magali s'éloigna d'un pas traînant.

Pierre n'avait même plus le choix entre céder et résister : céder, c'est-à-dire les trois astérisques dans le Joanne, des casquettes de gardiens dans ses oliviers, les cars phocéens, les exclamations des touristes ; résister, c'est-à-dire subir une persécution quotidienne et multiforme, acharnée et rancunière. Mais la résistance devenait impossible si Caressa et les Beaux-Arts s'en mêlaient. Pierre n'avait plus qu'à s'en aller... S'en aller, oui, mais en emportant son cloître (pour rien au monde, il ne le laisserait à cette bande) et vite, car il risquait le classement.

En quelques instants il fit son plan de bataille.

Il paya et congédia ses ouvriers après leur avoir fait poser une porte provisoire qu'il verrouilla solidement. À trois heures du matin il partait en auto pour Vintimille ; dès huit heures il engageait des maçons italiens ; il louait un car, y chargeait ses ouvriers et des provisions, amenait au Mas Vieux tout ce personnel sous la direction d'un contremaître énergique dont il acheta le silence et en quelques jours faisait démonter son cloître pièce à pièce comme une horloge. Lui-même courait, téléphonait, baragouinait l'italien, maniait le rouleau et le palan, distribuait les gratifications. Une fois le travail bien en train et pendant que les pierres, numérotées, rangées, prêtes à partir, s'alignaient l'une après l'autre sur le sol, Pierre courait à Cannes, bondissait à Toulon, descendait jusqu'à Marseille. Des camions de dix tonnes engagés par lui grimpaient jusqu'au Mas Vieux la nuit, à travers bois, dans une avalanche de cailloutis. Tout le jour ils s'emplirent de colonnettes, de soubassements, de cintres, de chapiteaux, de tuiles. La nuit suivante, une nuit sans lune, la caravane dévala, s'enfuit vers la côte, s'éparpilla sur divers points ; au golfe Juan une tartane, à Cannes un vieux yacht, aux salins d'Hyères un chalutier reçurent le chargement. Au soir, cette flotte appareilla et transporta à Port-Vendres, et de là, deux jours plus tard, à Barcelone avec tous les papiers en règle, la bénédiction de la douane et un certificat d'origine, le gracieux petit monument, casanier pendant dix siècles, et qui maintenant courait les mers.

CHAPITRE 12

— Allô, c'est monsieur Niox ? C'est Vif Argent ? dit une voix de femme au téléphone.

Et comme il grognait, ne répondant ni oui ni non, un pépiement coupé d'éclats de rire lui fit reconnaître la voix de Fromentine. Elle lui reprochait de les avoir oubliées et lui rappelait sa promesse de les emmener visiter le Louvre. Elle proposait un rendez-vous pour le lendemain que Pierre accepta, heureux à l'idée de voir Hedwige. On convint de se retrouver à deux heures au square du Carrousel.

— Le musée n'est ouvert que jusqu'à quatre heures, dit Pierre ; tâchez d'arriver un peu avant la fermeture.

Il les attendait devant le pavillon Mollien, dans l'endroit le plus froid de Paris. Elles l'abordèrent de front, s'affirmant de toute leur haute taille. Pierre vit s'avancer vers lui six jambes merveilleuses marchant avec une fougue et un éclat péremptoires. Il fut ébloui, épouvanté. « Si ces filles avaient de la résolution et de la suite dans les idées, rien ne pourrait leur résister. Elles ont un abattage prodigieux. Tout pâlit quand elles chargent. »

En arrivant devant lui, la troupe des demoiselles Boisrosé se distendit et elles l'entourèrent, lui parlèrent d'une commune voix, puis bientôt séparément, chacune cherchant à l'escamoter pour son propre compte. Que vouliez-vous qu'il fît contre trois ? « ... Mais le défaut de concentration et le manque de persévérance les perdront », ajouta-t-il pour se rassurer ; « elles resteront enfants et ne donneront jamais rien. »

Ils commencèrent par le commencement, par les insoulevables, par les cinquante tonnes, par les sphinx de granit condamnés éternellement à l'humidité du rez-de-chaussée, par les molochs de pierre, par tous les simulacres de dieux qui dans aucune galerie n'arrivent à gravir les escaliers et qui troueraient les planchers si on les logeait dans les étages. Pierre Niox et sa troupe marchaient d'un bon pas et le bruit des talons des femmes résonnait sur les dalles, faisait écho. Angélique voulut s'arrêter, disant qu'elle « adorait » ces monstres, leur solitude, leur impuissance, et qu'elle comprenait que les amants se donnassent rendez-vous à leur ombre. Elle insista là-dessus d'un air gourmand qui surprit Pierre.

Ils passèrent en revue les dieux caducs rangés par les Beaux-Arts dans une symétrie éternelle et administrative.

— Qui a eu l'idée de collectionner tout ça ? demanda Hedwige.

— La Renaissance, la Convention et le second Empire, répondit Pierre. Le Louvre leur doit tout. Ce sont les mauvaises époques qui font les bonnes collections.

Suivi de ses trois Grâces, il arpenta la sculpture antique, traversa le Moyen Âge, tout en parlant beaucoup. Angélique le remerciait « de tant ajouter à ses connaissances artistiques », ce qui agaça Pierre car elle était nulle, prenant la colonne Trajane pour la colonne Vendôme, les Bol pour des Rembrandt et s'extasiant devant les moulages comme si c'étaient des originaux. Pour plaire au guide, Angélique accentuait son zèle, ne voulant pas qu'on lui fît grâce d'un dessin.

— Il y en a quarante-huit mille, dit Pierre.

Angélique prenait des airs penchés, affectait de méditer devant les chefs-d'œuvre, ce qui crispa Pierre d'autant plus qu'elle n'appelait chef-d'œuvre que ce qui était sous glace ou que ce qui se trouvait devant les banquettes. À chaque tableau, elle trouvait des ressemblances : un Franz Hals lui rappelait l'oncle Rocheflamme ; *la Foi, l'Espérance et la Charité aux pieds de Dieu*, par Guerchin, c'était elle-même et ses sœurs, autour de Mamicha.

Pierre, excédé, la sema au guichet de l'Horloge.

Pierre préférait les deux autres sœurs, en raison de leur passivité. Il les enleva comme une belle proie et se mit à courir dans la galerie d'Apollon. Les Vénus, les Hercules, les marbres et les bronzes, les pots et les vases essayaient de les raccrocher au passage, usant en vain leurs charmes. Pierre n'admettait pas qu'on pût aimer ce qu'il n'aimait pas. Il promenait son regard d'aigle, confiant dans son goût fulgurant, menait ses compagnes droit à l'objet rare ou parfait. Hedwige suivait, assez crispée elle aussi : d'abord parce qu'elle n'était, de la part de Pierre, l'objet d'aucune attention particulière, et ensuite parce qu'elle avait mal au pied, à cause d'un contrefort neuf. La tête lui tournait. Elle avait l'impression de tomber dans un précipice de couleurs et de drapés, dans un gouffre de cadres dorés où se tordaient des mythologies d'école.

En trois mots, Pierre expédia les petits maîtres hollandais et les Italiens mollassons, avec tout l'irrespect qui leur est dû.

— Droit aux cimes ! criait-il, et malgré le goût qu'Hedwige essaya d'avouer timidement pour les Primitifs, il l'entraîna vers l'école espagnole et les Français du XVIIe siècle. À peine arrivait-il à Goya qu'elle demanda grâce.

— Pierre Niox est le diable en personne ! disait en riant Fromentine à Hedwige.

— C'est le diable qui emmena Jésus-Christ sur la montagne et lui fit voir le panorama, répondit Pierre qui avait entendu.

Hedwige ne plaisantait pas. Elle souffrait comme si on la brûlait à petit feu. Elle aurait voulu ne pas laisser aller Pierre seul avec Fromentine qui le suivait d'une allure sportive, ayant adopté sa longue foulée. Mais l'envie de se déchausser fut plus forte. Elle les lâcha. On convint de se retrouver dans le salon Carré, à la fermeture.

Plusieurs fois Fromentine se retourna : Hedwige lui apparaissait dans le lointain, de plus en plus petite, d'abord comme un portrait en pied, puis comme un personnage dans un tableau d'intérieur, puis comme une miniature ; elle finit par disparaître tout à fait. Pierre et Fromentine s'envolèrent ensemble. La jeune fille tenait à son compagnon des discours inintelligibles, la bouche bafouillante enfouie dans sa fourrure, mais il ne regardait que ses yeux vert bouteille et ses frisons roux pris entre le renard du col et le renard de la toque. Les salles les plus spacieuses s'ouvraient maintenant devant eux comme des pistes pleines d'ors et d'allégories. Les Sabines leur tendaient les bras et les naufragés de la Méduse les poings : athlétiquement, eux les dépassaient. Pierre avait enfin rencontré quelqu'un qu'il ne devançait pas ; il ouvrait la marche, mais sans précéder Fromentine qui se maintenait facilement à sa hauteur. Elle développait librement son action, fière de la propriété conquise, heureuse d'avoir l'homme à soi toute seule et d'être enfin débarrassée de tous ses tableaux et statues auxquels elle ne comprenait rien ; il convenait à sa jeunesse que ce Louvre destiné à la connaissance des Beaux-Arts fût transformé en terrain de jeux ; il lui semblait normal d'en être le seul chef-d'œuvre remuant, la seule statue animée.

Pierre sentait tout l'agrément de cette compagne flexible et souple qui le suivait avec une aisance docile, d'un talon bas et caoutchouté. Fromentine flattait ses faiblesses.

— C'est comme ça que j'aime visiter les musées, disait-elle, vous savez si bien voir !

— Et choisir, répondit Pierre.

Elle le regardait d'un œil superbe et insistant, cherchant à donner à ce verbe qu'il avait prononcé sans arrière-pensée un sens romanesque, fatal.

— Il faut savoir beaucoup pour pouvoir choisir, ajouta-t-elle, avec une admiration de lycéenne. Il faut sans doute avoir beaucoup aimé et beaucoup souffert.

— Je suis un bon entraîneur.

— Vous êtes surtout un bon professeur ; et pas fantasque du tout, quoi qu'on en dise. Moi, je feins la lenteur parce que c'est l'allure familiale, mais je ne suis jamais fatiguée. En montagne, je sème toutes les caravanes. Ouf ! Que j'ai chaud !

— Confiez-moi votre sac et votre renard.

— Jamais je ne ferai rien porter à un homme.

Taquine, elle plaisanta les messieurs qui offrent de prendre vos nippes et qui quand on les leur confie ne vous pardonnent pas.

Ils enjambaient maintenant les écoles, les pays, les gloires, les siècles. Cela devenait une course, une compétition magnifique qui laissait les amateurs étonnés et les gardiens stupéfaits. Les barrières du Louvre devenaient des haies, et les escaliers polis, des rivières.

Ils ne parlaient presque plus, ils cherchaient seulement à se surpasser, ils « s'expliquaient sur la distance », pour parler comme Fromentine. Elle admirait ce grand gaillard, actif et efficace, aussi tranquille dans son action que dans un fauteuil, lui demandait de temps en temps quelque avis comme à un véritable ami et quand il le lui donnait, elle ne répondait que par un silence pieux, un air pénétré et réfléchissant.

Elle le possédait bien, l'homme pressé ; avec un sûr instinct, elle avait été droit à son vice, elle entrait dans le jeu mouvementé de sa dépravation avec cette malhonnêteté innocente des vierges.

— Moi, je ne suis pas comme Angélique, disait-elle, je n'aime pas du tout la peinture. Je n'aime que l'exercice. Je recherche ce qui me ravit, ce qui m'arrache, ce qui m'emporte !

Avec ce manque complet de discernement qui caractérise les hommes dont on encourage les manies, Pierre trouva Fromentine loyale, franche, naturelle.

— Savez-vous que vous feriez une excellente secrétaire ? dit-il.

Cette course échevelée dans la nécropole d'art, la subite absence de ses sœurs, les cris énervants de « On ferme, on ferme », cette proposition « formidable » qui venait de lui être faite, tout éblouissait Fromentine. À son tour, elle éprouva le besoin puéril de provoquer et d'étonner. Elle se pencha vers Pierre et lui dit avec le plus grand sérieux :

— Vous êtes fécondant.

On se retrouva dans le salon Carré au moment où les gardiens terminaient leur fermé de lapins. La cloche d'arrivée sonnait. Les chefs-d'œuvre immortels, chauffés et abrités, sûrs d'une bonne nuit, allaient désormais cohabiter sans autres admirateurs que les rondes de pompiers.

Angélique verte de fatigue et d'humeur, Hedwige boitillant comme le *Pied Bot* de Ribera, attendaient leur sœur qui arriva à moins cinq, unique représentante de la famille auprès du mangeur d'espace. Pierre était très satisfait d'avoir descellé le bloc Boisrosé. Fromentine rayonnait.

— M. Niox m'a engagée comme secrétaire ! cria-t-elle.

— Il ne te reste plus qu'à apprendre l'orthographe, dit Angélique.

CHAPITRE 13

Mme de Boisrosé attendait ses filles en battant les cartes.

Depuis quelque temps, il lui arrivait d'être seule. Dans cette chambre à coucher où se déroulaient harmonieusement quatre existences féminines, quelque chose avait changé. Bonne en ressentait une impression presque physique, comme si un violent courant d'air venu du dehors avait chassé la tiédeur et l'odeur des vertus familiales. À ce courant d'air, elle donnait même son vrai nom ; mais bien qu'ayant tout deviné elle ne récriminait pas, se taisait, feignait de ne s'apercevoir de rien, car, souveraine de ce petit État, elle avait la qualité maîtresse des souverains, celle de n'intervenir qu'au dernier moment. Cela ne l'empêchait pas de s'ennuyer cruellement. Aussi, quand la femme de ménage vint annoncer Mme de La Chaufournerie, l'accueillit-elle avec plaisir.

Mme de La Chaufournerie était une petite vieille teinte et peinte, trottinante et effacée, qui ne tenait le devant de la scène qu'aux moments tragiques, comme le chœur occupe le proscenium tandis que rois et reines s'assassinent dans les palais mycéniens. Bonne la soupçonnait d'avoir le mauvais œil et ne lui tendait que deux doigts avancés en corne, mais elle la tolérait volontiers car elle pouvait s'épancher librement devant elle, ce qui est la seule forme agréable de la conversation ; la surdité et le manque de mémoire de cette confidente en garantissaient la discrétion. Bonne lui témoignait une indulgence dédaigneuse ; elle la méprisait et la plaignait en même temps d'avoir marié ses deux filles à des officiers sans le sou qui - circonstance aggravante - les rendaient parfaitement heureuses, les éloignant ainsi de leur mère.

Mme de La Chaufournerie, morte à elle-même, n'avait pas fini de se sacrifier pour ses enfants, leur abandonnant la quasi-totalité de sa pension, se privant de tout en leur faveur, s'épuisant à faire leurs courses et se tenant pour heureuse si les conseils quotidiens qu'elle leur prodiguait par lettre (bien qu'habitant le même quartier) et qui couvraient tout le champ d'une existence de femme depuis la forme de la coiffure jusqu'aux précautions à prendre contre les microbes étaient, je ne dirai pas suivis, mais reçus sans impatience. Sa vie ressemblait à un combat perpétuel où, toutes griffes dehors, retenant son souffle, elle guettait les dangers qui pouvaient menacer ses filles pour leur tomber dessus. Elle avait l'âme d'un soldat en pleine bataille, ignorant la faim, la soif, la fatigue, la peur, l'impossible ; dans l'atmosphère héroïque où elle trempait, les aménités de la vie, le plaisir, le confort, les égards, la politesse n'avaient aucune place et même aucun sens ; cette fragile petite vieille était brutale comme un soudard, attaquait et renversait n'importe quel obstacle et se rendait insupportable partout. Aussi n'avait-elle point d'amis, ce qui lui était égal car elle n'en ressentait pas le besoin, et ne voyait-elle que Bonne de Boisrosé en qui elle croyait, bien à tort, reconnaître un amour maternel de la qualité du sien.

À peine entrée, Mme de La Chaufournerie alla comme toujours droit au but.

— Je ne vois plus vos filles, dit-elle, ou plutôt je ne les vois plus que de ma fenêtre, Fromentine surtout ; où courent-elles donc comme ça ?

— Comment, Herminie, dit la voix traînante de Bonne, comment ! vous ne savez donc pas que Fromentine est devenue la secrétaire d'un grand antiquaire ?

Herminie, qui, une fois ses questions posées, s'inquiétait peu des réponses, se lança dans un long discours sans le moindre rapport avec les demoiselles Boisrosé. Elle emboîtait ses phrases les unes dans les autres avec une uniformité de timbre vocal qui permettait de n'en retenir aucune. Ce verbiage monotone plongeait Mme de Boisrosé dans une sorte de sommeil hypnotique fort agréable où elle s'abandonnait à penser à haute voix.

— En effet, dit-elle, on ne la voit plus, Fromentine ; dès qu'elle rentre elle s'enferme dans sa chambre ; bien entendu, elle passe en revue ses robes et tire toutes sortes de plans autour de ce motif central : un-homme-pour-la-sortir. Ne ferait-elle pas mieux de me lire mon *Figaro* ? Et les airs qu'elle se donne ! Elle agace continuellement ses sœurs. Hedwige fait la tête. Ça se comprend, la petite chasse sur ses terres... elle reviendra bredouille ; j'ai bien vu que s'*il* causait avec Fromentine, au fond il ne regardait qu'Hedwige ; mais Angélique, je vous demande un peu quelle mouche la pique ? Elle s'ennuie ; s'ennuyait-elle avant ? Dire que je comptais sur cet homme nouveau pour mettre de l'ordre dans mes affaires et qu'il n'a été bon qu'à mettre le désordre dans ma maison ! C'est un indécis, un lambin, conclut-elle d'une voix acide qui réveilla le tympan paresseux de Mme de La Chaufournerie. Oui, un lambin !

— De qui parlez-vous donc, ma chère ? fit celle-ci ; et comme Bonne, l'œil vague, ne répondait pas : serait-ce d'un parti pour vos filles ? (Herminie avait de ces illuminations qui, jointes à une capacité inquisitoriale hors pair, l'auraient menée loin dans la carrière de juge d'instruction...) Et naturellement, elles en sont amoureuses toutes les trois ?

Bonne sursauta.

— Amoureuses ! amoureuses, mes filles ! Ah bien, il ne manquerait plus que ça !

Elle croisa sur sa poitrine d'un geste furieux sa matinée de gros ottoman vert jade (toute allusion à l'amour provoquait chez elle ces réflexes de pudeur menacée) et jeta à son amie un regard d'animosité.

— L'amour, l'amour, vous n'avez que ce mot à la bouche ! dit-elle sévèrement. Est-ce à une femme de votre âge de donner dans ces chienneries ! Les hommes devraient vous répugner, comme à moi ! Tenez, vous me faites rire.

Mais elle ne rit pas ; ce fut Mme de La Chaufournerie dont la maigre figure de rossinante surmenée se fendit dans un accès d'hilarité chez elle rarissime.

— C'est vous qui êtes comique avec votre horreur des hommes ! Vous avez donc décidé de ne jamais marier vos filles ? dit-elle.

— Oui, les hommes sont répugnants, mais mes filles doivent se marier, fit Bonne, péremptoire.

La nouvelle secrétaire fut fort utile : comme elle ne savait ni la sténo ni la dactylographie, force fut à Pierre de les apprendre lui-même ; comme elle connaissait mal Paris, il fit ses propres courses et comme elle arrangeait mal son emploi du temps, il fit aussi celles de Fromentine. Celle-ci s'en rendait compte et riait.

— Je n'ai jamais été aussi bien servie, disait-elle, que depuis que je suis payée.

La jeune fille répondait au téléphone et gardait la maison. Étendue sur le sofa du bureau vide, elle feuilletait des illustrés. Au premier abord, ce bureau l'avait déçue.

— Mais où est donc votre magasin d'antiquités ? demandait-elle à Pierre.

À son étonnement il lui montra son coffre-fort :

— Voilà, dit-il.

— Et moi qui croyais que vous aviez une boutique très obscure pleine de stocks de crocodiles au plafond avec les prix étiquetés au bout de la queue, et de jolis petits services à thé, et des dalmatiques en or brodées, le tout éclairé par des poissons-lanternes ! Quelle désillusion ! Vous sortez ? Soyez gentil, Pierre, rapportez-moi des cigarettes américaines.

Il revenait chargé de provisions.

— Comme vous avez été rapide ! J'en suis baba. Vous êtes vraiment un homme électrique. C'est formidable. Où trouvez-vous le temps ?

— Personne n'a téléphoné ?

— Si. Un monsieur étranger. Je n'ai pas compris son nom.

— Essayez de vous le rappeler...

— C'est quelque chose comme Stravinsky... Striesky... quelque chose en ski.

— Ne serait-ce pas plutôt Erckmann ?

— Oui, Erckmann, parfaitement.

— C'est le conservateur du musée d'Ethnologie de Stockholm. J'attendais son coup de téléphone.

— Ah ? Moi, j'ai raccroché. D'ailleurs, quand je comprends mal, je raccroche toujours.

— Et qu'avez-vous fait en mon absence, Fromentine ?

— J'ai mis du désordre.

Et elle riait montrant les magazines à terre et les papiers épars.

— Vous feriez une bien mauvaise femme de ménage ; une femme de remue-ménage, tout au plus.

Au bout d'une semaine Pierre reprit son ancienne secrétaire et garda Fromentine pour aller rue Masseran faire du tennis sur court couvert.

Il ne parlait plus d'Hedwige. Angélique le laissait indifférent. Jamais il n'était question des Boisrosé. À croire qu'il avait jeté le manche après la cognée. « Et maintenant, je tourne la page », disait-il souvent. L'avait-il, cette fois encore, tournée et sans mettre le signet, sans laisser une fleur séchée comme souvenir ?

« Je déteste les replâtreux », s'écriait-il parfois. Regencrantz, qui l'avait vu se précipiter avidement sur une boisson sans avoir soif, eût dit qu'il s'était également lancé dans cette affaire sans en avoir la moindre envie. Il avait disparu de chez les Boisrosé ainsi qu'il faisait toujours et partout, comme par une trappe. L'espace d'un battement de cils et il n'était plus là ; il se fondait dans la foule comme le sucre dans l'eau ; les cloisons le buvaient ; il disparaissait comme dans les rêves ; les rêves sont des appartements sans portes où l'on entre à travers les murs.

Ainsi Pierre avait-il traversé bien des milieux sans s'y arrêter, y faisant brusquement son miel et ne revenant jamais. Au casino, il entrait dans la salle de jeu, criait *banco !* par-dessus les têtes ; avant que celles-ci se fussent retournées il avait raflé sa mise et disparu, disparu pour la saison, car il détestait le jeu et ne faisait ce geste que pour mettre sa chance à l'épreuve.

— Vous êtes un numéro, Vif Argent, lui disait Fromentine en lui passant les deux raquettes qu'il prit sous le bras. Quelles leçons je reçois de vous ! ajoutait-elle d'un air qui semblait extasié.

Pierre avait l'habitude de laisser Fromentine dans la rue ou dans sa voiture, à l'attendre comme un petit chien. Elle était d'ailleurs merveilleusement passive, facilement distraite avec, en même temps, une immense faculté de pouvoir rester éternellement sans rien faire, ni penser à rien, comme un voilier en quarantaine. L'instant d'après, Pierre revenait pour partir à fond de train et elle le suivait avec la même facilité, soutenant toutes les allures, absolument neutre, ne pleurnichant jamais, avec ce merveilleux caractère des égoïstes frivoles.

En revenant de la rue Masseran, Pierre s'arrêta boulevard de Grenelle devant une maison qui déjà, enfant, l'hypnotisait. On y fabriquait des horloges depuis le XVIIIe siècle et l'enseigne de fer forgé représentait un beffroi. Sur la façade, des cadrans disaient l'heure en toutes les langues aux voyageurs du métro qui passaient juste devant. L'heure de Stamboul en lettres turques, l'heure de Calcutta en bengali, l'heure de Suez en lettres arabes, l'heure de Pékin en caractères chinois.

— Que de minutes ont bien pu débiter ces cadrans depuis cent cinquante ans ! s'exclame Pierre. Pensez-y... quel ressort humain pourrait lutter contre les leurs ? Quelles diastoles, quelles systoles égaleront jamais leurs palettes et leurs cliquets !

— À votre manière vous êtes un philosophe, répondit Fromentine avec une niaiserie fûtée ; le philosophe du quart de seconde.

— Je ne suis pas un personnage philosophique, répliqua Pierre, sèchement ; je suis un personnage dramatique. Vous n'y comprenez rien.

— Parlez-moi encore de vous, soupira Fromentine en se remettant du rouge, c'est passionnant.

Depuis la visite au musée du Louvre, Pierre n'était pas retourné à Saint-Germain. Mais il eût aimé parler à Fromentine de ses sœurs. Chaque fois, elle trouvait un prétexte pour ne pas lui répondre. Et il se sentait, près d'elle, plus seul qu'auparavant. Il aurait voulu savoir comment les Boisrosé prenaient l'absence de Fromentine, ses rentrées tardives, les cadeaux qu'il lui faisait, bref, cette espèce de faux ménage que sont les rapports d'une jolie secrétaire avec son employeur, ménage où la pensée est dictée sur bloc-notes, où le trousseau est remplacé par des dossiers, les armoires à confitures par des classeurs métalliques, les baisers par des enveloppes à lécher et les berceaux par des corbeilles à courrier.

Mais cette belle fille, à ses côtés toute la journée, ne signifiait pourtant pas une présence. Elle ne le soulageait pas de son isolement. Même Chantepie, même Placide dégageaient plus de chaleur. Même le chat. Chez tous les autres, Pierre éprouvait de la résistance, donc de la chaleur (celle du frottement). Avec Fromentine, il n'en sentait aucune. Elle lui cédait en tout.

C'était pis que jamais.

Comme elle lui montait maintenant son courrier en arrivant le matin, il n'avait même plus de rapports avec la concierge. Devant Fromentine Pierre pensait parfois à Angélique et à Hedwige, comme le possesseur d'un plâtre de Houdon doit penser à l'original ; Fromentine était moins une Boisrosé qu'un moulage des autres filles Boisrosé. Il évoquait ses sœurs comme on voudrait relire un classique dans le texte, mis en goût par une première page de traduction. Il évoquait la dînette de Saint-Germain et plus il revoyait le salon ciré, la chambre à baldaquin, le poêle noir avec son petit œil rouge, plus il se sentait seul.

Seul comme dans un désert.

Moins on l'invitait et plus il éprouvait l'attraction de cette petite province si lointaine, de cette petite ville escarpée où Fromentine retournait chaque soir : les petits plats dans les grands, le babillage financier et économique du sinistre Vincent ; la haute silhouette d'Hedwige, réticente mais devinée violente à cause de cette réticence même, et passionnée ; leurs premières paroles d'amour au bas de l'escalier ; Angélique et ses soins (quand elle vous passait un plat, on eût dit une caresse).

Après tout, Pierre lui devait une réponse, à celle-là. Ne lui avait-il pas dit d'être sans inquiétude, qu'il avait une « idée », qu'il arrangerait leurs affaires du Mas Vieux ?

— Je vous avais dit, au sujet du Mas Vieux, que j'avais une idée. Si je ne vous ai plus fait signe, c'est que cette promesse...

Pierre avait pris sur lui d'écrire à Angélique de passer le voir, à une heure où Fromentine n'était pas là.

— Vous ne nous devez rien, dit simplement Angélique, en secouant ses beaux cheveux couleur de raphia.

— ... c'est que cette promesse se trouvait être, dans mon esprit, la suite naturelle de mon engagement envers Hedwige. Peut-être ne savez-vous pas que je lui ai demandé de m'épouser ?

— Je le sais, répondit Angélique.

— Peut-être ne savez-vous pas qu'elle a refusé ?

— Non, elle n'a pas refusé. Elle vous a dit d'attendre, ce qui n'est pas la même chose.

— Je la désirais trop pour que ce ne fût pas la même chose.

— Pourquoi avez-vous engagé Fromentine comme secrétaire ?

— À vous dire la vérité, chère Angélique, c'est une aventure fort sotte, de plus en plus absurde, et dont je ne demande qu'à sortir.

Pierre se leva, partit le cou tendu, le vol direct comme un canard sauvage, s'arrêta faute d'espace, revint à Angélique.

— Parlez-moi plutôt d'Hedwige ?

— Il faut que vous restiez tranquille si vous voulez que je vous explique Hedwige, commença Angélique. C'est quelqu'un de parfaitement honnête et de très loyal. Vous aviez fait preuve d'un grand sens humain en la choisissant : je vous en admire et je vous en aime davantage. La famille veut qu'Hedwige soit heureuse, mais moi, je veux que vous soyez heureux ensemble et à la fois. D'abord Hedwige est bien plus intelligente que nous toutes réunies (il est vrai que quand nous sommes réunies, nous sommes bêtasses et frivoles) ; naturellement elle n'est pas très cultivée (mon méthodique et scientifique Vincent dit souvent que chez les Boisrosé les livres ne servent qu'à caler les pieds des tables), mais vous avez vous-même assez de culture et d'érudition pour vous passer d'une femme savante. Ensuite Hedwige est d'une droiture exceptionnelle : enfant, c'était de nous toutes celle qui mentait le moins volontiers. D'accord, vous savez tout cela fort bien et vous préférez me voir exposer les défauts d'Hedwige ? Soit. Vous n'ignorez pas qu'il n'y a que deux sortes d'êtres : les donneurs et les preneurs. Hedwige appartient nettement aux premiers. Mais comme tous les donneurs, elle a les nerfs délicats ; sa sensibilité est extraordinaire. Elle est impressionnable ; elle se décourage facilement ; un rien l'esquinte et quand elle est exténuée, vous la trouverez incertaine ; non, ce n'est pas ça... comment dirais-je... vous la trouverez... un peu inconstante ; bref, vous ne la trouverez pas ! Je vous en préviens pour que vous ne vous énerviez pas ; avec elle, évitez la force ; attendez : Hedwige cède toujours. Hedwige est une personne aussi tranquille que bonne. Ménagez-la, donnez-lui le temps de souffler et elle vous rendra tout cela en longues années de bonheur car elle vous aime et elle désire être votre femme.

— Vous l'a-t-elle dit ?

— Entre nous, nous ne nous disons pas les choses. Ce n'est pas la peine. Tout est dit bien avant que nous ayons parlé.

— Quand pourrai-je la voir ? demanda Pierre.

— Venez demain à la maison.

Voilà Pierre reparti pour Saint-Germain. Lui qui n'est jamais revenu en arrière gravit à nouveau la route montante qui le mène chez les Boisrosé. Lui pour qui l'instantanéité est un dogme et la précipitation une seconde nature, il reprend patiemment le chemin déjà parcouru.

En amour comme dans le reste, il procédait avec fougue. Mais dire « en amour », c'est exclure l'amour. Autant écrire amours comme délices. Pierre avalait les dames à la régalade. Il les animait, les entraînait, les poussait dans les coins, se montait un peu la tête, se déchaînait subito. Leur insignifiance, la vanité qu'elles éprouvaient à se voir transformer en buisson ardent, leurs soupirs engageants, leur paresse à résister faisaient le reste. D'autant que personne n'était plus gentil que lui. Ce loup affamé qui s'élançait d'une gueule béante et enflammée n'avait jamais fait peur à aucun agneau ; que dis-je, les agneaux y couraient, n'ayant pas de leur côté l'habitude des longues terreurs. Pierre chiffonnait avec grâce les objets de ses soins, les agaçait juste ce qu'il faut avec son agitation ; il avait l'embrassade franche, la bouche fraîche, la peau chaude. Il enchaînait bien, se précipitait sur elles, les dévorait sans les assimiler, disparaissait avant qu'elles aient eu le temps de dire ouf, en admettant qu'une femme pousse jamais ce cri-là. Il télescopait les situations, revenait classiquement à l'unité de temps, de lieu et d'action. Il confondait volontiers la déclaration avec l'enlèvement en taxi, le taxi avec la loge grillée, l'escalier avec le canapé, la main serrée avec la taille prise, le mouchoir avec le soutien-gorge, le premier rendez-vous avec le dernier, et les ménagements du début avec les délires de la fin. Tout cela avec si peu d'espace entre le point de départ et celui d'arrivée qu'elles croyaient recevoir un premier tribut de reconnaissance que déjà il leur offrait un cadeau d'adieu.

Il s'arrangeait pour mourir chaque fois du vol nuptial. Plus les femmes étaient légères et plus on le trouvait volatil. Tout le vocabulaire qui servait jadis à la fois aux artilleurs et aux amants, on pouvait l'utiliser pour lui : Pierre mettait en batterie, démasquait, foudroyait, démontait. C'était charmant car c'était jeune et, à quelques pleurs près, cela arrangeait au fond tout le monde. Celles qu'il avait fait pleurer ou qui le giflaient ou avec qui il s'était vraiment brouillé, il les comptait sur ses doigts, le sémillant garçon. Il était né comme ça, étant d'une époque où l'amour ne déshonorait personne, où l'on ne se privait de rien, où les devoirs et obligations étaient d'un commun accord réduits au minimum. « Il n'y a pas de raison, disait Pierre, pour qu'un train de plaisir ne soit pas aussi un train express. » Son train était toujours plein et il n'avait jamais eu à déplorer de déraillement.

Mais Pierre venait d'avoir trente-cinq ans. N'ayant pas rencontré l'amour, il commençait à le prendre en respect. « Le jour où je trouverai une femme sur laquelle je ne me jetterai pas, se dit-il, c'est que je serai arrivé à destination. » Il sentait qu'il n'aurait pas, ce jour-là, à renoncer à ses mauvaises habitudes, que ce seraient elles qui renonceraient à lui.

Hedwige l'attendait au salon. Le thé fumait sur le plateau ; une robe d'intérieur, du rouge des vieilles soies d'Orient, descendait à beaux plis sur son corps dur, comme une cascade sur un rocher. Cette mise en scène lui fit aussitôt désirer d'être dehors.

— Sortons, dit-il, prenez un manteau. Je ne pourrai parler qu'en plein air.

Ils allèrent se promener sur la terrasse, à deux pas, par un crépuscule d'hiver, avec les premières lumières de Paris en contrebas et les grands arbres de la forêt qui s'arrêtaient en ligne au bord de la pelouse.

Hedwige a accepté de l'accompagner sans faire d'embarras. Elle trouve naturel qu'une main qui n'est pas la sienne écrive son destin sur le mur. Elle s'en remet à Dieu du soin de sa conservation. Suivre Pierre dans ce parc ne l'a pas troublée. Elle est sereine, sage, courageuse. Ce sont les oies qui font sentinelle.

Pierre aussi était très maître de lui, très calme. Penchés l'un vers l'autre par la gravitation, leurs doigts se joignaient pour atteindre à une intelligence plus profonde d'une situation qui les distinguait des autres êtres et les faisait cependant ressembler à tous.

Cette fin de jour corail et soufre, ce jardin peuplé de statues nues sous le ciel de neige, ces chênes noirs et balancés par la brise, toutes ces incantations romanesques, loin d'exciter Pierre l'engageaient à la pudeur et à la retenue. Il sentait grandir en lui une attente et il travaillait à la bien remplir car elle le menait au-delà, non de ses vœux, mais de ce dont il se croyait capable. Comme le chrétien espère une sainte mort, il espérait une vraie vie. Le respect de ce qui lui arrive et de celle par qui cela lui arrive - car Hedwige est innocente et vierge à tous les degrés - lui interdit tout geste agressif.

Pour la première fois il prend son temps et avec un plaisir infini, car il a l'existence devant lui et avance, d'une coulée naturelle, sur la route la plus grande, la plus connue ; une route dont il ignore la géographie et presque le nom, ne l'ayant jamais suivie ; une route faite pour les piétons et où les bolides ne passent pas. Il va frapper à la porte de l'oracle, comme les paysans à la porte de la Sainte Vierge, pour demander si sa terre sera fertile. Il quitte le quotidien et entre dans le songe où vivent les enfants, les inventeurs, les fous, les tireurs de gros lots, le songe propice à l'accomplissement des grands desseins, non des petits désirs. C'est pourquoi il a une densité de dormeur, des lenteurs de plongeur au fond des mers.

Hedwige regarde cet homme de toujours comme un homme d'aujourd'hui. Chaque jeunesse de femme n'a qu'un type d'homme comme chaque génération n'a qu'un auteur et chaque auteur n'est jamais fidèle qu'à un seul héros.

La nuit est venue. Pierre ne sait plus pendant combien de temps il est resté assis sur ce banc sans décroiser les jambes ; près de lui Hedwige n'a pas bougé, elle dont les flexions sont si belles. À leurs pieds, le sol désolé par l'hiver est aride, squelettique et les pierres gelées des balustres se brisent comme des esquilles.

En haut la Voie Lactée ressemble à une piste de caravane usée par d'anciens soleils.

— Devant Dieu ou devant tout autre fabricant d'étoiles, dit soudain Pierre, je suis prêt à vous attendre tant qu'il le faudra, et je suis décidé à n'épouser personne d'autre que vous.

Hedwige se rapprocha de lui et mit sa tête sur son épaule.

DEUXIÈME PARTIE

LE PRIX DU TEMPS

CHAPITRE 14

Pierre et Hedwige se marièrent à la fin du mois et allèrent loger à Neuilly dans un appartement que Pierre avait fébrilement installé, ce dont s'accommodait la nonchalance de sa femme ; ainsi les problèmes domestiques furent réduits à des désignations de zones communes et à des délimitations de tiroirs ou de sphères d'influence dans les penderies.

Le plan d'un appartement révèle souvent les plans du cœur. Pierre et Hedwige avaient des chambres contiguës mais séparées. Cette cloison, Pierre l'avait voulue ; entre lui et sa femme, il y avait cette architecture énorme, cette montagne de plâtre qui depuis deux semaines divisait ce que la loi avait uni. Les deux parties du tout se parlaient le soir de lit à lit à travers elle, se réveillaient gaiement le matin par des coups frappés sur le mur, et de chaque côté de cet équateur, ils se partageaient pour la nuit, comme des antipodes.

Ainsi l'avait voulu Pierre (et Hedwige, sérieuse et prude, n'en avait pas paru surprise, au contraire), non qu'il ne la désirât pas immédiatement car il était amoureux, jeune et très empoigné par sa passion. Mais il éprouvait un plaisir vif et amer à se donner la discipline et à commencer la vie comme s'il était marié depuis trente ans. Il lui déplaisait de se jeter sur Hedwige et de la prendre par surprise ou par convention légale. D'abord l'accomplissement immédiat du devoir conjugal a quelque chose de ridicule et de bestial, de juridique et de louis-philippard. Dévêtir une femme, lui arracher sa robe, montrer par la fenêtre aux voisins réunis dans la rue la chemise de la mariée, comme dans certains rites juifs, n'est vraiment pas le plus grand hommage qu'on puisse lui rendre. Pierre s'était juré de ne pas lancer d'un coup Hedwige dans un univers nouveau, celui des sens. De sorte qu'ils vivaient si purement qu'on les eût pris pour des camarades de camping, pour un de ces couples innocemment réunis grâce aux petites annonces du Touring Club. Toute sa force d'homme, Pierre l'avait exercée sur lui-même pour s'empêcher de violer Hedwige comme il violait tout. C'était le plus beau cadeau qu'il pût lui faire, la plus grande preuve d'amour et de respect à lui donner. Il lui avait fallu un immense effort ; aller lentement n'est pas facile quand on n'en a pas l'habitude. Et, bien entendu il s'interdisait aussi cette chimie sexuelle, ces recettes de cuisine voluptueuse inventées par les siècles oisifs. Pas d'amour sur l'arçon de la selle, pas de rapides contacts de poulailler, mais pas non plus de ces fignolages d'alcôve de nos pères, pas de ces figures de patinage sous les glaces du baldaquin, pas de ces séries au billard qui n'amusent plus que les vieux messieurs quand ils en ont encore les moyens.

Mieux qu'entre lui et Hedwige, c'est entre lui et sa passion pour Hedwige que Pierre avait dressé cette cloison. Il avait voulu se mettre à l'épreuve : « Si je puis me maîtriser sur ce point, je me dominerai sur tout le reste. Les autres victoires me seront faciles, j'aurai dissocié l'amour d'avec la gloutonnerie, j'aurai à jamais triomphé de mon démon. »

On l'accuserait de froideur, d'indifférence ; il s'en moquait car il ne redoutait que cette hâte qui jusqu'ici lui avait gâché l'amour. Seule importait Hedwige ; il ne voyait qu'elle, ne tenait qu'à elle, il voulait être bon, humain avec elle. Si elle allait trop lentement pour son pas, il l'attendrait ; s'il réussissait à l'entraîner, à la presser sans la bousculer, il l'exhausserait jusqu'à son propre rythme, mais par degrés. En prenant son temps, la nature est arrivée à transformer des reptiles en espèces volantes. Sans risquer de briser Hedwige, il lui apprendrait à voler. Le pillage d'un corps investi, les caresses conquérantes, les blessures honorables sont l'affaire et le plaisir d'un moment, mais quand l'enjeu est une vie entière, il faut régler sa montre sur l'éternité.

Hedwige attendait : c'était bien son tour. Elle regardait respectueusement, de toute sa force attentive, cet avenir qui commençait en elle, cette heure que le monde et les romans annonçaient, dont elle n'avait pas eu soif et qui était venue à son insu. Une nouvelle vie s'amorçait pour elle sous les yeux de l'homme étranger, doux sauvage d'une rapidité terrible qui allait descendre en torrent, l'emporter on ne sait où, avec une précision de champion et une fougue d'élément.

Le cœur palpitant derrière la cloison blanche, elle attendait et le temps lui paraissait long, aussi long que dans l'ennui, le mal aux dents, l'insomnie, toutes ces machines à tréfiler les heures. Pourquoi l'éclair ne frappait-il pas ? « Je voudrais que ce fût déjà fait », pensa-t-elle.

Un soir, elle entra chez Pierre doucement pour le regarder dormir, espérant que l'immobilité le trahirait, révélerait le secret de sa force ou de sa faiblesse. Le mystère derrière cette porte fermée qu'est un être endormi lui parut plus profond encore et lui fit peur. Elle le regardait roulé en boule sur lui-même, les pouces enfermés dans les paumes comme font les petits enfants, enchevêtré dans les draps, ne renversant plus rien sur son passage, ne tourbillonnant plus que dans des rêves d'où elle était exclue. Pour la première fois elle se demanda qui était Pierre, pourquoi elle l'aimait, et s'aperçut qu'elle avait échangé avec lui des serments, non des confidences, des anneaux qui n'étaient que des bagues et non des clefs.

Comme elle était simple et directe, dès le lendemain matin elle lui posa la question :

— Qui êtes-vous, Pierre ?

Il ouvrit des yeux étonnés ; que les autres ne se contentent pas de l'image que nous leur présentons nous étonne toujours.

— Je suis celui qui sera, dit-il en riant.

Mais Hedwige le regardait les sourcils froncés dans un effort scrutateur.

— Savez-vous que j'ignore tout de vous, vos parents, vos amis, votre passé, votre histoire, votre caractère ?

— Je n'ai ni parents ni amis ; mon caractère est aussi facile à voir que le nez dans ma figure, et le passé, je l'ai oublié car vous n'y étiez pas ; d'ailleurs tout ce qui est hier m'ennuie, je n'ai jamais fait qu'un sonnet et qui était à la louange de demain.

— Oh Pierre, dit Hedwige, vous ne me prenez pas au sérieux !

Elle avait l'air si désolé qu'il céda tout de suite.

— Eh bien, j'ai ce qu'on appelle un ami, un vieux camarade nommé Placide qui me connaît si bien qu'il s'était brouillé avec moi ; mais depuis nous nous sommes réconciliés. Il m'a même envoyé pour mon mariage un ravissant nécessaire de toilette argent et crocodile. Je vous l'amènerai à déjeuner. Vous lui poserez toutes les questions qu'il vous plaira. Faites la part de la rosserie, de la dose normale de perfidie qui entre dans ce qu'on appelle « une amitié clairvoyante » et vous en saurez sur moi autant que moi-même.

— J'ai besoin du livre de Roustoutzeff sur l'*Animal style in South Russia and China* (Princeton, 1926) ; il doit être là ; pourrais-tu me le trouver, mon vieux Placide, pendant que je termine cette monographie ?

— Je vais vous aider, dit Hedwige.

Ils avaient fini de déjeuner et prenaient le café dans le bureau de Pierre.

— Une monographie ? demanda Placide.

— Oui, dit Pierre, et même qui vous intéresse tous les deux : j'écris quelque chose sur le cloître que je vous dois en somme un peu à l'un et à l'autre. Il est arrivé aux États-Unis.

À genoux, Placide et Hedwige soulevaient les gros tomes, faisaient écrouler les piles, les rangeaient au fur et à mesure.

— Ah ! le voilà, s'écria Hedwige, découvrant l'exemplaire et l'apportant à Pierre, fort contente d'elle-même.

— Merci, amour, répondit Pierre distraitement, déjà penché sur le *Bestiaire du bronze chinois*, par Gourhan. C'est dépassé.

— Ah, voilà bien votre mari, s'écria Placide. *Dépassé* ! Une de ses expressions favorites. Il vous demande quelque chose, on s'échine à la lui procurer et quand on la lui apporte, il a déjà trouvé mieux. Je ne pourrais pas citer un cas, un seul, où j'aie pu lui rendre service à temps. *Dépassé* ! reprit-il en haussant les épaules. Je connais des hommes qui te valent bien et qui disent : « C'est surpassé. » Mais ta façon à toi d'aller plus haut, c'est d'aller plus loin.

— Oui, n'est-ce pas, dit Hedwige, il est merveilleux. C'est un magicien.

— Je ne suis pas de cet avis, répondit Placide. Il est assez réussi mais pas dans le métier qu'il s'est choisi ; il était fait pour être courrier de cabinet, coureur en moto, arbitragiste, écrivain de scénarios, téléphoniste de standard, tout ce que vous voulez, mais non pas collectionneur d'objets de haute époque. Les hautes époques sont des valeurs vraies et les vraies valeurs ignorent la hâte. « Le temps ne respecte pas ce qui s'est fait sans lui. » Soyez sûre que des objets comme celui-ci qui durent depuis trois mille ans ont été faits lentement.

Il montra à Hedwige un bloc informe en pierre toute rouillée, un jade de fouilles figurant un sanglier.

— Est-ce que c'est de haute époque ? demanda Hedwige, intriguée. Ça n'a pas l'air d'un objet d'art.

— L'art des hautes époques se reconnaît à ce qu'il est sans art, répondit Pierre qui avait fini d'écrire et, étendu tout de son long sur le sofa, chassait au plafond la fumée de son cigare. Mais j'ai à répondre à Placide... En effet, l'objet d'art primitif représente d'innombrables heures-travail et c'est ce qui me le rend inestimable. Je pense à l'homme simple qui a épuisé là la force de son cœur et de ses mains, à la femme, à la famille qui ont sacrifié leurs yeux pour broder cette chasuble ou ce suaire. Mais je te prie de croire que ces gens-là travaillaient vite, l'élément-temps n'était pas gaspillé. Seulement leur vitesse n'était pas la nôtre. Une belle pièce de tissu, d'orfèvrerie gothique ou byzantine, c'est comme mille champs labourés et emblavés, c'est plus que cent forêts défrichées, ça représente plus de peine et de temps dépensés que la maladie la plus longue. Et quels pauvres outils furent employés ! Quels pauvres et habiles rebouteux s'y essayèrent ! Quand je contemple un ivoire ou un émail, c'est comme si je donnais la main à tous ceux qui l'ont fabriqué, possédé, vendu et revendu au cours des siècles : je les entends, ils me parlent. Le choc que l'on reçoit d'abord d'un objet d'art est un choc psychique, ensuite vient l'examen technique, la patine, les trous de ver dans le bois et autres fumisteries. Un objet d'art commence par vous crier de loin qu'il a vécu. Il projette devant lui son aura.

Placide sourit avec ironie :

— Moi, fit-il, j'ai été chartiste. Mon œil est une loupe et le restera toujours. Mais toi, on sait que tu as un œil d'épervier au service d'une sensibilité de voyante !

— J'ai simplement l'estomac trop mal accroché pour tourner en rond, comme vous autres, sans avoir le mal de mer. Pour vous la vie est un cycle, pour moi elle est une spirale aplatie, la spirale de Gœthe ; on n'en sort pas en faisant demi-tour ; le galop en arrière est une fausse révolution, une révolution de conservateurs ; il faut courir vite au bout de chaque période pour monter plus haut. En France (pays jadis rapide), nous sommes devenus prolixes et inertes ; le jour où nous retrouverons notre rythme traditionnel, dans une nouvelle période de haute époque, nous redonnerons des *Princesse de Clèves* et des *Manon Lescaut*, nous retrouverons des Molière qui bâcleront leurs pièces, des Pascal qui improviseront leurs pamphlets. Ce n'est pas avec les romans en dix-huit tomes de Mme de Charrière que la France passera à la postérité, c'est avec de petites bombes portatives comme *Candide* ou comme *Atala*.

Il s'arrêta pour souffler.

— Qu'est-ce que je disais ? J'ai oublié.

— Tu perds tes idées en route, ricana Placide.

— J'y suis : Napoléon n'est pas bref parce qu'il est empereur, il est empereur parce qu'il est bref. Moi, si je n'avais pas été bref, je n'aurais eu ni le Mas Vieux ni Hedwige. Placide, je te laisse avec elle, il faut que je sorte ; tu vas lui expliquer en quoi je ressemble à Napoléon.

Hedwige enfoncée dans son fauteuil, les mains croisées comme une petite fille qui va écouter une belle histoire, regarda Placide d'un air interrogateur.

— Eh quoi, madame, fit Placide, attendez-vous que je vous parle de l'antiquaire aux pieds légers ? C'est une plaisanterie ; vous le connaissez mieux que moi !

— Je ne le connais pas, fit Hedwige simplement. Qui peut connaître Pierre ?

— Alors pourquoi vous adresser à moi ?

— Parce que vous, vous le suivez depuis longtemps et que vous pouvez me raconter sa vie.

Le sujet n'inspirait guère Placide, mais il aimait disserter et n'eût pu trouver meilleur auditoire. Fasciné d'avance, son public buvait ses paroles. Il commença donc sur un ton léger, précieux et un peu moqueur, déblayant les années de collège, les succès aux concours, les débuts dans ce qu'il appelait le « négoce ».

— En art, dit-il, Pierre remontait le temps avec autant de frénésie que dans la vie courante il le descendait. Du gothique qui était sa spécialité, il a, Dieu sait pourquoi, bondi vers le mérovingien et du mérovingien couru aux sources iraniennes.

Avec un sourire d'indulgente condescendance, il expliqua comment Pierre, gagnant du terrain sur tout le monde, découvrait, tantôt dans des centres de fouilles, tantôt dans des collections privées, des objets plus vieux de dix ou quinze siècles que les trains d'acier ou les avions de duralumin dans lesquels il les emportait, et comment cette « chasse au trésor » satisfaisait son besoin de « déplacements irrationnels ». Il reconnut néanmoins généreusement que Pierre, premier de tous ses collègues de l'ancien et du nouveau monde, s'était donné la peine d'étudier l'ethnographie, l'art populaire, la linguistique, l'archéologie, les photographies aériennes, servi par une facilité et une mémoire prodigieuses, ce qui lui permettait de prendre part à des fouilles et de découvrir des pistes avec un flair qui n'était pas sans agacer les spécialistes.

— Ah, que de nuits sans doux sommeil il aura coûtées aux collectionneurs, ce touche-à-tout de Pierre ! s'écria Placide.

Il se mit à discourir sur ce thème pour lui inépuisable.

— Les grandes collections ne sont pas de froids entassements de bibelots, d'immobiles cimetières d'ossements comme l'imagine le public des criées célèbres. Elles vivent, meurent, renaissent, se perfectionnent, se détériorent. Certaines s'effondrent en un jour comme une théorie. Car l'art des époques disparues, et surtout des plus anciennes, est aussi fertile en renouvellements que le cerveau d'un homme de génie ; vivant dans la terre et même au fond des mers, creusant partout la mappemonde, il bouillonne, sort des ténèbres, éclate, déconcerte, ébranle. C'est une révolution permanente, une continuelle épuration. Chaque découverte est une provocation qui exige une réplique. Telle pièce sassanide d'une haute qualité sera accueillie au port de New York comme une diva ; et il lui aura suffi d'apparaître non seulement pour plaire mais pour déclasser ce qui jusque-là plaisait. Le temple de Salomon se rebâtit chaque jour et le goût dont on fait à tort un synonyme de mesure est en perpétuel déséquilibre. Il suffit d'un nouveau chantier dans la civilisation de l'Indus ou d'une déchirure dans le rideau des siècles qui nous cache l'empire hittite pour que tel musée, jusque-là illustre, soit relégué au rang d'un vieux fonds de brocanteur. Il suffit d'une tombe s'entrouvrant près de Pretoria et laissant émerger une statuette de rhinocéros endormi près d'un squelette bantou pour que courent les télégrammes et que vacillent à Buenos Aires, Londres ou Budapest des chapitres d'histoire de l'art et les prix du marché. Et justement, Pierre y était à

Pretoria, conclut Placide en se levant pour boire un verre d'eau.

— Continuez, continuez, pria Hedwige.

— Mais je pétille de poursuivre, madame ; je suis jaloux de vous plaire ; ne me rendrais-je pas indigne de votre confiance si je manquais à rebrousser le fleuve de ma mémoire comme vous m'y conviez ?

Placide s'écoutait parler avec autant de plaisir qu'il était écouté. Commencée sur un ton de négligence aimable, la biographie se haussait jusqu'à l'épopée. Placide s'échauffa tant et si bien que, finalement, il brossa un portrait de Pierre bien fait pour enflammer une imagination qui n'attendait que l'étincelle ; portrait qu'il regretta car il jalousait Pierre, mais pour une fois, la vérité fut plus forte que la malveillance.

Il s'interrompit de nouveau, mais Hedwige le pressait de questions ; Pierre avait pris part à des fouilles ; avait-il couru des dangers ?

— Pas plus que les autres archéologues, fit Placide avec une moue. Bien sûr, dans le Tsé-Kiang par exemple, quand il travaillait à exhumer la fameuse ville construite avec des ratés de cuisson de céramique Sung (imaginez cela, une ville entièrement en vases Sung !). Une troupe de généraux chinois captura Pierre et lui confisqua ses sacs de dollars d'argent. Ce sont là les petites misères d'un métier qui connaît de beaux moments. Par exemple, dans le Louristan, à l'ouverture d'une tombe néolithique, quand ils découvrirent un char funéraire entouré d'une meute de chiens de chasse et de quarante chevaux, tous intacts ; vision admirable mais fugitive, car au contact de l'air, tout ce qui était bois et os tomba en poussière, ne laissant subsister que le mors, les clochettes, le moyeu, bref le métal... Je goûte également fort son histoire de crâne. La connaissez-vous ?

— Non.

— Il a trouvé dans un désert de Mongolie un immense crâne de cheval (du cheval de Gengis Khan, a-t-il tout de suite prétendu), un crâne maléfique qui semait la ruine et la mort et qui a d'ailleurs fini par faire capoter leur avion. Ce chanceux de Pierre fut le seul rescapé de l'accident.

Hedwige frémit. Charmé de faire tant d'effet, Placide continua :

— J'ai plaisir aussi à vous conter cette autre savoureuse aventure de notre excellent Pierre : son atterrissage forcé dans une localité du Béloutchistan en un jour de ramadan où tout étranger surpris dehors était immédiatement massacré. Pierre le savait-il ou l'a-t-il deviné ? (il ne manque pas d'intuition par moments) ; quoi qu'il en soit, il a traversé toute la ville, raide, le regard fixe et comme tourné en dedans, avec une telle volonté de n'être point vu ni surtout lynché que par ma foi, il a passé *inaperçu* !

Placide se tut, son rôle était fini ; Hedwige ne l'écoutait plus, elle attendait Pierre.

Il entra en coup de vent.

— Vite, Hedwige, je vous emmène.

— Quelle heure est-il ? demanda Hedwige.

— Grâce à vous, il est quatre heures, répondit Pierre en montrant sa montre avec orgueil.

Hedwige lui avait offert comme cadeau de mariage un magnifique chronomètre compteur sport, dix-neuf lignes au centième de seconde, avec des doublantes rattrapantes, cadeau symbolique qui était moins une belle récompense qu'une bonne leçon.

Pierre coiffa sa femme d'un chapeau bordé de fourrure, l'enroula dans le manteau d'ocelot qu'il venait de lui acheter et qui lui donnait l'air d'une ménade (d'une ménade avec toute sa tête), et l'entraîna vivement dehors.

— À votre âge ne pas savoir descendre l'escalier par la rampe, Hedwige ! Quoi, pas même sur le ventre ?

Il la soulevait, la faisant sauter de palier en palier. Hedwige faisait exprès de s'appuyer lourdement sur lui. Elle l'admirait d'être toujours dans le large, libre, hardi, haut, rapide.

— Quand j'étais petite, j'ai appris une fable de La Fontaine, dit-elle. Un aigle qui portait en l'air une tortue... Je me la rappelle très bien : la tortue tombe et va fracasser un crâne que l'aigle, du haut des airs, a pris pour un caillou.

— Oui. Le crâne était celui d'Eschyle si j'ai bonne mémoire. Recevoir une tortue sur la tête ! Encore un que la lenteur aura tué, soupira Pierre.

Il serrait passionnément Hedwige, beaucoup plus fort qu'il n'était nécessaire. Mais Hedwige ne s'en apercevait pas, elle croyait que sans lui elle tomberait. Dans les bras de son mari, il lui semblait voler comme dans les rêves. En descendant ces marches, à cet instant même, elle rêvait... L'aigle de la fable, c'était Pierre ; il la prenait dans ses serres, pour un long voyage de chasse ; elle était une pauvre bête ensanglantée sous son envergure ; lui, d'un vol élevé, audacieux, soutenu, dessinait des spirales au-dessus de la terre, pareilles aux détours du labyrinthe.

Par les fenêtres de la cage de l'escalier elle apercevait le sol très loin, le trottoir, très bas. Elle s'enfonçait contre lui dans un silence heureux, allant au-devant des égratignures de ses éperons d'oiseau royal ; elle était heureuse. Il ne lui manquait que d'être blessée. À nouveau l'image sanglante revint, s'obstina en elle jusqu'au bas de l'escalier.

CHAPITRE 15

L'homme pressé avait enfin décidé de se presser. Il aurait Hedwige ce soir même. Depuis près de six semaines il différait. C'était fini. Il descendrait dans cette plaine fertile. Il parlerait en prince ; il ferait main basse sur la récolte ; il commanderait, dans toute l'étendue de sa domination, dans toute la force de sa possession, à ce trésor immense qu'était la personne d'Hedwige.

Pierre avait choisi son moment, bien choisi. L'heure était non seulement légale, mais légitime. Hedwige était non seulement liée, mais attachée à lui ; elle se montrait amoureuse et consentante. Elle se livrerait certainement tout entière : condition essentielle d'une grande amitié, sans laquelle le mariage est une chambre d'accès aussi facile que la prostitution, ou un jeu de société, de bonne société.

Pierre se réjouit de cette soirée dont quelques heures à peine le séparent.

« Je vais emmener Hedwige au restaurant, dans un joli restaurant, comme la première fois. (J'espère que ça marchera mieux que la première fois.) Ensuite, nous irons au théâtre. Après notre expérience malheureuse au cinéma, il faut donner sa chance au théâtre. Il ne doit pas manquer de jeunes auteurs qui ont le dialogue alerte… Voyons, que donne-t-on ?… *Michel Strogoff… Le Chapeau de paille d'Italie… La Tosca… Le Bossu… Les Burgraves…* Décidément, Paris est le centre d'une grande renaissance dramatique ! Ah, voici qui est mieux : *La Planche à plonger*, aux Mathurins. Il doit y avoir du mouvement là-dedans. "Un entrain fou", dit la publicité. »

À sept heures, Hedwige n'était pas rentrée de Saint-Germain.

« Elle n'a pas l'habitude de ma voiture, pourvu qu'elle n'ait pas eu d'accident. Pourquoi les femmes confondent-elles toujours l'heure du départ avec l'heure d'arrivée ? Elles obéissent à une horloge invisible ; la preuve, c'est qu'elles sont en retard avec régularité ; elles ont l'heure psychologique et non celle de l'Observatoire, cette heure inentendable qui graillonne à la radio, comme au fond d'un mirliton. »

Pierre alluma des cigarettes, l'une après l'autre (il lui arrivait d'en allumer plusieurs à la fois).

« En réalité, il y a trois sortes de temps : le temps extérieur, le temps intérieur, et le temps organique qui est celui de notre corps tout occupé à vieillir, de notre corps qui sait, avec l'exactitude terrible de l'inconscient, combien de battements il lui reste à faire avant la tombe. J'ai le cheveu encore noir et l'artère élastique, mais sous mon cheveu noir doit se trouver un impatient cheveu blanc qui sait que l'heure d'apparaître va sonner. »

Pierre regarda par la fenêtre.

« Le temps s'amuse à jouer au massacre avec nous, pensait-il ; il nous bombarde à coups de secondes ; quand nous sommes gosses, nous nous redressons instantanément ; puis, de moins en moins vite ; le ressort s'use, nous vacillons de plus en plus jusqu'au jour où notre renversement sera définitif et où, vieille poupée abattue, nous laisserons une place vide entre la nourrice et le pioupiou. Depuis Metchnikoff, les médecins se penchent sur le corps humain pour surprendre le secret de sa durée : pourquoi un pigeon, qui a les mêmes cellules qu'un corbeau, vit-il vingt fois moins longtemps ? Si le temps est le même pour tous les organismes, pourquoi cicatrisons-nous à des vitesses différentes ? Si je cicatrise en cinq jours et Hedwige en deux, nous arriverons difficilement à régler nos corps à la même vitesse ? Elle vivra en réalité des années de quinze ou seize mois ; ou bien c'est moi qui vivrai des années de huit ou neuf mois. Donc Hedwige, ayant promis de rentrer à sept heures, n'est pas en retard ; bien qu'il en soit huit. »

Elle arriva enfermée dans une grande cape appartenant à Angélique. Partie en violet, elle revenait en gris. À l'intérieur même du deuil elle se costumait.

— J'ai des circonstances atténuantes..., commença-t-elle.

— Habillez-vous vite, nous dînons au cabaret et allons au théâtre.

— Vous resterez jusqu'à la fin ?

— C'est promis.

— Je suis tout habillée, dit Hedwige ; un peu de poudre seulement, mais... pourquoi faites-vous déjà votre lit ?

— Justement parce que j'ai l'intention de rester jusqu'à la fin du spectacle.

Pendant qu'elle se poudrait, Pierre installa pour la nuit la chaise sur laquelle il disposerait ses vêtements en rentrant, remplit le verre d'eau qu'il boirait, étala la chemise qu'il mettrait, sortit de l'armoire le complet du lendemain.

— Vous exagérez, dit Hedwige, affectueusement, tristement.

Quand Pierre pensait le futur devant elle, ce n'était après tout qu'une tournure d'esprit ; mais quand il le vivait, avec des gestes d'homme orchestre, cela provoquait chez lui un automatisme de maniaque assez pénible à supporter. Il ouvrait un tiroir, refermait l'autre du pied, mettait un gant avec ses dents pour ne pas avoir à abandonner son stylo qui prenait des notes.

— Il vous faudrait dix mains, dit-elle.

— Venez vite, au lieu de vous payer ma tête ! Pressons-nous...

— Le feu n'est pas à la maison.

À quatre pattes, Pierre étendait maintenant par terre la carpette de caoutchouc mousse sur laquelle il ferait, au réveil, sa culture physique. Il alla chercher son peignoir de bain. Il repassa une lame, faisant cela lui-même tant il craignait les domestiques qui retardent tout.

— Je suis prête.

Hedwige passa chez elle, s'assit à sa coiffeuse et disposa fébrilement quelques voilettes, pour mieux faire son choix, sur un fond clair.

« À partir du moment où une femme se dit prête, pensait Pierre, il s'écoule bien du temps avant qu'elle soit sortie, et même une fois sortie, il y a le “Est-ce bête, j'allais oublier...” qui la fait rentrer. »

— J'ai voulu aller trop vite, disait Hedwige. J'ai cherché à vous plaire. Un de mes boutons de manche s'est pris dans la maille de la voilette. Pierre, ne vous impatientez pas. Je ne vois pas ce que je fais. Ayez la gentillesse de débrouiller ça pour moi. C'est inextricable.

— Dépêchons-nous, dépêchons-nous !

— Dégagez-moi, faites que je ne sois plus en peine, cher mari.

Quand Hedwige présentait les choses ainsi, tendrement, accentuant sa propre maladresse, exagérant sa sottise, Pierre se décontractait aussitôt.

— Si on me traite de souffre-douleur, vous ne l'aurez pas volé ! dit-il. D'ailleurs on ne songe pas à me plaindre. Et avec raison.

— Vous n'avez invité personne, j'espère ? fit Hedwige amoureusement. Ça doit être si agréable pour vous la bousculade qu'on n'a vraiment pas de remords de vous avoir fait attendre, conclut-elle en faisant un nœud à sa voilette, comme on met à une phrase le point final.

Au restaurant, Pierre sauta une fois de plus par-dessus les rites. Il refusa de donner son vestiaire. Il alla droit faire un raid sur le buffet froid ; il revint chargé d'assiettes anglaises, d'œufs en gelée, avec des oranges dans ses poches. Il était dit que chaque fois qu'il irait au restaurant, Pierre aurait sa crise.

— Pas tant de pain, mon chéri...

— J'abhorre l'inactivité à table. J'ai envie de manger dans l'assiette du voisin. Alors je me sers moi-même.

— Vous avalez et ne mâchez pas. Je ferai graver sur la cheminée de notre salle à manger...

— *Il faut... ?*

— Non. La phrase à laquelle Brillat-Savarin tenait le plus et qu'on me répétait à la pension : « Tu manges trop vite. »

— Moi, quand j'étais petit, maman disait que je ne suçais pas mon biberon, que je me jetais dessus. Quand je fus plus grand, je fréquentais sur les boulevards, du côté de *Parisiana,* un bar automatique. Je n'ai jamais été aussi heureux que là. J'avalais tout rond ; je devins dyspeptique (il fallut m'administrer du suc gastrique de porc). C'était merveilleux, ce bar : un déclic et des colonnes de sandwiches vous descendaient directement dans la bouche...

Hedwige tordait nerveusement le coin de la nappe.

— Vous ne mangez pas, vous avalez votre assiette ! Et regardez ces taches sur votre cravate !

— Monsieur veut-il des fraises ? Ce sont des primeurs.

Le maître d'hôtel les lui présentait dans l'ouate, comme l'infirmière vous présente votre appendice après l'opération.

— Des fraises en janvier ! Ce ne sont pas des primeurs, ce sont des fraises en retard sur l'année dernière ! répondit Pierre.

On apporta le café, avec des morceaux de sucre hygiéniquement enveloppés. Pierre les jeta dans sa tasse, sans les dépiauter.

— Vous êtes vraiment impossible, mon amour ! On dirait que les choses ne vous appartiennent pas, que vous les volez.

— Puisque la cellophane finira par flotter d'elle-même !

Au théâtre, Pierre prit deux orchestres, le 85 et le 87. L'ouvreuse les précédant, ils s'engagèrent.

— Le 85 et le 87 sont déjà occupés, dit l'ouvreuse.

— Une seconde de plus et je saute sur la scène !

— Attendez l'entracte sur ces strapontins, monsieur. On a dû mettre le 185-187 au 85-87...

— Installons-nous donc au 185-187, fit Pierre, péremptoirement.

— Malheureusement, le 185-187 est occupé.

— Il n'y a rien au monde de plus lent et de plus bête qu'une ouvreuse, gémit l'homme pressé.

Et s'appuyant à une baignoire, il l'enjamba, retomba à l'intérieur avec un grand bruit, refusa de sortir. Hedwige vint s'asseoir près de lui, parmi les murmures.

La Planche à plonger était de Jean Alavoine, jeune auteur fringant qui avait démodé pas mal de vieux fournisseurs du public parisien par d'alertes enjambements de situations, des trucs qui n'avaient pas encore servi et quelques scènes très bien intriguées.

— Je tenais beaucoup à assister au premier acte, dit Pierre. Je connais Alavoine, il va droit au but.

C'était vrai des premières pièces de l'auteur, des pièces en deux actes données dans un théâtre d'avant-garde où le directeur, un saint, attendait les recettes pour aller manger. Mais depuis deux ans le succès était venu et Alavoine faisait comme les camarades : désormais il prenait son temps, ne dilapidait plus son petit capital, étirait en trois actes un sujet de pochade.

— C'est terrible, on ne peut plus supporter l'acte d'exposition, soupira Pierre. Le public a été dressé par le film, il a deviné dès la troisième réplique ce qu'on ne lui dira que dans trois quarts d'heure et il s'ennuie, comme dans la grammaire allemande, à attendre le verbe.

— Moi, je ne m'ennuie pas. Je suis bien près de vous.

Seul le décor était frais. Il représentait une scène de camping dans les montagnes. Mais le dialogue, bien que brillamment syncopé dans le genre championnat de tennis, restait du Scribe.

Dès le début du second acte, l'auteur ayant tout dit s'était retourné vers le metteur en scène, s'en remettant à lui du soin d'allonger la sauce. Le jeune premier évoquait, au cours d'un bal, d'anciennes amours : par une innovation géniale, les diverses femmes qu'il avait favorisées apparaissaient, au fur et à mesure que l'acteur les nommait et descendaient un escalier, masquées, chacune avec un chapeau d'époque. Pour étoffer l'étique lever de rideau devenu féerie, un certain nombre de personnages muets passaient et repassaient avec des lampions.

— C'est vraiment intolérable ! gémit Pierre.

Il n'osa pas dire, cette fois : « Si on allait ailleurs ? » mais n'en pensa pas moins.

— Moi, je m'amuse, dit Hedwige.

— Et dire qu'Eschyle est si court !

— Voulez-vous un bonbon ? offrit tendrement Hedwige.

— L'*Orestie* tient dans le creux de la main.

— Sucez-le. Ne croquez donc pas !

— Avez-vous jamais chronométré l'*Agamemnon* ? Pas même une demi-heure de lecture ! Ce qui est long dans le théâtre grec, c'est le chœur avec sa danse de l'ours, trois pas à droite, trois pas à gauche. Pour le reste, à peine a-t-on entendu parler du Destin que déjà il a frappé et que tous ces grands tueurs sont déjà étendus roides sans avoir pris la peine de s'expliquer. Êtes-vous bien sûre au moins qu'il n'y a pas un quatrième acte ?

Pierre tint bon jusqu'au milieu du dernier. Mais là, les choses se gâtèrent. Chez Alavoine, un Destin irrésolu n'arrivait pas à abattre son gibier. Et pourtant, on ne lui demandait pas de faire mourir ses personnages, tout au plus de les faire vivre.

Pierre se leva brusquement, car l'image de sa maison tiède, de son lit entrouvert, de son pyjama aux bras étendus comme un épouvantail et de la chemise rose d'Hedwige avec le reflet de la dentelle dorée aplatie sur une couverture de fourrure qu'un feu mourant faisait plus rose encore, venait d'agir comme un doigt sur la gâchette. Il poussa du dos les battants de la porte de la baignoire, prit Hedwige par le bras et aspira fortement le peu d'air que lui offrit l'étroit couloir.

— Vous aviez promis de rester jusqu'au bout ?

— Je m'étais trompé, voilà tout.

Ils rentrèrent. Pierre commença à se déshabiller dans l'escalier. Au premier, le gilet ; au second, la cravate ; au troisième, les bretelles. Quand il arriva à leur porte, ses habits ne tenaient plus que par miracle dans sa main. Et pendant qu'Hedwige tournait la clef dans la serrure, il en profita pour délacer ses souliers.

— J'entre dans votre lit pour le chauffer, dit-il.

Il fut sous la couverture avant qu'Hedwige eût enlevé son chapeau. Il la regardait faire ses préparatifs pour la toilette de nuit, gros sac d'ouate, graisse pour le démaquillage, lotion claire, papiers de crêpe, démêloirs, miroirs, etc. (Et elle n'était pas coquette !) Bruits de tiroirs de commode, d'eaux tombantes ou jaillissantes.

C'était l'heure où les autobus s'espacent, où le métro élargit son bruit souterrain de plusieurs secondes, où les isolés ont l'air de couples à cause de l'écho dans les rues sonores et de leur ombre sur les murs, où la nuit appartient aux vieux journalistes, et à toutes les femmes, les femmes à scènes et les femmes douces.

Tout en jetant dans la corbeille des tampons d'ouate rosie par le fard, Hedwige regardait derrière elle dans la glace, comme l'automobiliste regarde dans le rétroviseur la voiture qui va le rattraper. Elle avait compris que c'était pour ce soir. Qu'il avait faim d'elle, elle le devinait à une très légère nuance rauque dans la voix de Pierre. Il s'arrondissait, parlait de moins en moins, se tassait peu à peu dans la bonne laine du matelas qui, malgré le rembourrage, prenait son empreinte. Elle ne voyait que ses cheveux noirs. Ce monde d'élans inassouvis qu'il représentait n'apparaissait plus sur terre que par une mèche. Cet audacieux sans repos sous l'aiguillon ne remuait désormais pas plus qu'une souche. C'était à la fois touchant et inquiétant. Pierre avait souvent badiné sur le lit d'Hedwige le matin ou le soir. Il s'était glissé parfois sous son couvre-pieds, mais dans son lit il n'était jamais entré. Il ne l'avait jamais habité comme maintenant. Était-il de la race de ceux qui aiment être bordés ou de ceux qui ondulent la nuit et retroussent au matin les couvertures ? Elle allait le connaître tout entier, le traduire en langage clair, le tenir en un champ clos de linge où il ne se déroberait plus ; elle allait savoir si sa séduction émanait de lui immobile ou de lui en mouvement ; elle allait arriver au cœur du secret, savoir enfin si la hâte de Pierre était du muscle ou seulement du nerf, de la force ou de la faiblesse.

Sa curiosité fut si vive qu'elle ne ressentit aucunement cette honte chaude qu'éprouvent les filles qui ne se sont jamais unies à un homme.

CHAPITRE 16

La famille Boisrosé cicatrisait lentement, faisant le silence autour de son amputation. Le mariage d'Hedwige, après tout naturel, même honorable et certainement désirable tant qu'il n'était qu'un mariage de convenance, dès l'instant qu'il prenait des allures de mariage d'amour devenait un objet de scandale, une pensée d'autant plus obsédante qu'elle était plus résolument écartée. Contrairement aux lois de la perspective, Hedwige grandissait en s'éloignant. Personne n'osait parler d'elle, du moins en parler « en clair » car on ne s'interdisait pas cette sorte de langage chiffré grâce auquel les familles manient sans danger de déflagration leurs plus explosifs secrets.

Le bonheur qu'un être aimé trouve en dehors de nous, après ne l'avoir trouvé qu'en nous, est non seulement immoral mais humiliant aussi car il nous oblige à de pénibles retours sur nous-mêmes, à des aveux de défiance et de défaite. La honte n'est pas toujours la conscience du mal que nous faisons, elle est souvent la conscience du mal qu'on nous fait. Les Boisrosé avaient honte par Hedwige, et plus encore en sa présence que loin d'elle, car Hedwige venait souvent à Saint-Germain, bien que Bonne décrétât « qu'on ne la voyait jamais ». (Pour Bonne, il n'y avait pas de demi-mesure entre tout et rien, et n'avoir pas passé vingt-quatre heures la tête sur les genoux maternels, c'était n'être pas venue du tout.) Pourtant elle souffrait moins de l'infidélité d'Hedwige que ses filles, car, plus expérimentée qu'elles et douée d'un sixième sens plus sûr, elle ne doutait pas du retour de la brebis perdue. Pour Fromentine et Angélique, l'absence d'Hedwige était une catastrophe ; à leur chagrin s'ajoutait une sensation d'appauvrissement ; les trois sœurs avaient en plus de leur beauté individuelle une sorte de beauté d'ensemble. Comme une cave à liqueurs ancienne dont un domestique maladroit aurait cassé un des trois carafons, comme un triptyque dont on aurait égaré l'un des volets, elles demeuraient dépareillées, dépréciées, perdant quatre-vingt-dix pour cent de leur valeur.

Pourtant Angélique s'était mariée aussi, avait fait aussi sa maladie de croissance et d'excroissance, mais sa conscience restait pure : en elle, rien à exorciser. Aussi sa douleur se teintait-elle de réprobation. Quant à Fromentine, elle donnait asile à une foule de petits démons, de niaiseries grimaçantes qui la taquinaient comme les mille pointes d'aiguille des démangeaisons d'acide urique et lui faisaient envier, haïr, adorer Hedwige dans la même seconde. Secrètement elle l'admirait d'avoir pris un tel essor, moitié affligée, moitié jubilante à l'idée du coup de grisou qui avait décomposé les Boisrosé. Meilleure qu'elle, Angélique plaignait sa mère et s'était installée à Saint-Germain sur la chaise longue, attitude grabataire bien en harmonie avec cette déroute. Elle soignait Bonne de Boisrosé, la bouchonnait, l'emportait d'un point à l'autre de la chambre comme Énée emporte son père sur ses épaules, tandis que M. de

Rocheflamme prenait sa part du deuil et de la jalousie familiale en oncle, en vieillard et en antiquaire.

Seul Vincent Amyot, fasciné par le succès de Pierre, ébloui par ce prodige inexplicable - une fille Boisrosé vivant loin du nid -, laissait percer sa joie ; passant outre à l'inhibition générale, il prononçait le nom de l'absente rien que pour se donner le plaisir du défendu et le doux spectacle d'une belle-mère en désarroi. Il se complaisait dans des taquineries où il trouvait sa revanche de faible, faisait remarquer à Fromentine qu'Hedwige portait de nouveaux renards et ne les lui prêtait pas ; à Angélique, qu'Hedwige faisait, de son propre aveu, des plats créoles pour Pierre ; à Bonne, que sa fille n'avait pas une fois depuis son mariage cessé de « découcher », c'est-à-dire de coucher chez son mari, et qu'à ce compte il était bien inutile de lui conserver intacts sa chambre et son lit à moins de le faire comme pour un mort aimé. La famille le laissait parler ; secrètement, elle n'avait pas perdu tout espoir de voir prendre fin le vagabondage légal de la fille prodigue. Mais pour l'instant Hedwige était amoureuse, Hedwige aimait à l'extérieur du périmètre autorisé, d'un amour singulier par sa durée ; Hedwige avait disparu ; l'eau familiale s'était refermée sur le plongeon d'Hedwige.

La sonnette retentit, non sous une main étrangère ; cette suite de petits coups de timbre légers et sautillants comme une musique, tous la connaissaient, c'était *Elle*. Elle entra, aussi haute que la porte, l'air fastueux qu'ont toutes les femmes grandes, même les plus pauvres, au cou une écharpe blanche comme un drapeau de parlementaire.

— Hedwige !

Elle s'avança vers les bras que sa mère lui tendait, gravit l'édredon escarpé, le champ de neige des draps, tomba sur le sein bien-aimé comme on rentre dans sa patrie. Bonne de Boisrosé, au risque de démolir la réussite en cours, prit entre ses mains la tête d'Hedwige, contemplant cette figure de velours blanc trouée d'yeux dorés et soumis. Pas d'accrocs ? Si, deux rides, les premières, apparaissant au coin de la bouche. C'était à peine des rides ; cela commençait comme des fossettes, mais à chaque extrémité du petit trou, sous la contraction des muscles de la bouche, s'amorçait un léger sillon, une lézarde que rien de transversal n'arrêterait dans sa marche vers la crevasse et le ravinement.

D'un seul coup d'œil, Mme de Boisrosé avait vu tout ce qu'il y avait à voir : Hedwige n'était pas heureuse, Hedwige était enceinte. Deux choses qui vont souvent ensemble, qu'il faut expliquer aux hommes pour qu'ils comprennent, mais qu'une mère déchiffre à livre ouvert. Le nez si pur était devenu transparent, s'était pincé pour les nausées répétées. Les beaux traits s'étaient affinés et altérés ; le squelette poussait la chair par-derrière, la tendait, creusait les orbites, encageait les yeux vers un fond d'âme où le regard prenait un égarement lointain, une sorte d'aversion pour le monde extérieur, comme chez les grands malades.

Pour Bonne, l'heure de la bataille avait enfin sonné, elle allait engager le combat contre cet adversaire faible et scrupuleux, si plein d'idées qu'il en est bête, si peureux qu'il cherche son salut dans la fuite, contre l'homme en un mot. Pour lui arracher son butin, Bonne se révélait un surprenant bandit d'une immoralité pure, d'une célérité d'exécution qu'eût admirée Pierre, mais Pierre ne se doutait de rien, n'avait rien pressenti et d'ailleurs, si on l'eût averti, n'aurait rien compris.

— Angélique, ta sœur a l'air fatigué ; va lui préparer son lit, commanda Bonne, radieuse.

Hedwige reviendrait dans l'obédience de Saint-Germain. Elle pouvait bien aller chez Pierre, lui prêter sa présence, accepter la loi écrite d'une société commune et même donner le jour à un enfant, rien n'y ferait. Il était certain maintenant qu'aucun droit nouveau ne prescrirait l'attachement à sa mère et qu'une obligation d'autant plus puissante qu'elle était sans contrat l'unirait toujours et en premier lieu aux siens. Il y aurait simplement sur terre un nouvel être et si c'était une fille, une Boisrosé de plus.

— Je suis bien, répétait Hedwige, sans abandonner son enlacement, je suis si bien...

Elle regardait la chambre maternelle comme si elle la retrouvait après un long périple, comme le voyageur qui a traversé des mondes, des déserts, des naufrages et des révolutions s'étonne au retour de voir le hibou de porcelaine blanche, ferme à son poste au-dessus du coffret. Elle retrouvait l'odeur forte des oranges piquées de clous de girofle, à la mode créole. Elle retournait au sol natal, au corps de la mère empreint, malgré sa mollesse et sa caducité, d'une grandeur bizarre, blâmable et risible peut-être quand on la regardait du dehors mais qui avait la beauté farouche de ces paysages passionnels où l'égoïsme est placé si haut qu'il est impossible de le distinguer de l'amour.

Sept heures et demie. Hedwige n'est pas rentrée.

Pierre qui avait fait en sorte de quitter ses affaires de bonne heure en est étonné. Maintenant, lorsqu'il revient chez lui, chez eux, il déteste trouver sa maison vide. Quand on dit d'un colis qu'il est « en souffrance », on ignore à quel point c'est vrai, à quel point un colis non réclamé peut souffrir.

Hedwige n'est pas là et c'est comme si on avait décroché les tableaux, vendu les meubles en son absence. Où peut-elle bien être ? Elle était partie voir sa mère vers quatre heures et aurait dû quitter Saint-Germain, pour rentrer à Neuilly, vers six heures. La route par Marly est directe :

bifurcation à l'Abreuvoir, montée, puis redescente sur Saint-Cloud, par Garches. Elle a fait ça bien souvent. À moins qu'elle n'ait pris par la forêt et qu'elle ne soit en panne dans les bois ?

— Il sera dit que j'attendrai toujours, toujours, toujours ! Attendre, espérer. Désespérer, réattendre. Faire le guet, et entre quatre murs encore ! Comme je comprends que les animaux encagés meurent prématurément ! C'est épouvantable d'être seul quand on a été deux. Et seul à sept heures du soir, sans autre vis-à-vis que cet imbécile qui s'appelle « moi ». Le manque d'imagination des glaces est stupéfiant. Quand j'étais gosse, je rêvais d'une glace où je verrais d'autres mouvements que les miens.

Pierre s'écrase le nez contre la vitre pour mieux regarder dans la rue. Mais son nez fait plusieurs taches grasses qui l'empêchent bientôt de rien voir. D'ailleurs, il n'y a rien à voir qu'une échappée sur Paris rapetissé par la brume. Il fait bigrement frisquet. Dans les maisons modernes, tout ce qu'on gagne en radiateurs, on le perd en minceur de murs. Se morfondre, être morfondu : le mot lie très justement le sentiment du froid à celui de l'attente. L'expectative est un embâcle où tous nos projets se trouvent gelés.

« J'avais justement besoin d'Hedwige, ce soir, particulièrement besoin d'elle. »

Pierre tremblait d'énervement, de déception. Une femme en retard, ce n'est rien, mais à mesure que les bruits devenaient plus étouffés sous le brouillard fin, que l'ascenseur en plein travail redescendait vide, un sentiment de non-réussite lui tombait sur les épaules. Toutes les tortures par lesquelles on peint métaphoriquement l'attente : le bec dans l'eau, les épines, le gril ou les charbons ardents, lui semblaient peu de chose à côté de ce qu'il endurait.

D'habitude, Pierre téléphonait peu à Saint-Germain, parce que c'était très compliqué d'appeler, de faire descendre chez la crémière les Boisrosé. Néanmoins, il s'y résigna parce que la laiterie fermait à huit heures. Fromentine vint au bout du fil.

— Avez-vous Hedwige ?

— Oui, cher Pierre. J'allais justement vous appeler pour vous avertir.

— Est-elle encore pour longtemps à Saint-Germain ? Pourquoi ne rentre-t-elle pas ?

— Elle est couchée.

— Couchée ? Elle n'est pas malade ?

— Non.

— Alors, quel sens est-ce que cela a ?

— Elle s'est étendue et elle se repose...

— Quand on se couche à sept heures du soir, c'est qu'on est malade.

— Pas chez nous.

— Chez moi, oui, repartit Pierre sèchement.

— Vous n'avez donc pas vu sa mine ? Vous lui en « faites trop faire ».

— C'est bien. Je pars tout de suite pour Saint-Germain.

— Je vous répète qu'elle n'est pas malade. Laissez-la-nous pour un soir. Qu'est-ce que ça peut vous faire, cher Pierre ? Nous en serons si heureuses.

— J'ai besoin d'elle, tout particulièrement aujourd'hui.

— Écoutez... soyez raisonnable... l'obliger à s'habiller, la lancer dans la nuit... à quelle heure arrivera-t-elle ? La route est mauvaise, vous le savez bien.

Pierre imagina Hedwige perdue dans le brouillard, un pneu à plat, incapable de soulever elle-même la roue de secours. Il redoutait pour elle deux endroits du parcours : le croisement de Louveciennes et le dernier virage de la côte de Saint-Germain. Fromentine continuait, câline, pressante, un peu railleuse :

— Faites-nous ce petit cadeau, bondissant et écumeux beau-frère ! Demain à la première heure, Hedwige vous reviendra.

— Permission de neuf heures du matin, alors ! Rien de plus, répondit Pierre qui, avec une voix rauque qu'il s'efforçait d'adoucir, contrefit le bon garçon plein d'indulgence.

Il raccrocha, furieux, tourna la tête, vit le studio vide, évacué pour toute la nuit. C'est odieux quand on a compté sur quelqu'un de n'avoir même plus l'attente pour vous tenir compagnie.

Il voulut dîner, ne trouva qu'un œuf perdu au fond d'une armoire vide, comme un œuf de diplodocus dans le désert de Gobi ; il rencontra aussi une pomme, plus morte qu'une nature morte.

« Elle ne rentre pas... ça doit être ma faute si elle ne rentre pas. Suis-je méchant ? Suis-je ennuyeux ? Le fait est qu'elle ne m'aime pas comme je l'aime. Pourquoi ? Depuis quelque temps, je sens que ça ne marche pas, mais pourquoi ? »

À la vérité, il n'avait jusque-là rien senti de tel, mais quand un état d'âme est fort, on a peine à croire qu'il vient de naître et on lui fabrique un long passé.

Pierre qui vivait dans l'avenir comme un poisson dans l'eau trouvait de la difficulté à repenser les jours écoulés. Las de chercher, il essaya d'un autre passe-temps, prit son *Manuel d'archéologie américaine* au chapitre des vases d'argent colombiens. En vain. Il revenait toujours à l'anatomie de ses rapports conjugaux.

« Je me demande si, à la base de mes relations avec Hedwige, il n'y aurait pas eu une fausse manœuvre. J'ai cru être malin en me déguisant en quelqu'un d'autre, je veux dire en quelqu'un de lent. Or, Hedwige m'attendait, *moi*, tel que je suis, l'homme d'"aussitôt dit, aussitôt fait" et elle ne m'a pas trouvé. »

Sur sept étages, l'ascenseur avait rapporté sept maris à leurs sept femmes, et maintenant c'était fini. Il n'y avait même plus ce bruit-là dans la maison. Parfois un tuyau d'eau tremblait sous la pression d'air. Le concierge avait monté le courrier. Les bonnes avaient descendu les chiens sur le trottoir. Il n'arriverait plus rien jusqu'à l'heure lointaine du laitier et des poubelles. Il n'y aurait plus que Pierre en tête à tête avec son *Archéologie*. À travers les méandres de la fumée de toutes les cigarettes consumées, Pierre aperçut son lit, son lit d'homme seul. Cela lui rappela sa vie capricieuse et violente de célibataire ne sortant que quand l'amour l'appelle. Par automatisme il se coucha, sans autre spectacle que celui du plafond taché d'humidité. Au-dessus du plafond se trouvait la terrasse, avec le jardin d'été. Chaque fois qu'on arrosait les plates-bandes de ce jardin, l'eau traversait le ciment et arrosait aussi les meubles de la chambre à coucher. Confort moderne.

« Hedwige doit s'amuser comme une folle avec sa mère et ses sœurs, en ce moment. Cette atmosphère de pensionnat est ridicule. Elles se font des confidences de lit à lit. Que peuvent-elles bien se dire ? Quelles confidences ? Est-ce que j'en fais les frais ? Non, Hedwige ne s'amuse certainement pas comme une folle : pour qu'elle me laisse seul ici, il doit y avoir quelque chose de grave. Voyons : aurais-je pris le mariage trop au sérieux ? Je n'ai aucun goût pour les bergeries, bien entendu, mais ça ne va pas jusqu'à admettre le vol à l'esbroufe quand il s'agit d'unir deux existences. Je me suis dit que le mariage n'est pas un jeu mais une œuvre à accomplir, difficile et belle. Peut-être n'est-elle pas difficile ; peut-être l'ai-je rendue telle en me la figurant telle. »

Pierre espéra un instant s'endormir ; les cuivres de la commode brillaient doucement, le téléphone se découpait familièrement en noir sur le mur blanc. Le fauteuil était si régulièrement canné qu'à fixer ses croisillons de paille, on sentait monter une somnolence très proche du sommeil. Une petite secousse nerveuse retint Pierre sur cette pente douce. Il reprit son Beuchat : « *Le plateau de Bogota était le théâtre d'une lutte ouverte entre caciques. À l'époque où Belalcazar explora la Colombie...* » Il éteignit. Alors la solitude s'élargit jusqu'à l'intolérable. La suspension du temps dans l'obscurité devint atroce. L'absence d'Hedwige prit une importance immense.

« Elle a assez de moi, c'est évident. Comment ne m'en suis-je pas aperçu plus tôt ? »

Et Pierre, faisant voler son livre (il ne posait jamais les livres, il les lançait à travers la pièce), recommençait à creuser le problème.

« Car enfin, puisqu'on ne peut pas me reprocher d'avoir bousculé et harcelé Hedwige, puisque j'ai été vers elle à pas de loup... apprivoisé, que je lui ai évité tout choc, que je n'ai marché à sa rencontre qu'à mesure qu'elle s'avançait vers moi et qu'il ne peut y avoir eu autre chose entre nous, vu notre parfaite entente, c'est donc en ne la bousculant pas que j'ai eu tort. Peut-être s'attendait-elle à être prise tout simplement et tout de suite ; les filles savent bien de nos jours ce qui les attend et que la première fois ça n'est pas agréable, et que plus tard, ça le devient. C'est nous qui persistons à croire, par bêtise, vanité, sadisme, que nous allons tenir dans nos bras des vierges glacées et terrifiées qui se feront un monde de cette histoire.

» Ai-je dû être assez ridicule, avoir l'air assez benêt avec ma stratégie de matou assis patiemment, nuit après nuit, devant sa chatte ! Elle m'a cru impuissant, cela ne fait pas de doute. Et ma retenue l'a gagnée, je veux dire perdue. »

Pierre ralluma. Il vit son ombre sur le mur : c'était une ombre dépossédée, excommuniée, une ombre toute gênée d'être à la lumière, une ombre qui eût préféré l'ombre. Un souvenir qui ne lui était pas agréable et qu'il esquivait toujours revint, ne se laissant plus repousser.

« Et puis... et puis il y a eu ma nuit de noces. »

Pierre s'interrompit : il avait tellement fumé, et du tabac si chaud, que la langue lui pelait. Il chercha en vain une carafe d'eau ; cela l'ennuyait de se lever, de revoir cette ombre solitaire sur le mur blanc : il but à même sa bouillotte une eau à goût de caoutchouc brûlé. Le mauvais souvenir revint l'assiéger : il revit sa soirée ratée d'il y a quinze jours, l'idiote comédie d'Alavoine, le retour précipité avant la fin du dernier acte, la façon à la fois préméditée et soudaine, en tout cas maladroite, dont il avait plongé dans le lit d'Hedwige :

« Hedwige m'a résisté, pourquoi ? D'abord elle était consentante, pas moyen de se tromper là-dessus ; elle avait envie et hâte de me connaître. Et moi, moi... eh bien, j'ai hésité longtemps. Elle m'impressionnait ; à travers sa nudité, je la voyais tout habillée, fière, pudique et belle, trop belle.

» Alors j'ai craint le pire et me suis jeté à l'eau pour ne pas rester définitivement sur la rive. Elle s'est raidie violemment, rétive, têtue, bloquée. »

Il se tournait et se retournait. En temps ordinaire déjà la position horizontale l'exaspérait, le fatiguait ; il ne se sentait bien que debout ; dès qu'il était couché, contrairement à tous les autres hommes, il sentait le poids de son corps, sa tête plus lourde qu'un pavé, son dos qui enfonçait la laine, son bassin et jusqu'à ses talons qui lui faisaient mal à force d'entrer dans le matelas. Et il aspirait au matin, au lever, à la verticale, à la terre élastique comme un tremplin où il reprendrait enfin cette légèreté qui était sa force. Il avait choisi son lit si large qu'il pouvait y faire les ciseaux, presque le grand écart, et même se donner l'illusion qu'il courait, qu'il nageait, mais au moindre cauchemar il se sentait à nouveau enfermé dans les toiles et il rêvait qu'impuissant, cousu dans un sac, on le précipitait dans quelque noir bosphore.

À force de se retourner dans son lit, Pierre laisse glisser à terre le froid couvre-lit de satin ; il est couché sur des aiguilles glacées, les draps s'en vont à leur tour, Dieu sait où.

« Je me suis heurté en elle à quelque chose de difficile, de défendu qui m'a mis hors de moi. Quelque chose qui contredisait tout ce que j'avais d'abord trouvé et aimé en elle d'ardent et de sensible. Je la revois ce soir-là drapée dans son lit comme dans un deuil blanc...

» J'insistai, je sentais ma balourdise, mais ma surexcitation était la plus forte. Cette résistance de Lucrèce m'exaspérait. J'agis en maître pressé. Je précipitai le dénouement... pour aboutir à quoi ? À une dissonance parfaite. »

Et Pierre revoyait sa hâte solitaire à côté de cette femme froide de bouche, belle comme après la mort.

« Moi qui avais la prétention de façonner de mes mains une œuvre d'art : joli résultat ! »

Pierre tomba sur l'oreiller à bras raccourcis.

« Dieu m'est témoin pourtant qu'en tout ceci, j'ai agi avec foi et bonne foi ! Je n'ai pensé qu'à elle ! J'aurais dû être comme tous les hommes et ne penser qu'à moi ; on ne fait le salut des autres qu'en faisant d'abord le sien. Sincère en ma gêne, appliqué à être lent, zélé à être immobile... puis brusquement convulsé à sens unique, usant d'une brutalité qui ne passait pas la rampe, je lui suis certainement apparu comme odieux, grimaçant et ridicule.

Conclusion : me voici ce soir vainqueur, couchant sur mes positions, mais y couchant seul. »

CHAPITRE 17

Au matin, Pierre se réveilla rafraîchi, rasséréné et plus calme ; il se fit honte de ses peurs nocturnes. N'eût-il pas mieux fait d'accepter simplement l'explication si simple donnée par Fromentine : Hedwige était fatiguée et avait laissé passer l'heure de rentrer, voilà tout...

Mais qu'avait-elle donc fait hier de si éreintant ? À huit heures du matin, ils étaient allés patiner à Molitor ; à neuf heures et demie, avaler un chocolat brûlant chez Prévost ; à dix heures, choisir des étoffes de manteau (Pierre, déchaîné dans les échantillons, allait droit à la plus jolie étoffe, se privant du plaisir d'être hésitant) ; à dix heures trente, acheter du *corned beef* américain chez un marchand de salaisons aux Halles ; de là il l'avait emmenée à la bibliothèque Doucet où il avait un croquis à faire (très vite, sans même descendre de l'échelle du bibliothécaire), puis au musée Cernuschi ; après cela, elle l'avait attendu en voiture pendant qu'il traitait une affaire avec Gulbenkian ; comme l'heure du déjeuner était largement dépassée, ils s'étaient contentés de quelques sandwiches inondés de bière dans un bar des Champs-Élysées. À trois heures, pendant qu'il assistait au conseil des Musées nationaux, il avait envoyé Hedwige essayer ses robes, avec ordre de venir le prendre à quatre heures à l'imprimerie d'une revue d'art qu'il dirigeait et le déposer à l'exposition des Arts du Bénin, avenue Matignon, d'où elle était partie pour Saint-Germain. Eh bien ? Qu'y avait-il là de si fatigant ? Une journée absolument normale. Mais ses indolentes de sœurs avaient dû la convaincre qu'elle avait besoin de repos.

Pierre s'étira joyeusement. Que c'était bon le matin, les idées claires, les choses remises à leur vraie place, vues dans leurs justes proportions et leurs couleurs naturelles ; le matin où elles ont la transparence du cristal tandis que le soir, le soleil les teint en jaune comme un mauvais peintre vénitien, et que la nuit est le triomphe du truquage ! Pierre avait retrouvé la saine raison et le limpide bon sens, ces vertus « bien françaises ».

Mais rien n'aveugle comme la grande clarté ; le mirage est un phénomène diurne. C'est aux heures noires de l'insomnie, aux heures pessimistes par excellence, que le cœur jette ses plus profonds coups de sonde et atteint la vérité.

Neuf heures, Hedwige n'est pas là.

Quand on fixe une heure à une femme, c'est sans y croire, c'est plutôt une heure qu'on se fixe à soi-même : on se dit qu'on n'aura à souffrir qu'à partir de ce moment-là. Voilà la vertu consolative du rendez-vous, du rendez-vous auquel elles ne se rendent pas.

Neuf heures et demie. Pierre attend toujours et le temps s'écoule. On parle du temps qui s'écoule, comme s'il descendait d'une source et comme si cette source était située quelque part en amont. Quand Pierre lève la tête, on dirait qu'il cherche la fontaine qui marque le commencement de ce grand fleuve.

« Ce doit être une source d'eau salée, soupire-t-il, gonflée de toutes les larmes de ceux qui ont attendu. »

À dix heures, Pierre devait retrouver le directeur du musée d'ethnographie de Brême. Il téléphone à l'hôtel Bradford pour le décommander. Puis, comme sa matinée est perdue et qu'il fait beau, et qu'il est très énervé, n'ayant pas dormi, et qu'il a besoin d'avoir les mains occupées, il monte sur la terrasse jardiner un peu, car c'est le moment, il faut être prêt pour l'arrivée du printemps.

Ce n'est pas le moment, c'est trop tôt, la mi-février.

« Février ou mars, n'est-ce pas au fond la même chose ? »

Non, les grandes gelées sont à craindre ; elles sont même de rigueur. Mais il fait beau comme en avril, ce matin est si doux ! Le vent d'ouest, tout en restant fidèle à ses tièdes traditions, n'a soudain plus sa cargaison de gros nuages atlantiques à envoyer - il y a eu un retard inexplicable dans l'arrivée de la marée - et il a laissé le ciel tout bleu, tout vide, comme son collègue le vent d'est, mais avec le froid en moins.

Pierre grimpe par le colimaçon et arrive sur la terrasse. Il est très fier de son jardin qui ne mesure pas dix mètres sur trente et qui n'a que trois côtés, fermé sur le quatrième par un mur d'où émergent trois cheminées d'immeuble qui ont vite fait de transformer les visiteurs en ramoneurs. À travers les trois buis taillés qui protègent le jardinet sont réservés des ovales dans lesquels on voit Paris, la singularité de ses monuments, ses couches de fumées de diverses couleurs avec, au centre, la basilique de Montmartre comme la sonnette du Président, prête à donner la parole.

« Voici l'ouest, et là-bas, c'est le nord-est... »

Quand Pierre fait monter ici ses amis, ils sont aussi perdus qu'en pleine mer.

Au pied de chaque cloison de buis, il y a une petite plate-bande où Pierre réussit des fleurs communes, vers la mi-juin, lin, pavots, digitales, lupins. Au centre, un massif avec les primeurs, dans deux châssis éclairés au néon, tentative puérile de forçage dont il n'est pas peu fier et qui calme toutes les déceptions que lui inflige la somnolente nature.

— Et surtout, donnez-moi quelque chose qui pousse vite ! crie Pierre à M. Priapet, quand il se rend au *Bon Cultivateur*, quai de la Mégisserie, pour faire ses commandes horticoles.

Imperturbable, ayant conservé son teint fleuri de campagnard au sein de la ville, M. Priapet, dieu des jardins, ne croit qu'à l'ordre établi par la tradition jardinière et à la règle céleste. Mais comme les produits chimiques sont d'un bon rapport, il cède volontiers à la véhémence anxieuse de sa clientèle parisienne et banlieusarde.

— Donnez-moi quelque chose qui pousse vite ! Pourquoi faut-il attendre juin quand on a semé en mars ? trépigne Pierre.

— Parce que la terre est froide, monsieur.

— Réchauffons-la. Qu'est-ce que vous avez là-dedans ?

— De la *Subitose*. Respectez bien la proportion d'une cuillerée pour cinq litres d'eau. Je vous connais, monsieur Niox, n'allez pas en mettre comme l'année dernière, cinq cuillerées pour un litre. Rappelez-vous que vous avez brûlé tous vos fusains. Hein, vous vous rappelez ?

— Et ce sac contient quoi ?

— Du *Précipital*.

— Quel beau nom ! Vilmorin a le génie du néologisme. Comment s'en sert-on ?

M. Priapet cligne de l'œil et sort une seringue moliéresque.

— Vous procédez par injections.

— Un bon coup de fouet dans les fesses de la nature, ça lui apprendra ! crie Pierre. Donnez-moi donc aussi de l'*Activitte*. Ajoutez-y de la *Superroburelle*, un kilo, dix kilos !

— Attention. C'est un produit bien excitant ! Essayez plutôt nos graines sélectionnées, conseille M. Priapet en frottant ses joues pommes d'api.

— Vraiment ? C'est garanti ? Ça va vite ?

— Je ne les recommanderais pas à n'importe qui, mais à un jardinier comme vous ! Tenez, vous obtiendrez des résultats « intéressants » avec la *Tomate rafale* et avec le *Cerfeuil éclair*. Connaissez-vous le pois de senteur extra-hâtif *Express* de chez Sutton ?

— Donnez-m'en vingt sachets. Et mettez donc aussi dans ma voiture un sac de bouillie à l'arsenic ; et un autre de *Vernaline sulfurée*.

— Ça, c'est hyperactif, monsieur Niox. Gare à vous ! Je ferai comme vous me commandez, mais pour ce qui est d'un engrais vraiment renforcé, anticryptogamique et qui vous profitera, rien ne vaut le *Prematurol* de chez Truffaut. Avez-vous vu, au Cours-la-Reine, leurs *Bégonias semperflorens* lorsqu'ils ont été arrosés avec ça ? C'est monstrueux.

Et Pierre repart incontinent, les poches pleines d'*Agenda de l'Horticulteur*, de *Manuel de Floriculture*, avide de dépotage et de plantage.

Rentré chez soi, il surenchérira, naturellement, gavera ses plates-bandes à coups de condiments échauffants et de cendres si ardentes qu'elles brûlent encore les pieds au moment du repiquage.

« Ici, je plante mes clématites ; derrière, les scabieuses ; au-dessus, les pyrèthres. Mes delphiniums et mes ancolies sont déjà en place : depuis deux ans, je n'ai pas eu à m'en occuper... Ma glycine galopante est morte phtisique. Je vais la remplacer par ces jolies choses qui sont solides et qui arrivent toujours bonnes premières : la capucine et le haricot d'Espagne. Quelle immense consolation pour l'amateur malheureux que le haricot d'Espagne ! Ça grandit, ça fait sauter les murs, ça explose, ça recouvre tout, ça a le diable au corps et ça ne vous donne aucun souci. »

L'homme pressé répand l'azote à flots ; il a le phosphate de potasse effréné, il pousse le citrate d'ammoniaque jusqu'au paroxysme. Son idéal, c'est d'échapper au triste géranium et au bégonia de ses pères, de réussir ces bordures herbacées d'Angleterre où les floraisons se suivent sur une même terre ; de semaine en semaine, c'est une plate-bande bleue faisant place à une plate-bande jaune, puis rose, puis blanche, comme une série de feux d'artifice, de fontaines lumineuses donnant naissance à des fusées.

Il ne lui manque plus rien ; il ne lui manque que de la terre ; mais rien n'est plus difficile que de trouver de la terre à acheter à Paris. Les horticulteurs vendent de tout, excepté de la terre !

Dans le belvédère, Pierre range ses outils autour d'une caisse qui est le dernier vestige d'un essai malheureux de culture dans l'eau catalysée, tenté l'année dernière ; grâce à des sels phosphoriques, M. Priapet lui avait promis le canna instantané, l'anémone précoce et le radis pléthorique : ce fut un four.

À côté des pelles à col de cygne, des serfouettes et des sillonneurs se rouillent des griffes piocheuses et des haches coupe-gazon, tandis qu'un rateau lilliput édenté gît parmi les étiquettes, dans un bris de pots cassés et de cloches maraîchères à semis dont les fragments craquent quand on marche dessus. Une boîte de *Spécifique arménien* pour activer la ponte des poules reste le dernier témoin d'un engraissage de volailles abandonné au cours d'une saison précédente parmi les cadavres de poussins d'un jour, morts de la diarrhée blanche.

Pierre dispose des paillassons sulfatés et des claies à ombrer pour protéger ses iris et ses primevères.

« Consultons mon calendrier de *L'Amateur de Jardins.* "Février... préparez votre terrain..." C'est fait. "Gare aux lilas trop tôt taillés..." Ces gens manquent vraiment de dynamisme. Pourquoi ne pas protéger dès maintenant les rosiers des pucerons ? (Mais les pucerons aussi sont en retard.)... "Semer la digitale en mars." Bah ! Essayons de la semer en février, nous verrons bien... »

Ainsi Pierre outre-t-il les floraisons, surmène-t-il la végétation. Tous les matins, il viendra, genoux mouillés, nez contre terre, surveiller les jeunes pousses. Il grattera d'un ongle noirci pour provoquer la petite corne de la tulipe, surhausser la jacinthe paresseuse (bien qu'il les fasse venir d'Écosse, pour qu'en se retrouvant à Paris, elles aient une bonne surprise méridionale). Il guette au trou. Il asperge, il douche, il éclabousse plutôt qu'il n'arrose. Peu importe quoi, peu importe quand. L'eau traverse le plafond (il arrose de si bonne heure dans l'année qu'il y a parfois des stalactites en dessous, dans son studio).

« Il faut dompter la nature, lui donner l'exemple de la verdeur ! »

Pierre s'éponge le front, emperlé d'une sueur inconnue au jardin de l'Éden. Il se retourne : Hedwige est là, le regardant, sévère et souriante à la fois.

— Pardon de te faire attendre, fait Pierre, ironiquement. Tu vois : je me suis attardé au jardin.

Elle se découpait en un noir cérémonieux (une robe d'après-midi avec rien qu'une petite cravate de skungs serrée autour du cou), sur un ciel d'un bleu très pâle, haute sur l'horizon, un horizon qui lui montait à peine à mi-jambe, comme dans les portraits de l'école espagnole.

— Ne te moque pas de moi, dit-elle, je me suis levée tard.

Décidé à ne pas lui faire de reproches, Pierre continue sur le même ton :

— C'est comme mes tulipes. Cette année, rien ne lève.

— La nature a l'éternité devant elle, répond Hedwige.

— ... Hélas, oui ! Dans la nature on a toujours l'impression que l'automne regrette l'été et l'hiver ne s'établit jamais sérieusement qu'au moment où l'on serait bien en droit de voir arriver le printemps. Quand donc ces tulipes, qui sont pourtant une variété du Zuyderzee nord particulièrement aguerrie, montreront-elles leurs couleurs ? Ce sont des blanches ; toi qui aimes les fleurs blanches, je les ai choisies à ton intention, avec une bordure de tulipes noires, pour les mettre en valeur.

— Je me demande, turbulent jardinier, comment tu ferais s'il te fallait attendre un enfant neuf mois ? Je veux dire, naturellement, attendre une femme qui attendrait... Peut-être justement n'attendrais-tu pas ?

Pierre repassa sa veste de cuir qu'il avait pendue à un clou pour jardiner, essuya ses mains terreuses au derrière de sa salopette et regarda sa femme. Elle avait la matité pâle du parchemin.

— D'abord, il n'y a pas de naissance sans union, pas d'union sans amour et pas d'amour sans effervescence. Donc, un enfant c'est quelque chose de soudain, quelque chose qui n'attend pas. C'est une surprise qui jaillit d'un choc. C'est le fruit d'une nuit blanche. Il ne s'installe pas dans le sein de sa mère comme dans une sinécure, il est projeté les quatre fers en l'air comme une graine déhiscente. Il commence par réveiller tout le monde au milieu de la nuit, par faire courir le médecin et la sage-femme. C'est du vin nouveau qui ne supporte pas la mise en bouteille.

— Sérieusement, que ferais-tu ?

— Tu me prends de court. Je n'ai jamais beaucoup réfléchi à la question. Il me semble que ma réaction devra être celle de tout le monde ?

— Je n'en suis pas sûre.

— Pense à ce résumé d'être futur, resserré dans cette boîte exiguë : il n'aura qu'une idée, c'est d'en sortir, c'est de naître et de débobiner ses jours au bon soleil. Le minuscule aspire au gigantesque ; le bourgeon, à la feuille ; le capital, aux intérêts : tout ce qui vit va dans le sens de l'allongement, de l'agrandissement et de la multiplication.

— Tu te vois déjà grand-père ! dit Hedwige en éclatant de rire.

Pierre rit aussi, content de la gaieté de sa femme, mais brusquement il devint attentif.

— Pourquoi donc me dis-tu tout cela... aujourd'hui ?

— Mais parce que je crois qu'il est utile de penser aux choses avant de les faire... pour ne pas les regretter après les avoir faites.

— Les regretter ? Moi, regretter d'avoir un enfant ? Tu te moques.

— Je suis très sérieuse.

— Regretter d'avoir quelque chose qui prendrait sa source en toi ! Il me semble que ça déborderait, que ça irait arroser le monde, que ça emporterait tout ! Un enfant de toi, ma parole : quelle accélération de notre existence !

— Je suis enceinte, répondit tranquillement Hedwige.

Aucun bruit, aucune couleur autour d'eux. Ils étaient seuls dans ce jardin suspendu, très loin du sol, absolument seuls, en face l'un de l'autre et chacun d'eux subitement dans une grande solitude, essayant de transformer cette idée nouvelle en une série de tableaux conventionnels (le ventre, le trousseau, la maison de santé, la voiture d'enfant, etc.).

— Bien, dit simplement Pierre à voix très basse.

— Ça te fait plaisir ?

— Je ne sais pas si c'est du plaisir, c'est... ça me fait drôle.

— Tu comprends pourquoi j'étais si lasse, hier ? En arrivant à Saint-Germain je défaillais vraiment.

— Pardon !

Pierre sortit de son immobilité ; il tira un grand mouchoir rouge et saisit sa femme dans ses bras.

— Merci, fit-il, les larmes aux yeux.

— Maintenant, je ne te demande qu'une chose, Pierre...

— Dis ?

— Je te supplie d'être patient.

— Pardi, il ne manquerait plus que ça ! Je serai stoïque.

— Juré ?

— Juré.

— Défense de piétiner, de pousser des cris si je suis en retard, d'inonder les commissariats de police de coups de téléphone.

— Soit.

— Défense de te comporter en boussole dépolarisée.

— Bien.

— Défense de me semer dans la rue et de marcher à mille mètres de moi, courbé comme un coureur cycliste.

— Compris.

— Défense de mettre le feu aux cheminées rien que pour griller du pain.

— Entendu.

— Défense de te mettre en colère quand le démarreur ne part pas.

— Cela va de soi.

— Défense de briser les choses quand elles ne cèdent pas.

— C'est tout ?

— Oui.

— On dirait un traité de commerce.

Hedwige éclata de rire.

— Non, un traité de paix et d'alliance... Pendant des mois, mon Pierre, je vais être dolente, lambine, souvent découragée, empotée, et avachie. Il faudra me faire crédit...

— Illimité crédit !

— Tu vas essayer de bien vivre, je veux dire de respecter l'heure présente. Ainsi arriverons-nous...

— Ce n'est pas moi qui parle au futur, cette fois, c'est toi. Tu verras Hedwige, je suis guérissable, je vais faire peau neuve, je vais me ralentir, je me traînerai : tu en seras stupéfaite. Assieds-toi près de moi.

— Si nous descendions d'abord ? J'ai un peu froid.

Ils s'installèrent côte à côte sur le canapé. Violemment, désirant être utile, Pierre projeta du charbon dans la cheminée, se mit à plat ventre pour faire le soufflet, fut obligé d'ouvrir grandes les fenêtres pour chasser la fumée. Ils eurent plus froid encore, mais peu à peu, tout s'améliora. Hedwige se pelotonnait. Pierre sautait, bourdonnait, menait grand bruit.

— C'est merveilleux ce qui nous arrive ! J'étais si nerveux tout à l'heure, si loin de penser à ce qui m'attendait, Hedwige, que je t'ai mal remerciée. Mon cher amour ! Quelle variété dans le mariage ! Aucun de nos jours ne ressemble à l'autre. C'est comme une course folle à travers la vie. Je suis tout éclaboussé de bonheur !

— N'arpente plus ainsi ce studio, Pierre, ou je vais avoir mal au cœur.

— Déjà ? Il est encore plus doux de caresser des projets que de caresser une femme. Voyons : si c'est une fille, nous l'appellerons Laurentine... ou Micheline...

— Toujours ce besoin d'aller vite !

— ... Ou Gervaise.

— Et si c'est un garçon ?

— Je l'appellerai Rustique, fit Pierre sans hésiter. Je tiens à Rustique.

— Quelle horreur !

L'heure du déjeuner était depuis longtemps passée qu'ils jouaient encore avec l'avenir, l'hypothéquant. Pierre parlait à tort et à travers, faisait des rêves éveillés, tandis qu'Hedwige, ici encore, essayait de le suivre non sans difficulté.

À deux heures, ils eurent faim. Pierre téléphonait chez Prunier, entremêlant sa commande et ses projets.

— Allô ! Passy 17-87 ?... Où accoucheras-tu ?... Pouvez-vous m'envoyer une langouste ?... C'est moi qui le bercerai.

— Attends au moins d'avoir raccroché. Tu risques que Prunier t'envoie un pèse-bébé.

— Me laisseras-tu le bercer ?

— Oh non ! Tu le démantibulerais !

— Nous aurons une voiture d'enfant nickelée avec des garde-boue. Je la pousserai moi-même.

— Tu t'emballeras.

— Attends-moi. Je descends chercher du champagne à la cave. Je touche terre et je remonte.

Pierre ouvrit brusquement la porte sans prendre le temps de la refermer, sauta deux paliers, remonta.

— Hedwige, je t'aime.

À nouveau, il fut hors de la pièce. À nouveau, on entendit les marches trembler sous son poids. Il rebroussa encore chemin et, prenant Hedwige par les poignets :

— Je n'ai que mon temps à t'offrir : il est à toi tout entier.

Revenant de la cave, il sauta sur Hedwige, la fit danser, l'emporta dans les airs, fit craquer son corsage, la décoiffa. Il fredonnait *Blanche-Neige*, chantait à tue-tête *les Dragons de Villars*, toujours en jonglant avec les assiettes et en mettant le couvert avec des mouvements saccadés et comiques, comme dans les music-halls.

— Hedwige, fit-il solennellement, en brandissant un grand pain, tu m'as donné ce qui me plaît le plus au monde !

— Un enfant ?

— Mieux que cela, des espérances.

CHAPITRE 18

Un matin, à son réveil, Pierre reçut une lettre du docteur Regencrantz :

Monsieur le Vélociférique,

La dernière fois que je vous vis, je vous annonçai mon imminent départ pour la Palestine. Je n'attendais qu'un visa du Honduras. Le Honduras me l'a refusé. Vos règlements m'ayant interdit d'exercer la médecine en France, j'entrai, pour gagner ma vie, chez un courtier en laines de Roubaix. Depuis lors, je saute d'une profession à une autre, comme l'hamadryade saute de branche en branche, mais comme lui je suis sûr d'arriver au bout de la forêt.

Pour l'instant, je suis dans la confiture d'oranges jusqu'au cou, pendant le jour, et pendant la nuit je poursuis mes travaux scientifiques dans la troisième grande ville de France, qui est Bordeaux. Ce qui m'a fait choisir cette ville, c'est que j'y connais le consul de Corée qui me fait espérer un visa coréen pour quitter votre beau pays. J'arriverai samedi en huit à Paris afin de me mettre en ordre avec vos autorités administratives. Puis-je passer vous voir... si vous ne galopez pas trop vite ? J'ai souvent pensé à vous. Avez-vous manifesté récemment de beaux symptômes de surexcitation ?

Je vous souhaite beaucoup de bonheur, je veux dire la plus grande vitesse du monde, celle de l'Idée.

Veuillez agréer, monsieur le Vélociférique, l'assurance de mes sentiments dévoués.

Regencrantz.

P. S. – *Les fakirs, immobiles par définition, ont choisi pour étalon de la plus grande vitesse pensable l'Idée, qu'ils appellent* mano-java. Mano-java *fait son tour de planète bien plus rapidement que l'onde hertzienne : c'est pourquoi je vous souhaite d'aller plus vite que* mano-java.

R.

— Ce brave Regencrantz ! fit Pierre à haute voix.

— Comment ? murmura paresseusement Hedwige, encore endormie ; elle tourna la tête vers son mari, sans ouvrir les yeux. Elle prolongeait cette minute de béatitude où, comme ces déesses de tapisseries que des amours soutiennent, elle flottait dans le ciel portée par les bras entrelacés de tous ceux qu'elle aimait : Mamicha, Pierre, Angélique, Fromentine.

Comme elle était heureuse depuis quinze jours ! Comme Pierre était devenu délicieux ! Comme à Saint-Germain, les cœurs un moment fermés s'étaient rouverts pour elle, pour la fille ingrate mais repentante qui avait cru qu'elle pourrait faire sa vie sans le secours maternel... Mère sage et bonne, mère omnisciente, Mamicha avait tout aplani, tout arrangé. Il lui avait suffi d'une nuit. Arrivée la veille, épuisée, déçue, hagarde, Hedwige était repartie le lendemain matin, fortifiée, dotée à nouveau de ce surprenant sentiment de sécurité qu'elle ressentait auprès de sa mère ; à distance, il semblait même que Bonne eût exercé son action magique sur Pierre, car il était transformé.

— Comment ? répéta Hedwige, sans bouger pour ne pas se réveiller tout à fait.

Pierre lui tendit la lettre de Regencrantz.

— Je l'inviterai à déjeuner, dit-il.

— Qui ?

— Regencrantz. C'est un médecin juif.

— Il t'a soigné ?

— Non, mais je l'intéresse.

— Alors, c'est lui qui a besoin d'être soigné, dit Hedwige, en faisant une grimace charmante.

— Grand merci. Je l'ai rencontré, Hedwige chérie, du temps que je n'intéressais personne.

— Étais-tu triste alors ?

— Non.

Hedwige pesa un instant cette réponse.

— Dis-moi, reprit-elle, serais-tu triste aujourd'hui, Pierre, si tu ne m'intéressais pas ?

— Oui.

— Tu crois donc que je te suis nécessaire ?

— Suprêmement.

— Su-prê-me-ment, répéta Hedwige. Tu en es sûr ? Explique-moi...

— Non, je ne t'expliquerai pas. Dors.

— Pourquoi ne veux-tu pas m'expliquer ?

— Parce que c'est *mon* affaire.

— C'est la mienne aussi, et j'ai besoin de savoir.

Pierre s'assit sur le lit, collant son visage sur celui de sa femme, et lui mordilla doucement la racine du nez. Elle le repoussa.

— Sois sérieux, dit-elle, parle-moi.

— Hedwige, fit Pierre, tu es pour moi le présent.

Comme elle ne comprenait pas, il essaya d'être plus clair.

— Un présent habitable, vois-tu, respirable, spacieux... un présent vraiment présent et non plus cet avenir en formation où je vivais.

Hedwige s'était levée, avait passé une douillette rose comme celle de sa mère et mettait le couvert du petit déjeuner, une vieille habitude Boisrosé dont elle n'arrivait pas à se défaire ; elle ouvrit un pot de confitures de limons doux rapporté de Saint-Germain et se mit à puiser dedans.

— Mais quoi, dit-elle, on ne peut pourtant pas sentir l'avenir ; c'est dans le présent qu'il y a toutes les sensations : le chaud, le froid, les odeurs, ce café au lait que tu bois, tout enfin !

— Eh bien, justement, moi je ne les sentais pas ; tout cela dont tu viens de parler n'avait pas de réalité pour moi ; ma seule réalité, c'était le futur ; et j'y croyais dur comme fer à cette substance gazeuse, susceptible de milliards et de milliards de formes et de tout l'infini des combinaisons !...

— Et maintenant ?

— Maintenant que tu es à moi, bien vraie, bien lourde, maintenant que j'entends tes cinquante-cinq kilos qui font plier les lames du parquet, je suis installé dans aujourd'hui comme dans un fauteuil rembourré, je suis lié à des tas de besoins exacts et de plaisirs définis, je sais qu'il est dix heures, que la jacinthe est blanche et embaume, que le soleil entre, immense comme un cuivre Louis XIV, et qu'Hedwige a cassé une tasse en voulant l'essuyer...

— Pardon, fit-elle.

— Je vivais seul dans le futur ; depuis que tu es là j'ai quitté ma solitude et ma singularité, je fais bloc avec tout, et tout est simple, Hedwige, tout est soudain si déblayé, si tranquille. Comme la patrie est belle quand on ne fait pas ses préparatifs de départ ! Comme Paris est beau quand on pense qu'on y est né... Et tout cela, parce que *tu es*. En te donnant à moi, Dieu m'a fait un présent : le présent.

Admire que la langue française n'ait qu'un seul mot pour les deux choses !

Le docteur Regencrantz arriva sur le coup d'une heure, l'œil malin, l'oreille pleine de poil angora, le nez osseux et rabbinique installé entre deux grosses joues de joueur de cornemuse, bien rose, bien dodu, ayant toujours l'air de s'ébaudir au milieu des pires difficultés, menant de front la pathologie, l'étude approfondie de la langue française, les projets de départ et la fabrication de la marmelade.

Pour être dans la note, Pierre l'accueillit en le serrant sur son cœur.

— Cher docteur, dit-il, vous me manquiez ; avouez que je vous manquais tout autant et que vous n'avez pas trouvé beaucoup de numéros aussi intéressants que moi pour en prendre ce que vous appelez des calques ?

— Quelle fatuité ! Entre deux tonnes de confitures, je classe mes fiches et j'en ai déjà autant que de visas sur mon passeport !

— J'espère qu'elles vous mèneront plus loin.

Hedwige entra dans une longue robe souple du même ton que sa peau. Regencrantz la contempla sans cacher son admiration.

— Ainsi, gracieuse madame, vous avez épousé M. le Vélociférique, dit-il.

— Le vélociférique ? répéta Hedwige, intriguée.

— Je trouve que ça lui va bien. C'est Gœthe qui a forgé ce mot-là. Il parlait d'un avenir vélociférique. Il ajoutait même que nous en crèverions.

— Tu entends ça, Pierre ? fit Hedwige.

— Et à une époque où la *Gazette de Weimar* ne sortait qu'une fois la semaine, Gœthe annonçait déjà un âge de fer où les journaux paraîtraient trois fois par jour.

— Le monde a toujours marché vite, dit Pierre en haussant les épaules, seulement les gens ne savent pas plus reconnaître la vitesse qu'ils ne savent voir la beauté passée et les anciennes amours sous le visage ridé des vieilles femmes. « À prendre trop souvent le chemin de fer de Paris à Saint-Germain, disait Thiers dans les années 1840, on risquera de se décoller la rétine, tant la succession des images sera rapide. » J'ajoute que ma femme est un peu de l'avis de M. Thiers. Voulez-vous un apéritif ?

— Il suffit de voir madame, dit Regencrantz, pour comprendre que c'est exactement l'épouse qu'il vous faut. Madame est un personnage humain. En outre, madame est jeune et athlétique, elle n'aura pas de peine à suivre votre allure.

— N'empêche que j'ai mis un millième de seconde pour lui faire un enfant et qu'elle va mettre neuf mois...

— Pierre ! s'écria Hedwige très rouge, je t'en prie...

— Croyez-moi, monsieur Niox, réglez-vous sur madame. Je devine à son aura qu'elle a une bonne influence sur vous. Sinon, vous allez reprendre vos mauvaises habitudes. Pfft ! Perdu comme un aérolithe dans l'espace astral !

— Je vous assure que je me surveille, docteur.

— Bien, très bien. Vous n'êtes pas seul sur notre globe terrestre, vous devez penser aux autres, à ceux qui n'ont pas votre ouverture de compas. Vous qui êtes intelligent, vous vous laissez prendre au plus vieux, au plus connu de tous les pièges : Demain, on rasera gratis.

Hedwige eut un sourire indéfinissable. Regencrantz la considéra de son œil malin.

— Il est permis au médecin d'être indiscret, dit-il. M. Niox vous rend-il heureuse ? Osez me le dire en sa présence.

— Vous n'êtes pas indiscret, répondit-elle, et je ne fais pas mystère de mon bonheur.

— Je vois, dit Regencrantz gravement. Il vous rend heureuse, mais il vous donne le mal de mer. Si j'étais président de la France, je vous punirais, monsieur Niox.

— Les présidents ne punissent pas, ils gracient.

— Je vous condamnerais à l'arrêt.

— Aux arrêts, corrigea Pierre.

— Non, non ! je connais bien votre intéressante langue, j'ai dit à l'arrêt, à plusieurs jours d'immobilité.

— Pourquoi pas à toute une vie, comme un fakir ?

— Ce serait une juste punition. C'est celle que s'infligea saint Siméon le Stylite. J'ai une fiche sur lui que je vous montrerai. Le cas de ce saint est curieux.

— Vous prenez aussi des calques de saints ?

Le docteur avait bon appétit : il assurait non seulement son déjeuner, mais son dîner. Il finit sa troisième côtelette, la livre de pommes de terre rissolées que Pierre lui entassait sur son assiette, et continua doctement :

— Avant de grimper sur sa colonne, Siméon était un homme à succès.

— Un coureur, dit Pierre en riant.

— Ah, ah ! très joli ! Oui, oui, un coureur admiré et entouré. Il arbitrait tout dans Rome. Les princes venaient du bout du monde le consulter et les rois se déguisaient afin qu'on ne les vît pas recevoir de lui des conseils ; ils n'avaient ensuite qu'à les mettre à exécution pour rendre leurs peuples heureux. Sa renommée s'étendait jusque chez les Perses et les Scythes. Comme il était modeste et voulait échapper à tous ces fâcheux qui l'empêchaient de se concentrer sur son salut, il se voua à la solitude et se hissa sur une colonne de six coudées, puis sur une autre de vingt-deux coudées, et finalement sur une troisième qui s'élevait à trente-deux coudées au-dessus de la foule.

— Pour quelqu'un qui n'aime pas la réclame..., interrompit Pierre.

— On lui montait sa nourriture à l'aide d'une corde. Planté là-haut, il demeurait jour et nuit immobile, gardant la pose, car sa plate-forme était trop étroite pour qu'il s'y étendît.

— Y avait-il une balustrade ? interrogea Hedwige à qui cette histoire donnait le vertige.

— C'est controversé... J'ai également la fiche d'un diacre lombard qui, à Dresde, essaya d'imiter le Stylite. Le froid lui fit tomber les ongles des pieds, et les évêques s'étant réunis le dévissèrent de sa colonne. Comprenez-vous, mon très cher, la leçon que vous donnent ces sages ?

— Regencrantz, vous m'ennuyez avec vos sermons, d'ailleurs périmés. Vous n'êtes plus à la page ; interrogez plutôt Hedwige et surtout mangez ; encore une tranche de foie gras ?

Pierre vida tout le plat dans l'assiette de son invité.

— Volontiers. Alors, madame, votre mari n'est plus vélocifémrique ? Vous l'avez guéri ? Ah ! ah !

Hedwige leva les deux mains, paumes en dessus, dans un geste d'une modestie ravissante ; ses doigts flexibles s'inclinaient vers le dehors comme le pavillon des cornes d'abondance, et ses yeux d'or riaient seuls dans un visage demeuré sérieux par politesse, car elle trouvait le petit docteur excessivement comique. Il avait, pensait-elle, moins l'air d'un petit docteur que d'un gros microbe.

— J'ai guéri, comme vous dites, continua Pierre, bien que ce mot ne signifie rien car je n'étais pas malade - un coup de rouge, docteur ? -, j'ai guéri ou plutôt j'ai adopté un nouveau point de vue. Vous vous rappelez, Regencrantz, je vous parlais souvent de ce bain de lenteur où trempe la France. Nous continuons à nous croire légers et rapides sans voir que tous les pays nous ont dépassés. Aux Olympiades, je souffrais le martyre à voir ceux que nous persistons à appeler « ces lourdauds d'Allemands », comme dans les contes du XVIIIe, nous surclasser dès les éliminatoires. Aujourd'hui, c'est nous qui pondons de grosses thèses de mille pages et eux qui bouleversent tout par l'*Essai sur la Relativité* qui en a trois. Chez nous on trouverait que ça ne fait pas sérieux. Les Français ne pensent qu'à leur centre de gravité ; ils l'ont placé si bas (centre gauche) qu'ils n'ont plus aucun sprint : notre armée est un rond-de-cuir qui roule ; nous avons mis des ressorts partout pour amortir les chocs ; mais où a-t-on vu un engin de course avoir des ressorts ? Le coureur se tuerait au premier virage. D'ailleurs nous ne faisons pas de coureurs ; nous sommes des artistes, nous faisons des statues de coureurs... - un verre de fine, Regencrantz ?

— Avec plaisir... Et après ?

— Eh bien, après... j'ai connu Hedwige, fille de la ralentie famille Boisrosé, et elle m'a fait aimer la lenteur. Il n'y a pas de doute que la vitesse c'est la casse : les ambassadeurs qui allaient en carrosse apportaient la paix, et les ministres qui voyagent par air transportent la guerre. Allez donc voir au cinéma un accident au ralenti, tel que Dieu l'a agencé : ce n'est qu'une succession de caresses ; l'avion frôle le sol ; le sol ouvre l'avion en quatre avec plus de délicatesse que le gourmet ne pèle sa figue, et la flamme de cette explosion qui va volatiliser les passagers ressemble à un feu qui prend mal. C'est la vitesse qui en heurtant deux câlineries en fait une commotion mortelle... Tout cela, mon bon ami, m'a fait réfléchir et je me suis dit qu'en allant trop vite je transformerais en voie de fait ma tendresse pour ma femme et que mes soins les plus exquis deviendraient durs comme des tapes.

Pierre regarda Hedwige, brusquement pensif.

— Une question, Regencrantz..., fit-il vivement.

— Je vous écoute.

Pierre se ravisa :

— Non. Mettons que je n'aie rien dit.

On passa au café. Pierre entraîna le docteur à part. Et très vite, à voix basse :

— Voici ce que je voulais vous demander : Hedwige aura son enfant en octobre. Imaginez-vous cela, en octobre seulement ! Je sens que jamais je n'attendrai jusque-là. N'y a-t-il pas moyen...

— Quel moyen ? Que voulez-vous dire ? fit Regencrantz avec raideur. La nature va son allure. Faites comme elle.

— Ah ! fit Pierre, désappointé, en tournant la tête vers Hedwige pour s'assurer qu'elle n'écoutait pas. Excusez mon ignorance, docteur, je voudrais tellement gagner du temps... Je brûle de savoir le sexe... Les voyantes se trompent toujours. N'y aurait-il pas quelque procédé scientifique...

— À quatre mois, certains Américains colorent les tissus de la mère et du même coup ceux de l'enfant et par conséquent son sexe.

— C'est merveilleux ! Dans moins de deux mois, je pourrai savoir !

— Oui, mais je dois vous dire que ce n'est pas du tout recommandé. En Europe, vous ne trouverez aucun médecin qui s'y prête. Contentez-vous donc des voyantes.

— Tant pis, soupira Pierre, mal résigné. Je ferai comme toujours, j'attendrai.

Pierre descendit avec Regencrantz, lui ayant offert de le déposer en voiture dans le centre, si en échange il acceptait de l'accompagner dans le petit tour qu'il ferait d'abord à pied au Bois.

— Allons, vite, vite, docteur, ce qui s'appelle presto.

— Vite, monsieur Niox ? Je croyais que vous étiez guéri ?

— Au fond, vous avez raison, répondit Pierre en riant. Pourquoi vite ? Je n'ai rendez-vous qu'à quatre heures.

Ce qui ne les empêcha pas de descendre à fond de train vers le Bois.

— En regardant ces feux de police, alternativement verts et rouges, continua Regencrantz qui suivait son idée, accroché à la poignée de la porte, vous vous apercevrez que nous n'avançons pas régulièrement, mais bien par une série de bonds coupés d'arrêts. Ainsi procèdent la nature et le génie.

— Descendons marcher maintenant, dit Pierre en lui coupant la parole.

Le docteur s'efforçait de le suivre ; il courait derrière lui à tout petits pas, sur les talons, prenant soin de ne pas glisser, comme sur la glace. Au bout d'un quart d'heure, il n'en pouvait plus et parlait d'une voix haletante.

— J'ai rencontré... un jour... l'homme... le plus vite du monde, un recordman célèbre...

— Le commodore Swift, peut-être ? questionna Pierre avec respect.

— Lui-même. Il faut que vous connaissiez cette anecdote. Elle est faite pour vous jusque dans sa moralité. Mais arrêtons-nous ici, je vous en prie ; je suis, comme vous dites, fourbu.

Regencrantz essoufflé se laissa tomber sur un banc.

— Donnez-moi le temps de vous raconter mon histoire...

— Je vous écoute patiemment, dit Pierre.

— J'avais appris au cours d'un voyage aux États-Unis que le commodore Swift se trouvait dans un country club au nord du lac Salé et l'occasion m'avait paru unique d'approcher le recordman ; des amis m'arrangèrent la chose. Peu de temps auparavant, Swift avait atteint la vitesse de huit cent quatre-vingt-deux kilomètres à l'heure, soit deux cent quarante-cinq mètres à la seconde. Il avait non seulement rapproché la terre de l'air et l'auto de l'avion, et du son, et de la lumière, et de toutes les choses immatérielles qui se transmettent et se propulsent avec une liberté supérieure, mais il s'était aussi acquis droit souverain sur tous les sportsmen et aussi sur tous les hommes pressés de l'univers qui comme vous, monsieur Pierre Niox, doivent le reconnaître pour roi.

— Une telle vitesse, c'est l'infini, soupira Pierre avec admiration.

— Je trouve au contraire qu'un chiffre, n'importe lequel, même un chiffre de record, borne et étrangle l'infini, répondit le docteur. Lorsque j'entrai dans le hall du country club, celui-ci me sembla vide. Un homme, un seul, était là, effondré dans un fauteuil ; les grosses semelles en l'air, les jambes étendues sur la table, les bras pendants, les paupières mi-closes, il me regardait sans sourciller : il ressemblait à un meuble ou mieux, à un immeuble, tant sa fixité paraissait définitive. Dehors, par les baies lobées du cloître vitré, j'apercevais la plage qui s'étendait jusqu'à une surface vitreuse qu'elle prolongeait, ne se différenciant d'elle que par un ton plus clair. Des nuages gris couraient bas.

» À cette heure de la matinée, en Amérique, tout le monde est parti pour le travail. L'humanité s'affairait, les gens couraient à leur gagne-pain, les trains de banlieue enjambaient les aiguillages pour mener plus vite les agents d'affaires à plus d'affaires. Je fus frappé de voir que, seul, cet homme-là reposait immobile au fond d'un fauteuil, dans le hall vide d'un club.

» “Je regrette d'être en retard, hasardai-je.

» — Vous êtes plutôt en avance.

» — Vous êtes sûr que je ne me suis pas fait attendre et que le commodore pourra encore me recevoir ?

» — Docteur Regencrantz, dit-il, le commodore n'a rien à faire. Le commodore, c'est moi.”

» Il me montra les paumes vides de ses mains énormes, machines-outils inutiles. Il me montra aussi ses pieds inoccupés, appuyés sur le vide comme sur des pédales.

» “Fichue température, vraiment”, soupira-t-il.

» Je le regardai, tellement étonné que je ne trouvai pas un mot à dire.

» “Ça vous surprend que je n'aie rien à faire ? Tout l'hiver, j'ai mis au point le *Coup de Feu* ; j'ai dû dans l'atelier de soufflerie modifier les caissons arrière qui offraient trop de résistance, réduire la lourde tubulure du radiateur, car le *Coup de Feu* piquait du nez, puis la rétablir en métal léger, l'eau bouillant trop vite. La voiture est prête maintenant et je n'ai plus qu'à attendre.

» — Et qu'attendez-vous, monsieur le commodore ? demandai-je avec intérêt.

» — Un jour favorable, et dans ce jour, une heure propice, et dans cette heure, les quelques secondes nécessaires.

» — Quoi ! m'écriai-je, est-il possible que depuis cet hiver…

» — C'est exact. Que voulez-vous, les vents contraires ont soufflé jusqu'à avril ; en mai, le sol est devenu glaiseux ; en juin, il s'est craquelé ; au début de juillet apparurent les premières tornades. Bref, je guette l'occasion depuis quatre mois, depuis cent dix-sept jours exactement”, grogna-t-il d'un air furieux.

» Je risquai une plaisanterie :

» “Il y a beaucoup de morte-saison dans le métier de coureur, fis-je.

» — Oui. Je puis dire que depuis huit mois je n'ai pas avancé d'un pouce.”

» Le commodore Swift croisa ses jambes avec lassitude ; il suça sa pipe sans tabac. Il soupirait et regardait autour de lui comme un paralysé qui attend le passage de l'infirmière pour avoir son bouillon de légumes. Sa figure innocente chargée de taches de son se tournait vers moi, implorante, docile et sans espoir. Il se leva lentement, peu sûr de ses articulations, le muscle mou, le centre de gravité vacillant, incertain de ses aplombs et de l'avenir de toute progression pédestre.

» "Nous pourrions toujours aller au garage, me dit-il, ça nous occupera un moment. Vous verrez le *Coup de Feu*. Le *Coup de Feu*... a fait long feu, mais c'est de la belle mécanique tout de même."

» La voiture découverte et la bâche enlevée, j'aperçus une masse de tôle cramoisie, toute ronde, qui à force d'avoir été dessinée pour la vitesse n'avait plus aucune forme. L'œil glissait sur elle comme le vent. Elle n'était pas mince comme le pétrel, ni filiforme comme la torpille ; de trois quarts elle ressemblait à une assiette, de profil à une poire et de face à une grande soupière. Elle pesait sur le sable, dodue, ventripotente et assoupie.

» "Quoi ! pensais-je, voici l'engin que les objectifs les plus rapides ont peine à saisir au passage et dont les bélinogrammes nous envoient à travers la planète l'image striée, élongée et les roues ovoïdes ?"

» Le commodore fit mettre en marche et, par un étroit goulot, se glissa dans le siège monoplace. On eût dit de la chair de homard rentrant avec peine dans la carapace de la pince. Il pompa l'essence, mit le contact, lâcha l'air comprimé, obtint quelques hoquets.

» "Est-ce pour un essai ? demandai-je, déjà ravi.

» — Ça m'étonnerait. Quelle est la vitesse du vent ce matin ?

» — Trente-deux mètres à la seconde, répondit un aide.

» — Qu'avions-nous hier ? À la même heure ?

» — Vingt-sept mètres à la seconde.

» — Au-dessus de dix-huit mètres à la seconde, il est inutile de rien tenter, soupira avec résignation le commodore.

Je ne fais mettre en marche que pour vous amuser, docteur.”

» La tête de l'Américain s'enfonça dans la tôle et sa voix disparut dans le tonnerre d'un quadruple échappement. Les mécaniciens s'agitaient déjà, mais d'un geste il leur fit signe de ne pas bouger. Installé dans sa poire comme un gros ver, le recordman demeurait immobile au milieu de ses six cents chevaux virtuels, de sa machine qui ne parvenait pas à s'envoler, des soixante-quatre cylindres qui travaillaient sans effet, de ses seize carburateurs qui, en parasites, humaient une essence à aucun moment transformée en énergie.

— C'est passionnant, interrompit Pierre ; et alors ?

— Ce fut tout, continua Regencrantz ; le commodore coupa le contact et resta là, dans la plus définitive immobilisation, dans le plus solennel repos, frappé à son tour par une léthargie que semblait lui avoir communiquée le *Coup de Feu* ; un silence d'éternité tomba sur la plage salée.

« La poudre est mouillée, car le *Coup de Feu* n'est pas parti », pensai-je. Faut-il que la vitesse soit une étrange fée pour qu'on lui sacrifie tout, même le temps ! Voici un grand homme qui, en cent dix-sept jours consécutifs, n'a pas réussi à parcourir un mille. C'est vraiment un saint, un héros de la patience, une victime de la lenteur. Le commodore mérite la célébrité, mais non pas celle qu'il recherche. Mieux lui vaudrait être fameux sous un autre nom : celui de l'homme qui a mis quatre mois et demi à parcourir seize cent neuf mètres.

— Et vous, dit Pierre, combien avez-vous mis d'heures à apprendre par cœur cet édifiant apologue ?

CHAPITRE 19

Depuis que la grossesse d'Hedwige l'empêchait de jouer au tennis, Pierre avait remplacé ce sport par la nage et allait tous les matins à la piscine où il retrouvait Vincent Amyot. D'abord accidentelles, ces rencontres étaient devenues quotidiennes et les deux beaux-frères s'étaient liés ; ils se déshabillaient ensemble, c'est-à-dire qu'à l'ordinaire quand Amyot dénouait sa cravate, Pierre mettait déjà son caleçon de bain. Mais ce matin-là, au lieu de courir se jeter à l'eau, Pierre, sa serviette autour du cou, musardait au soleil, le dos appuyé aux cabines.

Amyot l'observait.

— Tu as maigri, fit-il.

— Ce n'est pas comme toi, fit Pierre ; quel ventre d'homme heureux !

— Est-ce à dire que toi, tu n'es pas heureux ?

Amyot alluma une cigarette et s'assit par terre ; à sa surprise, Pierre l'imita.

— Pas heureux, moi ! fit-il. Tu ne sais donc pas ce qu'Hedwige est pour moi...

Il se tut, fixant le fond glauque de la piscine strié de trois raies noires pour les courses.

— Explique, dit Amyot.

— Eh bien… D'abord il ne fait chaud qu'auprès d'elle. Oui, je ne sais pourquoi, le printemps ne vient pas pour moi cette année ; le thermomètre est à plus quinze et moi je vis à zéro…

— C'est le vent de ta vitesse, interrompit Vincent, narquois.

— … la seule présence d'Hedwige m'apporte une bouffée de chaleur ; sa peau est une surface lisse et ardente, elle dégage un rayonnement lustré comme l'émail d'un beau poêle. Sans effervescence, elle anime tout ; elle n'a pas la vulgaire incandescence des femmes démonstratives, elle ne rôtit pas ; elle irradie la vraie tiédeur de la vie, celle de la femme, celle du sein, celle du cœur. Près d'elle c'est toujours l'été.

— Tu lui es reconnaissant de te donner un enfant, dit Amyot avec envie.

— Non, ce n'est pas pour cela que je la vois si bonne et si belle. Car elle est tout aussi belle à la fin de son troisième mois ; Platon dit que la beauté est une courte tyrannie ; chez Hedwige, c'est un durable empire ; oui, Hedwige est durable et parfaite comme mes plus beaux objets. Elle est une haute époque vivante, un besoin de mes yeux sans cesse renaissant, toujours satisfait. Ah non ! la mère Boisrosé n'a pas triché sur la qualité !

— Tu t'entends bien avec la belle-mère ? demanda Amyot.

— Mais oui, dit Pierre précipitamment, c'est une brave femme.

— Ah, tu trouves ! dit Amyot qui se mit à rire. Excuse-moi ; l'épithète est drôle.

— Elle n'a pas été aimable pour toi ?

— Mon pauvre Pierre... Elle a été parfaitement aimable, bien entendu ; avec une amabilité parfaite, elle m'a enlevé ma femme, voilà tout !

Il soupira, hocha la tête, plissa son masque encore fin tombé dans la pâte du double menton et, devant le regard interrogateur de Pierre, poursuivit :

— Au début, j'ai essayé de garder Angélique pour moi, pas pour moi tout seul, bien sûr, je n'aurais pas pu, mais au moins un partage à fifty-fifty. Pendant dix-huit mois, j'ai agi méthodiquement, comme il convient à un polytechnicien méticuleux. Et puis, je me suis lassé. Angélique part à neuf heures du matin, rentre à huit heures du soir (les soirs où elle ne dîne pas à Saint-Germain, bien entendu). Et elle y couche au moins deux nuits par semaine.

— Hedwige n'y va que rarement, dit Pierre, je lui interdis l'auto, dans son état.

— Je serais fort surpris, dit Vincent, si Mme de Boisrosé se passait un seul jour de voir une seule de ses filles. D'abord le Règlement le veut ainsi. Tu crois avoir contracté mariage, tu as contracté une maladie, la maladie Boisrosé : pour ta femme, la vie en commun, la sieste jusqu'à six heures du soir, le dortoir ; pour toi, le bout du nez présenté avec soumission à Bonne dans l'attente qu'elle te mène par cet appendice que tu as saillant.

Pierre qui pratiquait le direct à l'estomac se tourna brusquement vers Vincent :

— Est-ce que ta femme a du tempérament, elle ?

— Elle en a. Seulement il n'est pas axé sur l'homme. Elle n'ouvre les bras qu'à Mamicha, elle n'enlace que ses sœurs, elle a Saint-Germain dans la peau, elle cesse d'être froide même pour l'oncle Rocheflamme, et je crois bien qu'elle n'aura de plaisir définitif que dans la sépulture de famille Boisrosé, car elle s'est refusée, dans son testament, à être enterrée avec moi. Quand il s'agit d'entrer dans le lit maternel, il n'y a pas de problème ! Je voudrais que tu la voies faire voler ses vêtements. Et ses messages passionnés pour abréger sa solitude, ses œillades vers la porte de ma maison, vers cette bonne porte qui lui permettra enfin de s'enfuir « chez elle » ! Et sa fatigue dès qu'elle rentre ! Et sa force empressée dès qu'elle ressort pour aller là-bas ! Sans parler des heures qu'elle m'escamote. Tout ce qu'elle perd en insomnies et en poids quand elle est près de moi, elle le regagne en sieste et en kilogrammes dès qu'elle a rejoint sa famille...

Il soupira de nouveau.

— Angélique est une amoureuse accomplie, j'en suis sûr, reprit-il. Elle a des désirs immodérés comme des rages et des concupiscences monstrueuses ; elle sait aimer jusqu'au sang, mais ce sang-là, c'est celui qu'elle a dans les veines.

Pierre se leva brusquement, resserra le cordon de son slip et arpenta le promenoir.

— Je te propose, dit-il tout à coup, de fonder un club ; une association comprenant tous les hommes présents ou futurs mariés à des demoiselles Boisrosé. Il faut se tenir, que diable ! Il faut opposer un règlement au Règlement. Chacune de ces filles, en particulier, est incomparable ; ensemble aussi elles sont très belles, mais je déteste avoir à les penser collectivement. Cela m'oblige, quand je reviens à Hedwige, à restituer à la masse une série d'agréments que j'avais pensé être personnels à ma femme et qui, je suis forcé de le constater, ne lui appartiennent pas en propre. C'est très désagréable ! Ce n'est déjà pas plaisant d'épouser quelqu'un qui ressemble à sa mère ; c'est vivre avec un *memento mori*, avec la tête de mort d'ivoire sur la table, parmi les roses du festin.

— Les Boisrosé ne ressemblent pas à leur mère heureusement, dit Amyot, mais je te comprends ; quand tu possèdes une belle cire perdue en original, tu n'aimes pas que le sculpteur vende son droit de reproduction à un fabricant de dessus de cheminées. Néanmoins, il faut t'y résigner ; les habitudes Boisrosé sont plus fortes et les filles Boisrosé moins ductiles que le plus dur métal. Cette famille est une secte vaudoue où les gendres sont des sympathisants, non des membres fondateurs. Rien à faire, renonces-y.

— Je ne renoncerai à rien du tout, cria Pierre, sa brosse dans une main et son peigne dans l'autre. Je suis bien décidé, moi, à avoir Hedwige à moi tout seul. Et d'ailleurs c'est déjà fait : elle s'habille avec des robes à elle et aucune de ses sœurs ne porte plus ses souliers.

— Une question, demanda Amyot. Hedwige a-t-elle gardé son lit à Saint-Germain ?

— Heuh... je crois bien que oui au cas où il y aurait une panne... du brouillard... ça vaut mieux que d'aller coucher à l'hôtel.

— Mon pauvre vieux ! fit Amyot, en serrant affectueusement la main de son beau-frère.

— Je ne te dérange pas ? dit Hedwige en ouvrant la porte.

— Tu ne déranges que toi-même, ma chérie bien-aimée, car j'étais avec toi.

— Avec moi ?

— Oui, je pensais à toi. Je pensais que tu es le repos.

— Ce n'est pas flatteur.

— Si, quand c'est moi qui le dis, c'est une haute louange.

En effet Pierre, dont les enjambées font trembler la maison pendant ses soliloques, s'arrête, se détend, pose ses lèvres à la saignée du poignet de sa femme comme on boit l'eau thermale à l'endroit où la source est le plus chaude.

— Tu es là, dit-il, pénétré de bonheur, c'est bon.

Il l'entoure de ses bras.

— Lorsque je t'approche, non seulement je sens ton corps mais je suis en contact avec tous les corps. Avant de te connaître, je vivais isolé comme sur le plateau de verre d'une machine électrique. Mais maintenant le courant passe et je suis traversé.

Hedwige se blottit contre lui par honte d'être regardée de loin, afin qu'il ne remarque pas, de face, sa taille qui disparaît ou, de profil, son ventre convexe. Mais en la serrant contre lui, il devine ce que son regard n'aurait pas aperçu, il ferme les yeux et dit :

— Cela commence à se voir, et sérieusement.

— Tant pis, répond Hedwige, prise entre la fierté d'être belle et l'orgueil d'être mère.

— Tant mieux.

Hedwige clôt ses paupières, heureuse de sentir ses deux enfants l'un contre l'autre, car Pierre qui lui apparaissait si fort, si Zeus, si foudroyant dans les premiers temps, la vie commune en a fait son enfant. « C'est un drôle de garçon », dit-elle avec attendrissement, presque avec compassion, indulgente et pitoyable comme la plupart des femmes pour le côté incompréhensible de leur compagnon, pour leur mystérieuse manie, car ils en ont tous une, que ce soit le jardinage, le devoir civique, la guérison des maladies, la guerre ou toute autre mission qu'ils croient avoir reçue ; comme ces vieux colonels en retraite qui, pour se donner l'illusion de l'activité, se portent à leur adresse des ordres de mobilisation imaginaires. Chaque mâle se construit ainsi une étrange architecture dont il fait hommage à un dieu, à un demi-dieu, à une folie. Tout autel, si bizarre soit-il, leur est bon pour se mettre l'âme en mouvement et se donner une raison de vivre. Hedwige ne cherchait pas à pénétrer les mobiles de Pierre ; c'était un homme : cette explication suffisait. Le rythme ardent de son mari, cette invariable manie de varier, ce besoin de prendre non une vue des choses mais une même chose sous tous les aspects en sautillant d'un point cardinal à un autre, comme nos paysagistes contemporains qui suivent le soleil en auto avec leurs toiles, cette avidité de tout regarder et de ne rien contempler, de tout faire et de ne rien parfaire, de courir d'occasion en circonstance et de conjoncture en occurrence, tout cela était fatigant, certes, et inutile, mais c'était le revers de la médaille d'un époux à tout prendre gentil, tendre, exquis parfois, quoique dénué d'empire sur soi-même.

« Pauvre Pierre ! » murmurait simplement Hedwige quand ses sœurs le discutaient ; le nom de Pierre leur démangeait la langue à toutes et elles aimaient mieux en dire même du bien que de ne pas en parler ; Mamicha, relevant sa frange blanche et son menton auguste, ajoutait quelque perfide proverbe des Antilles, pays pourtant sans serpents, et appelait ses filles auprès d'elle.

— Vous êtes trop loin, je n'entends pas la moitié de ce que vous dites.

— Nous voilà, nous grimpons sur le lit.

Et réunies sous l'édredon, ressemblant en grand aux familles de chiens, de chats ou de souris des dessins animés, elles abordaient avec délectation les sujets à l'ordre du jour, les amours de l'oncle Rocheflamme avec une brocanteuse de son âge (« *À vieille compagne, sonnez campanes* », souriait Mamicha), le choix d'une moquette pour le salon, le changement de coiffure de Fromentine... Hedwige était pleinement heureuse. Plus franche ou plus rompue à l'analyse, elle aurait compris que son « Pauvre Pierre » exprimait le regret de ne pouvoir l'aimer vraiment. Pour elle, l'amusement, la variété étaient à Neuilly, mais le bonheur n'avait cessé de résider à Saint-Germain.

Les dissociations d'êtres ou leur manque de coagulation sont sans doute l'œuvre de puissances supérieures qui nous ont arbitrairement contraints à des rencontres évitables, puis arrachés et projetés ailleurs ; la même force oppressive et aveugle qui, dans les réussites de Bonne de Boisrosé, empêchait les rois de sortir en les masquant par des sept et ruinait l'avenir de sa patience, intervenait aussi pour séparer Hedwige de Pierre et la ramenait invinciblement dans le jeu maternel. Il est des unions à qui, par paresse ou par raffinement de cruauté, les fées permettent d'être fécondes sans cependant les bénir.

D'ailleurs, les fées n'étaient pas seules coupables ; exceptionnellement, elles avaient accordé à Pierre un bref sursis dans le cours de sa destinée, une heure où il eût pu, en initiant Hedwige à la joie charnelle, s'en rendre maître ; cette heure, il l'avait laissée passer. Hedwige, déçue par Pierre dont la gaucherie amoureuse augmentait de jour en jour par la conscience même qu'il en avait, s'emplissait de toutes les inhibitions dont, par un patient et long travail de suggestion, Bonne avait marqué ses filles pour les détourner préventivement de l'homme : l'homme, nécessité sociale, fastidieuse et nauséabonde corvée physique. La belle, l'adorable Hedwige était perdue pour l'amour.

L'enfant, même, la rapprochait plus de sa mère que de son mari. Sourdement, elle craignait pour lui ce père violent et brouillon, tandis qu'à Saint-Germain l'enfant serait choyé, dorloté : « C'est un Boisrosé, il a les yeux de son grand-père. — Non, c'est une Rocheflamme cent pour cent. » Le bourgeon issu d'Hedwige pousserait bien dans le tiède et humide climat Boisrosé, à l'abri de ces desséchants simouns que Pierre déplaçait dans son sillage. Sous cette douce température de tendresse animale, dans cette vie pastorale en chambre, dans cette étable à faire grandir les dieux, Hedwige déjà imaginait sa mère et ses sœurs se passant un magnifique poupon.

Dans la grande pièce aux stores baissés pour protéger la vue fatiguée de la jeune femme, un rayon de soleil filtre, caresse le cou d'Hedwige, fût puissant et flexible qui disparaît dans l'ombre de la plumeuse chevelure noire à reflets d'or, et va fendre en deux le corps de Pierre qui avec force gestes essaie d'expliquer ce que sera son fils. Sur ce sujet, il est aussi loquace que sa femme est laconique. L'enfant encore invisible est sans cesse présent entre eux ; expression de cet impérialisme du moi inconscient et forcené qui nous pousse à toujours étendre nos frontières de chair, il exalte Pierre, excite son impatience passionnée.

« Finira-t-il par naître, pense-t-il, ce paresseux, ce troglodyte ? Pour l'instant, il se retire comme un ermite "sentant sa vie (et non sa mort) prochaine", il se tient enfermé dans son bassin, comme un poisson, mais sans le coup de queue leste et la nageoire dégourdie des poissons. C'est inimaginable que quelqu'un né de moi soit aussi lent ! Quelle stupide invention que la grossesse ! La nature va son chemin comme les vieilles nourrices ramollies et les médecins ne savent rien inventer pour hâter l'événement... Encore cinq mois ! »

— Pierre, dit Hedwige, viens t'asseoir près de moi sur le divan ; vois comme ce velours est doux et derrière ta tête je mettrai ce coussin de batiste qui te rafraîchira ; tu es rouge et tes yeux sont tout fiévreux ; qu'as-tu ?

— Je n'ai rien, je pense au petit ; je suis heureux de le savoir en toi ; pour lui comme pour moi tu es un grand voisinage ; il aura ta beauté, ton esprit équilibré. Plus tard, quand les années l'auront solidifié, il pourra s'il le veut emprunter quelque chose de moi. Pense, Hedwige, qu'il va être lancé parmi un milliard d'hommes, tout nu avec son horoscope sous le bras !

Pierre se penche au bord de l'abîme des jours prochains et des années lointaines. Il voit un petit garçon bien membru, avançant très lestement entre quatre lignes de fuite et s'engageant dans le couloir de plus en plus exigu de la succession des temps. Il le voit comme un Peter Pan courant sous les hautes futaies. Il emmanche cette destinée encore corpusculaire au bout de son propre destin.

Brun ou blond ? Brune ou blonde ? Précoce ou tardif ? Lait Nestlé ou sein ? Pensionnaire ou demi-pensionnaire ? Le lycée ou l'institution religieuse ? Idiot ou doué ? Latin ou grec ? Langue allemande ou langue anglaise ? Le Sacré-Cœur ou les Sciences politiques ? Infanterie ou artillerie ? Fera-t-il souffrir les femmes ou le posséderont-elles ? Quand il aura vingt ans, à qui déclarera-t-on la guerre ? À quoi ressemblera le monde ? Quelle forme auront les chapeaux et les idées ?

Pour s'enfuir de soi-même, pas de meilleur véhicule qu'un enfant.

— Hedwige, as-tu pensé à commander les langes ? Et le mobilier de la nursery qui n'est pas encore choisi ! Nous n'avons rien prévu. Je vais aller acheter les langes.

— Cinq mois à l'avance ! dit Hedwige qui ne peut s'empêcher de rire.

— Des langes aux genoux nus et des genoux nus aux pantalons, c'est l'affaire d'un instant...

Il ne veut pas voir le long chemin à parcourir depuis le premier cri jusqu'à l'alphabet, depuis les parties à quatre pattes jusqu'aux premiers pas qui ressemblent à une démarche d'ivrogne, depuis la station droite en se tenant à la couverture du lit jusqu'à la course à pied. Grands dieux, quelle éternité entre les yeux de taupe et le regard de lynx !

— Pierre le Bref, dit gentiment Hedwige, je vois que tu t'ennuies, tu as encore les mains crispées dans tes poches. Pourquoi ne sors-tu pas ? Va faire des courses.

Et Pierre sort pour se dégourdir les jambes.

Dans les rues, il parle tout seul en marchant à immenses foulées.

« Ah ! si j'étais à la place de cet enfant, on me verrait vite crever le cerceau et entrer, la tête la première, dans les temps futurs ! »

CHAPITRE 20

Pierre marchait du haut en bas du salon. Le visage d'Hedwige devint d'un or vert magnifique.

— Écoute, Hedwige, sois raisonnable ; tu as besoin d'air ; dix jours à la mer nous feront du bien à tous les deux ; nous partons demain ; les billets sont pris, les chambres retenues...

Hedwige ferma les yeux ; quand Pierre était passé elle les rouvrait, mais il y avait un moment où il se profilait rapidement sur la lumière, où il se glissait entre elle et la fenêtre, qui lui était si douloureux qu'elle contractait violemment les paupières pour ne pas le voir. C'était pénible, cette marche alternée, comme l'escarpolette après déjeuner. Hedwige guettait son mari du coin de l'œil, prête à éviter sa trajectoire. Par contraste, cette agitation la rejetait vers sa mère comme vers un paradis perdu, lui donnant la nostalgie de l'immobile lit Boisrosé.

— Tu ne veux pas ? Mais pourquoi, bon sang, pourquoi ?

L'étourdissement ne faisait que croître. Par ses allées et venues, Pierre l'entraînait dans une valse sans musique.

C'était une navigation houleuse qui lui causait un grand vide d'estomac avec mal de tête et recrudescence de son état nauséeux de femme grosse.

— Eh, je le sais bien pourquoi ; il y a longtemps que je t'ai devinée, tu aimes mieux périr et me faire dépérir ici que de te passer de ta mère pendant dix jours.

Le va-et-vient de Pierre devenait intolérable. Les meubles semblaient maintenant entrer dans le roulis, le piano oscillait, les peintures faisaient la navette sur les murs eux-mêmes pris de remous. Le tapis avait sous les pieds d'Hedwige, et bien qu'elle fût assise, un incompréhensible mouvement ascendant tandis que les tableaux obéissaient à une impulsion giratoire invisible.

— Qu'as-tu ? Tu es toute pâle ? cria soudain Pierre en voyant les joues d'Hedwige se décolorer, prendre une teinte de banane. Je t'ai fait de la peine ? Je t'ai déplu ?

Hedwige ne put lui répondre.

Elle fit un grand geste vague, courut au cabinet de toilette.

Quelques minutes après elle revint, recoiffée, repoudrée, les yeux clairs. Elle s'assit auprès de Pierre, passa son bras sous le sien.

— Mon Pierre, dit-elle doucement, ne me reproche pas ma tendresse pour les miens ; est-ce que cela m'empêche de t'aimer ? Préférerais-tu que je prenne mon plaisir à courir les modistes et les thés au lieu de m'ébattre innocemment dans ce bain tropical qu'est ma famille ? Une pauvre petite famille perdue en France, qui affleure à peine, qui vit pour soi, ne gêne personne ; mais si on voulait tirer dessus, on la trouverait indéracinable. Quand je pense à nous autres Boisrosé, il me vient toujours à l'esprit le souvenir de nos palétuviers. En as-tu jamais vu ? Non ? Un palétuvier ressemble à un fagot de bois mort que le rivage renvoie vers la mer ; enfants, quand nous barbotions à l'Anse à Banane, nous essayions d'amener à nous ces bouts de bois, mais nous avions tout de suite les mains en sang et rien ne venait ; les palétuviers, c'est ce qu'il y a de plus résistant au monde ; ça a des doigts crochus qui retiennent depuis des millions d'années la terre roulée par les marées ; on nous a enseigné que si nous marchions sur un sol ferme, c'est aux palétuviers que nous le devions. Depuis, j'ai toujours pensé que les nations, on les doit à des familles palétuvières dans le genre de la nôtre, à des femmes réunies sans autre force que leurs doigts joints et qui résistent aux guerres, aux inondations, aux banqueroutes, aux révolutions, au lâchage des hommes, à toutes les ruines.

— Tu n'as pas besoin de faire le palétuvier avec moi, dit Pierre, je ne te lâcherai jamais. Considère-moi comme une racine de plus.

Hedwige posa sa joue chaude sur celle de son mari.

— Entendu, mais toi, fais-moi un petit plaisir : achète un bibelot à l'oncle Rocheflamme.

— Ah non ! Ce serait un dangereux précédent ! Je n'aime pas l'ancien, je n'aime que l'antique. Par contre tu vas pouvoir lui acheter tout son bazar si ça t'amuse, à la condition que je ne le voie pas... Le cloître va être vendu ; il n'y a plus qu'à échanger les signatures ; l'argent est à toi.

— À moi ! répéta Hedwige, stupéfaite. Mais Pierre, c'est ton seul capital ; tu sais bien qu'en dehors du Mas Vieux et du cloître, tu n'as que ce que tu gagnes.

— Oui, dit Pierre simplement, c'est mon seul capital et c'est pourquoi il faut qu'il soit à toi.

Pierre jeta son veston sur une chaise, ôta son col et se laissa tomber sur le lit, jambes écartées ; il rentrait de ses courses matinales et était en nage ; ce mois de juin exceptionnellement chaud contribuait à l'énerver et l'*Exposition de l'An Mil* qu'il avait accepté d'organiser lui coûtait beaucoup de peine, de démarches, de discussions, tout un labeur dont il se serait bien passé.

« Ne ferais-je pas mieux, pensait-il, de consacrer mes journées à Hedwige ? Elle doit être encore à m'attendre comme tous les matins ; il y a bien quinze jours que je n'ai pris mon café au lait avec elle. »

Il se souleva, prêt à courir chez sa femme, il l'imagina s'affairant sans hâte autour de la petite table du déjeuner ; d'avance, il voulut goûter cette paix qu'elle seule lui procurait. À sa surprise, sa bouche s'emplit d'un fade et mol dégoût. Non, il n'avait pas envie d'aller chez Hedwige ; pourquoi ? Les idées se suivaient dans sa tête et il les regardait cheminer sans essayer de les diriger ; il prenait plaisir à ce monologue sautillant où les images saugrenues, cruelles, tendres, amères, se poussaient les unes les autres.

Cette plénitude, ce repos qu'il ressentait près d'Hedwige, décidément, il les désirait moins. Pourquoi ? Est-ce parce qu'il savait par expérience qu'une crise d'excitation leur succéderait aussitôt ? Comme la mer un instant calmée par une douche d'huile se redresse plus furieuse, à peine se détendait-il quelques minutes dans l'air d'Hedwige, à peine caressait-il ses mains apaisantes, qu'une brusque réaction le mettait debout. Le calme qu'il trouvait près de sa beauté créole n'était qu'une bonace des Antilles. « Tu es merveilleuse, mon amour aimé », disait-il ; mais il gagnait aussitôt la porte et cette porte franchie, il se déchaînait dans une agitation insensée.

D'ailleurs, il ne pouvait plus voir ce ventre d'où l'enfant ne sortait pas, ne pouvait pas sortir avant quatre mois au moins. Ces quatre mois pesaient sur Pierre, paralysaient ses élans vers Hedwige, l'empêchaient de jouir de cette femme qu'il chérissait. Alors il trompait sa faim en visitant des conservateurs de musées, en écrivant beaucoup de lettres, griffonnant d'une plume chaque jour plus crachante des mots saccadés pareils à des étincelles, où les barres précédaient les *t* d'une lieue et où les points caracolaient bien en avant des *i* ; parfois la pensée fourbue sautait par-delà la main et il était forcé de reprendre cette incohérence, de calfater les vides par des additions marginales qui le rendaient illisible. La pensée distançait aussi les mots et lui faisait débiter la fin de la phrase en laissant en panne le commencement. Et ses poignées de main étaient une suite de pressions saccadées et émotives.

Cependant, l'instinct qui retient le mâle près de sa femelle impotente, qui fixe les animaux les plus volages aux côtés de leurs lourdes compagnes jusqu'à ce qu'elles aient mis bas, rabattait Pierre sur Hedwige, lui faisait monter la garde près d'elle des soirées entières, réquisitionné par une force invisible, et il s'endormait tranquillisé près de cette femme qui ne dormait pas. Mais le lendemain, son impatience le reprenait, sa giration de toupie, ses sorties en coup de vent, ses marches et contremarches par les rues, ses retours brusques à la maison qui faisaient tressauter Hedwige, ses flâneries inaccoutumées enfermé près d'elle et coupées de zigzags et de claquements d'insectes contre la vitre, de brusques ruées vers la porte.

« Je sors », disait-il. Alors, par dévouement, par prudence aussi, pour ne pas abandonner à lui-même un mari aussi volcanique, Hedwige s'affirmait très capable de l'accompagner. Pourtant, elle tenait mal dans le minuscule cabriolet ; et s'ils allaient à pied, elle s'essoufflait à suivre Pierre malgré les efforts touchants qu'il faisait pour ralentir ; il était tout le temps à cent mètres devant, ce qui rendait la conversation difficile. Sentant qu'il la crevait comme un cheval, il tâchait de se faire pardonner en disant des gentillesses avec ce sourire presque féminin qui était sa grande séduction.

— Tu me suis comme mon ombre, mon soleil.

— On dirait que tu me fuis, soufflait Hedwige, exténuée...

Et elle s'efforçait d'aligner son pas sur celui de Pierre, mais tandis qu'il courait, elle trottinait. Leur cadence s'en trouvait immédiatement rompue. Elle était toujours sur le pied gauche et lui sur le pied droit. Il gagnait du terrain avec ses prodigieuses foulées, prenait trois, puis cinq marronniers d'avance. Elle vacillait dans l'air qu'il déplaçait ; elle entendait le claquement sourd de ses talons de caoutchouc ; le vent lui collait aux jambes, entravait sa jupe, déplaçait son chapeau. Elle devait s'arrêter au bout du trottoir pour laisser passer les voitures ; lui s'était faufilé ! Il circulait avec aisance parmi les débardages de livreurs et les trottinettes, les *prams* d'enfants, évitait le monsieur distrait qui marchait en lisant son journal, esquivait les couples enlacés, naviguait admirablement entre le béquillard à béret basque, les nurses bavardes et la dame qui tirait sur la laisse du chien constipé.

Hedwige voyait s'éloigner le dos de Pierre. Comme elle le connaissait ce dos ! Combien lui étaient familières ces épaules défilées, cette allure démanchée, ces bras de chef d'orchestre ! Maintenant, il n'était pas plus gros qu'un lièvre. L'instant suivant, il ressemblait à un vibrion fugace. Parmi les taxis, les autobus, les cyclistes, dans une rue emportée, roulante, dégringolante, elle suivait clopin-clopant la trace de l'homme pressé qui avait disparu. Puis soudain, fourbue, parvenue devant la maison où elle devait aller, elle se heurtait au preste Pierre qui redescendait.

— Sommes-nous arrivés ? demandait-elle.

— Non seulement nous sommes arrivés, mais nous repartons. J'ai tout arrangé, nous allons ailleurs.

— À quoi reconnaître qu'on est arrivé, dit un jour Hedwige, si on ne s'arrête jamais ?

À force de courir, Pierre s'effilait ; il maigrissait tandis qu'Hedwige enflait.

Chaque jour, elle devenait plus fermée à tout ce qui n'était pas sa gestation, plus sourde au monde extérieur. De son état elle jouissait intimement ; elle savourait sa vie physique de femme grosse, elle descendait dans ce silo où était engrangée sa moisson, s'efforçait avec un regard myope de distinguer quelque chose dans les ténèbres de ses flancs et déjà elle prêtait l'oreille aux premières secousses. Elle commençait, avec les jours qui s'accumulaient par-dessus les jours, à plier sous son propre poids.

Elle restait maintenant au lit des journées entières, sans rien dire, sans rien faire. Une fatigue colossale et bienvenue l'envahissait. Devant tant de trouble et de déficience, elle montrait une résignation heureuse. Tout occupée de languissement, elle savait que sous sa fainéantise le plus intense travail continuait ; à la fois immobile et vertigineusement active, ne bougeant pas le petit doigt, mais dans son secret mille fois plus impétueuse que Pierre torpide, elle collaborait de toutes ses forces avec la nature, bâtissait intérieurement, brassait, soudait ou articulait la membrure, jointoyait cette petite machine à vivre qui n'aurait ensuite qu'à dilater toutes ses parties pour devenir un homme de six pieds. Un grand étonnement ébloui la possédait auquel son mari ne comprenait rien. Elle adorait une sorte d'idole cryptique, de grenouille sacrée dans son étang clos, à qui elle rendait un culte obscur dont Pierre était exclu ; exclu, refoulé, renvoyé à ses besognes d'homme. Mais il ne pouvait se tenir de retourner chez elle, de la fatiguer de ses exigences.

Un matin, elle le vit entrer chargé de fleurs, l'air câlin.

— Chérie, j'ai une grande faveur à te demander.

— Si c'est raisonnable…, dit Hedwige d'une voix lasse.

— Je voudrais tant savoir ce qui se passe là-dedans... Oui, vous suivre de plus près tous les deux.

— Mais cela ne se peut pas, Pierre, voyons ; ne sois pas toujours absurde.

— C'est tout ce qu'il y a de moins absurde et de plus normal, au contraire ; je voudrais une radiographie, voilà tout.

— Les radiographies ne se font pas pour le divertissement des amateurs, dit Hedwige en riant. Laisse-moi dormir, tiens, tu me fatigues ; les crampes m'ont tenue éveillée toute la nuit. Je ne sais plus comment étendre mes pauvres jambes enflées.

Pierre l'embrassa, la plaignit, mais revint à la charge.

— Comprends-moi ; c'est chez toi que je veux savoir comment le travail se fait.

— Non, non, répondit Hedwige gênée, jalouse de son secret.

— Je veux voir mon enfant.

— Quelle idée ! Quel gamin tu fais ! Que penses-tu voir ? Un rais de lumière sous une porte ?

— Je veux voir ce petit et séance tenante ; promets-le-moi, dit-il avec emportement.

Elle céda à contrecœur parce que ces disputes l'épuisaient.

Le jour où Pierre reçut la grande photo collée sur carton, il sauta en l'air, ne se contint plus.

— Je distingue très mal. L'image...

On apercevait, en un brouillard de grisaille, le bas de la cage thoracique, l'ombre mate du bassin maternel et le squelette de l'enfant bien formé, la tête en bas, genoux au menton, faisant une immobile culbute où s'arrondissait son épine dorsale annelée, dans un recroquevillement de momie péruvienne, comme dans les plus anciens ensevelissements humains, comme dans les jarres néolithiques.

— Que c'est laid ! dit Pierre, déçu.

— C'est ravissant, dit Hedwige, enthousiaste.

Quelques jours plus tard, ce fut une autre affaire. Cette fois, Pierre voulut écouter au stéthoscope battre le cœur de l'embryon. Il se penchait sur cette grande caverne habitée qu'était le corps d'Hedwige, appuyait son front contre elle, enfonçant aux oreilles les deux écouteurs, prêtant une attention auditive à ce ronron, à ce léger cliquetis qu'était le cœur de son enfant.

— Si tu continues à me tourmenter ainsi, il aura des convulsions, cria Hedwige, crispée.

CHAPITRE 21

Hedwige entra dans la chambre de son mari après s'être assurée qu'il était sorti.

Haute, claire, avec ses beaux lambris en tilleul naturel, peu mais bien meublée, c'était la plus jolie pièce de la maison. Lors de leur installation, Hedwige avait insisté pour que Pierre prît cette chambre : à voir ce que, dans sa turbulence, il en avait fait, elle eût pu le regretter. Mais Hedwige, par loyauté, s'interdisait tous les regrets. Elle se rattrapait en profitant des absences de Pierre pour se glisser chez lui et imposer son ordre au désordre. Des mains de Pierre, le fouillis jaillissait avec une spontanéité de forêt vierge. Il lui suffisait de respirer et c'était la débâcle. Il avait un don prodigieux de désorganisation et une incohérence vraiment géniale ; il créait le chaos en moins de temps qu'il n'en fallut au Démiurge pour y mettre fin.

Hedwige s'assied sur le lit ou plutôt sur des embauchoirs, sur le *Journal de la Société Asiatique* et sur un taureau - idole d'or hittite -, oubliés sur le lit. D'un regard éperdu, elle inventorie le labeur qui la guette. Assise bas, de niveau avec les sièges, elle voit mieux les objets déposés là par strates successives. Comme si ce n'était assez de bottes en caoutchouc et d'une paire d'haltères de quatorze kilos pour écraser et salir le velours ancien de la bergère, Pierre a abandonné sur le siège favori d'Hedwige une valise, en équilibre instable. D'ailleurs il n'a aucune idée de ce que c'est que de faire ni de défaire une valise. Ce bagage traînait là depuis son arrivée d'Aix-la-Chapelle, quelques jours plus tôt. Le tube de pâte à raser a crevé et souillé les cravates, une gourde de cognac humecte encore un chandail dont le col roulé laisse apparaître des brosses à cheveux. Pierre devait repartir quelques jours plus tard pour Turin et avait tout laissé en plan. Il lui suffirait, une heure avant le train, de jeter sur le dessus quelques nouveaux objets voués au massacre et de fermer la valise, sans l'avoir vidée, d'abord d'un coup de genou, puis d'un piétinement de vendangeur. « Je t'en supplie, laisse-moi emballer à ta place », supplierait-elle. « Certes non ! Je ne retrouverais rien ! » répondrait-il.

Aujourd'hui, Hedwige se contente de ranger de menus objets car son ventre est trop lourd. Elle avait décidé que, peu à peu, elle rendrait la chambre à son style, à sa pureté première, elle l'empêcherait bien de grimacer, de jouer au naufrage. Hedwige adorait sa maison comme un être vivant et souffrait de la voir défigurée. Une flaque d'eau blanchissait en s'évaporant le quadrillage de chêne d'un parquet Louis XIV. Pierre avait dû se sécher devant le radiateur. Par un mystère étrange, il ne se lavait pas dans sa salle de bains. Une lame ornée de poils de barbe salissait la brèche violette de la cheminée devant laquelle il s'était rasé, Dieu sait pourquoi. Et la lumière lui avait sans doute paru insuffisante, car il avait tiré à tort et à travers sur les rideaux de damas qui pendaient, arrachés de leurs anneaux, pareils à une voile de misaine amenée pendant la tempête, avec des cordons de tirage cassés comme des drisses abandonnées.

Hedwige, qui parfois se disputait avec Pierre mais qui loin de lui ne se serait jamais permis une pensée de blâme, fut pour la première fois secouée par l'indignation. C'était odieux, à la fin, ce remue-ménage ! À croire vraiment qu'il le faisait exprès. Pas un joli objet qu'il ne disloquât, pas un moment agréable qu'il ne bouleversât, pas une douceur qu'il ne bousculât.

Dans le panier à papiers plein de cendres de cigare (les lettres déchirées se trouvaient par contre dans le cendrier) Hedwige retrouva une boîte de chocolats apportée par Placide. Elle devint furieuse à la vue de ces pralinés qu'elle avait réservés pour les donner à sa mère ; la veille, Pierre en avait mangé quelques-uns, sans plaisir, simplement parce qu'il ne pouvait se retenir d'ouvrir une boîte en arrachant rubans de soie et ficelles dorées, éventrant le tout. Vraiment il était impossible.

Hedwige se ressaisit, rougit de sa mesquinerie. Va-t-elle faire grief à Pierre de ces bêtises, à Pierre si généreux qui rentre toujours chargé de fleurs, les poches pleines de petits cadeaux drôles, utiles, ingénieux, bien choisis, Pierre qui, la veille encore, avait arraché pour elle aux arbres du chemin des aubépines en fleur et les chèvrefeuilles qu'elle aimait, et qui était rentré tout égratigné, les mains sanglantes. Hedwige s'attendrit une seconde... juste le temps d'apercevoir sous la commode dont une des poignées ciselées était restée dans la main de Pierre une écharpe qu'il avait mise en lambeaux plutôt que d'en défaire le nœud. Il en avait acheté une douzaine, comme il achetait tout, par grosses quantités et ne sachant qu'en faire, il les perdait, les offrait à tort et à travers, les enroulait au cou des visiteurs, de même qu'à table il empilait de force les morceaux dans l'assiette de ses invités déjà gavés et qui criaient grâce : il fallait, pour que Pierre fût heureux, que le plat soit vide, la chose accomplie, l'irrémédiable consommé et le repas mené tambour battant à son point terminus. Générosité ou gâchage ? Singulière générosité ! Des pourboires et jamais d'aumônes, des factures deux ou trois fois payées, et jamais de camarades obligés. « Et cependant il est bon », pense Hedwige.

Elle s'arrêta, examina cette idée : est-il bon ? Est-on bon quand on ne sait même pas que les autres existent, quand on ne se donne même pas le temps de les regarder, de faire halte devant une inquiétude, une douleur, une colère ? Pierre s'aperçoit-il seulement du mouvement de recul, du frisson, de la grimace, de la peur même qu'il provoque quand emporté par une de ses impulsions il fonce en avant et que les gens fuient de crainte d'être culbutés par lui ? Si Pierre était bon il serait entouré ; or il est seul.

Hedwige chercha quelqu'un qui aimât Pierre, ne trouva pas un nom ; des copains - et encore -, pas un ami. Elle aurait voulu le plaindre, lui inventer des excuses, mais la plaidoirie tournait chaque fois au réquisitoire. Un remords lui vint ; elle ne s'en voulait pas d'avoir ces mauvaises pensées ; ce qui la gênait, c'était de les avoir en dehors de Pierre et à son insu. Elle eût voulu les lui confier et qu'il se justifiât. Elle eût aimé l'accuser, le condamner, le gracier. Les explications sont un des grands plaisirs de la vie à deux. Mais parler cœur à cœur avec Pierre était impossible ; dans ses bons jours, il écoutait distraitement, par politesse, en pensant à autre chose. Le plus souvent, à peine Hedwige prenait-elle la parole que Pierre répondait en piétinant : « Et alors ? conclusion ? aboutissons ! » *Aboutir*, c'était son grand mot. Aboutir à quoi ? Ne peut-on parler sans aboutir ? Faut-il toujours courir tête baissée, comme poursuivi par les Furies ? Qu'a-t-il donc commis de si horrible que toute sa vie ne soit qu'une fuite en avant !

Hedwige s'efforça de lutter contre l'image de Pierre qui s'imposait à elle, de Pierre massacrant inutilement les choses, les amitiés, les boîtes de chocolats ; elle ne voulait pas se laisser submerger par cette grande vague amère qui l'avait saisie devant ce désordre et ce gaspillage. Elle restait là contemplant les vêtements de la veille, encore tout boueux, tant Pierre s'était précipité dans les flaques ; précipité à la poursuite de qui ? de quoi ?

Elle fit effort pour revoir en pensée la figure de son mari, ses yeux dont elle aimait le glissement rapide vers l'angle des paupières, son nez tendu comme un foc à l'avant de son visage, son menton pointu et aventureux. Mais l'image se dérobait ; elle ne voyait plus qu'un graphique, qu'une épure de machine, un robot à cent bras coudés qui tournoyait dans la chambre, happant les objets, les broyant, la happant elle-même, la faisant tournoyer, la mettant en danger, elle et l'enfant.

La porte sauta plutôt qu'elle ne s'ouvrit ; Pierre était déjà au milieu de la chambre et regardait Hedwige penchée sur un tiroir.

— Que fais-tu là ? cria-t-il, pourquoi ranges-tu mes affaires ?

— Je mets de l'ordre, répondit Hedwige sèchement.

— Tu mets *ton* ordre.

— Qu'est-ce que cela veut dire, *mon* ordre ? Le monde entier sait ce que c'est que l'ordre et qu'il n'y en a pas chez toi.

— Ma petite Hedwige, dit Pierre, tu dois te rendre compte que la notion d'ordre est toute subjective ; c'est la projection à l'extérieur d'un état interne.

— Alors, cria Hedwige d'une voix devenue stridente, alors ce tohu-bohu, c'est toi ? Voilà ton âme ?

— Pourquoi pas ? Il y a de la fantaisie, mais cela vit. Ta chambre à toi est jolie, mais, elle ressemble à une exposition des Artistes Décorateurs.

— Et la tienne à une poubelle.

— Merci... Écoute, dit-il, plus conciliant, je ne suis pas venu pour discuter ménage mais pour t'emmener chez Mme Osiris... la voyante.

Il se mit à rire :

— Son salon est plein de cuisinières, mais on m'a juré que j'aurai un tour de faveur ; elle nous dira si c'est un garçon ou une fille...

Il s'arrêta. Hedwige lui tournait le dos, regardait par la fenêtre pour ne plus le voir, agaçant, grimaçant, maniaque.

— Qu'as-tu, Hedwige ? Tu ne veux pas venir avec moi ? Voyons, secoue-toi ! Qui m'aime me suive.

Hedwige se retourna, les dents serrées :

— Je ne te suivrai pas.

— Alors tu ne m'aimes pas ?

— Pas en ce moment, certes.

— À cause... à cause de mon désordre ?... À cause de la voyante ? Ne t'entête pas, voyons, viens.

Il sentait que le moment était mal choisi, qu'il avait tort d'insister, qu'en tombant sur Hedwige à l'improviste, il lui avait mis les nerfs à l'envers et qu'il se rendait odieux, mais il ne pouvait s'arrêter ; faire de la peine à Hedwige, lui faire du mal, presque lui faire horreur, c'était bon ; cela contentait une méchanceté qui s'exaspérait en lui.

— Va seul chez la voyante, dit Hedwige, ne regarde pas dans le cristal, tu n'y verras pas le bonheur ; tu peux lire dans le marc : ton avenir, c'est la nuit.

Tout à coup, elle se mit à pleurer, la tête enfouie dans son écharpe, avec de petits sanglots étouffés.

— J'ai peur, il va arriver quelque chose ; tu brûles la vie par les deux bouts. Ça ne peut pas continuer, tu te claqueras ; tu te rendras fou ! Et moi neurasthénique ! Une malédiction est sur toi ; maman le sent aussi.

Pierre l'arrêta durement :

— Ta famille m'est tout acquise, je le sais ; là n'est pas la question. Ce qui m'importe, c'est de savoir si tu es lasse de moi, si tu refuses de me suivre vers la grandeur ; la hâte, c'est ma grandeur à moi...

Il regarda machinalement son poignet.

— Allons, bon, ma montre qui est arrêtée ! C'est impossible, voyons, ce chronomètre parfait !

Il le détacha, le tendit à Hedwige.

— Fais-le-moi arranger tout de suite, je ne peux pas vivre sans montre.

Hedwige prit le bracelet d'or à cadran carré, le regarda avec haine.

— Mon cadeau de fiançailles, dit-elle.

D'un geste violent, elle le lança à toute volée par la fenêtre. Pierre la contempla un moment, stupéfait, puis d'un bond fut sur la croisée qu'il ferma, craignant sans doute pour sa pendule noire et nickelée à mouvement perpétuel.

— Mon beau chronomètre ! fit-il désolé, debout au milieu de son capharnaüm.

Hedwige lui jetait des regards désapprobateurs, mais elle se taisait, un peu calmée.

Pierre s'était abîmé dans ses pensées ; un long silence régna. Elle le regardait, sourdement inquiète ; les silences de Pierre aboutissaient toujours à quelque entreprise nouvelle et redoutable. Elle sentit bouger l'enfant, ferma les yeux et goûta avec ravissement la symphonie qui chantait en elle ; noyée de félicité, elle avait tout oublié de la présence de Pierre ; soudain elle le sentit à ses pieds, appuyé contre ses genoux.

— Écoute-moi, Hedwige, fit-il à voix basse, cet enfant...

— Cet enfant ?

Elle se raidit.

— Ça n'en finit pas, reprit-il. J'en suis malade. Oui, je sais ce que tu vas dire ; ne te moque pas de moi ; la malade, c'est toi, mais je te jure que je le suis tout autant et même à un certain point de vue, davantage... J'ai beaucoup réfléchi... tout à l'heure, tu étais furieuse, mais te voilà calme... et je sais que tu m'aimes ; ne veux-tu pas me venir en aide, me délivrer de ce tourment ?

— Je ne comprends pas, dit Hedwige.

— J'ai une idée... J'ai trouvé quelque chose qui peut tout arranger.

— Mais quoi, arranger quoi ?

— Eh bien... Je veux dire... que tu peux aussi bien accoucher à sept mois qu'à neuf.

Hedwige s'écarta de lui ; elle le regardait, muette et le visage blême.

— Oui. L'enfant vivra admirablement. Le conserver deux mois de plus qu'il n'est nécessaire est absurde quand on peut faire autrement... Ne me regarde pas comme cela, ... ce que je te propose est, sinon normal, du moins tout à fait raisonnable... Hedwige, ne fais pas cette figure... Tu ne m'as pas compris, acheva-t-il plus lentement.

Hedwige le repoussa, se mit debout.

— C'est toi qui n'as pas compris, malheureux, combien c'est inhumain ce que tu proposes là ! Attendre cet enfant, mais c'est tout mon plaisir, toute ma vie ! Et je ne l'attends même pas ; il existe, ce petit être, aussi vivant que s'il était déjà parmi nous. Jamais je ne pourrai être plus heureuse que je le suis à le tenir bien au chaud en moi ; tout ce que je ressens, tout ce que je souffre m'est doux. Tu ne vois donc pas que je m'accroche pour que cela dure, et que l'enfant soit parfait, et toi, avec ta cruauté, tu veux me l'arracher ! Si tu étais un être humain au lieu d'être une locomotive, j'essaierais de te faire comprendre ce que je sens, mais à quoi bon ?

— Je t'en supplie, Hedwige... Accepte... Ce serait merveilleux si tu acceptais...

Elle se dressa, bien calée sur son ventre, forte et lourde, le regarda droit dans les yeux, non plus avec colère mais avec haine.

— Tu es un fou.

— J'ai l'adresse d'un médecin qui consent.

— Tais-toi.

— Hedwige chérie...

— Va-t'en ! Va-t'en ! Je ne veux plus te voir.

Hedwige était devenue si lointaine, si terrible, si Boisrosé que Pierre sortit, pour une fois lentement.

CHAPITRE 22

« L'Exposition de l'An Mil », transportée de Paris à Chicago, s'ouvrait dans quinze jours sous les auspices du Field Museum.

Pierre partit en coup de canon pour l'Amérique.

Il emportait avec lui des objets précieux qu'il comptait vendre aux États-Unis après l'exposition, dépouilles européennes qui aggravaient la dénudation du Vieux Continent sans embellir le Nouveau. Mais les antiquaires se soucient peu de cela : ils exercent leur métier avec la même insensibilité que le castreur qui prive le jeune pur sang d'une lignée illustre.

Les quatre jours de la traversée, Pierre les passa étendu sur le pont, dans un état d'inertie complète, à regarder monter et descendre l'horizon, car pour les hommes comme lui il n'y a pas de demi-mesure : il leur faut être ou vertigineux ou inertes, semblables à tout ce qui ne trouve son équilibre que dans le mouvement, à l'avion, au canot de course qui s'appuie sur sa propre avance et file, soutenu par quelque chose de plus dur qu'une quille, par la mer que solidifie la vitesse.

Pierre s'était interdit de penser à Hedwige : on sait ce que valent ces interdictions. Il suffisait que l'image, sévèrement tenue à distance, profitât d'un millième de seconde d'inattention pour se glisser dans son champ visuel ; et Pierre revivait le départ d'Hedwige pour Saint-Germain, cette hâte forcenée où, en un éclair, ses valises étaient faites, chargées, parties avec une rapidité que Pierre lui-même n'eût pu égaler. Il avait regardé tout cela sans un geste pour retenir sa femme, presque soulagé à l'idée qu'il ne la verrait plus. La séparation ne serait pas longue, au maximum six semaines qui en le dépaysant, en l'accablant de besogne, le mèneraient sans qu'il s'en aperçût jusqu'au terme trop impatiemment attendu. Grâce à ce voyage, Hedwige vivrait, Pierre vivrait. Il s'avouait honnêtement qu'il l'épuisait plus qu'un grand chagrin, qu'une longue maladie. Quand elle criait « Tu me tues ! », elle ne parlait pas au figuré ; elle se sentait en danger de mort et l'enfant avec elle. Chaque jour il les assassinait un peu davantage.

Aurait-il pu se modérer ?

« Non, je ne le peux pas. Je ne peux pas souffler, je ne peux pas ralentir, je ne peux pas m'arrêter ; tout le drame de mon être tient dans ces quatre mots : *je ne peux pas.* »

La traversée de l'Atlantique en paquebot, New York et sa fébrilité, l'activité que Pierre dut dépenser dès son arrivée à Chicago, le rapide succès de l'entreprise où il s'était lancé, le remirent tout à fait d'aplomb. Dès la veille de l'ouverture, les musées de l'Ouest avaient acquis tout ce qu'il avait apporté d'Europe, y compris le cloître du Mas Vieux que la ville de Chicago avait acheté et qu'elle paya rubis sur l'ongle, depuis longtemps jalouse du petit cloître français de même époque qui domine New York, du haut de Washington Heights.

Comme on s'étonnait qu'il n'eût pas attendu l'inauguration d'une exposition où il aurait sans doute trouvé des amateurs dont les offres privées eussent été plus avantageuses que celles des musées, Pierre répondit : « Je n'ai jamais gagné d'argent qu'en vendant trop tôt. »

« J'ai bien fait de venir, se dit-il. L'Amérique me réussit. Cet automne sec et doré m'aiguillonne.

» J'aime le rythme de ces grands ganglions urbains, l'animation de la circulation et le bondissement de ces ascenseurs au haut des maisons droites comme des avenues ; la conductibilité de toute cette matière américaine me met dans un état d'éréthisme bienfaisant.

» La vie est si facile ici ; il y a tant de bonne humeur à tous les étages de cette surexcitation cosmopolite ! Enfin ! Voici un pays où tout vit au rythme de la Bourse. J'échappe à ce crucifiement continuel de l'Ancien Continent qui me démoralisait. Je tiens ainsi la preuve de ce que j'ai toujours affirmé, que la frénésie peut épouser l'ordre, et la fermeté ne pas contrarier l'emportement. »

Quinze jours passèrent, puis un mois. Pierre ne s'amusait déjà plus.

« Il me semble bien que j'ai épuisé mon admiration pour les motocyclettes démarrantes de la police avec leurs sirènes de priorité, et mon enthousiasme pour l'agrément facile des avenues droites et sans embarras de voitures.

» Je commence à être blasé sur le plaisir de signer partout les additions au lieu de perdre un temps précieux à donner et à recevoir de la monnaie. Est-ce assez triste de voir ainsi pâlir l'attrait des choses nouvelles ? Je ne suis presque plus sensible à la satisfaction de trouver des téléphones dans chaque pièce au lieu "d'avoir le téléphone" comme à Paris... et je ne m'extasie plus sur la commodité, d'ailleurs très relative, qu'il y a à être suivi par des appels interurbains dans mes déplacements de la journée.

» Ni sur le plaisir de voir surgir, comme d'une boîte, dès que je sonne, un boy de la Western Union pour emporter mon télégramme que je ne peux plus rattraper, ce que je regrette aussitôt.

» Oui, tout cela est commode... mais non capital. Simplification du travail quotidien, voilà tout. C'est l'œuvre des immigrés slaves et allemands ; ils ont organisé leur nouvelle patrie suivant des méthodes ultra-rapides, les premiers par paresse et les seconds par technique. Mais ils n'ont pas réussi à donner à l'Américain le sens tragique de la vie, je veux dire celui de sa brièveté. Au juste, les Américains sont des flemmards ; en cela, ils sont restés anglo-saxons. »

Tout ce confortable galopant d'outre-Atlantique, l'homme pressé eut tôt fait, non seulement de ne plus le ressentir mais même de le prendre en pitié.

Au fond, ça ne galopait pas du tout.

Et même un jour vint où l'apathie américaine l'exaspéra encore plus que le désordre français.

« Qui a jamais pensé, avant les Américains, à se reposer ? Tout ici est prétexte à fêtes et à lambinage...

» Les États-Unis sont le plus grand atelier de chômage du monde.

» Vingt heures par jour, c'est dimanche.

» Sans parler de la standardisation qui a atteint une telle perfection que tout s'arrête tout le temps.

» Un New-Yorkais est toujours libre pour les repas.

» Toutes les Américaines se meurent d'ennui. »

Pierre visita Wall Street un lendemain de panique : le marasme des affaires le consterna.

« Comment ai-je pu trouver au début de mon séjour que l'Amérique vivait sur un rythme boursier ! » se demanda-t-il.

Il traversa le quartier chinois : devant des boutiques closes, on tirait des pétards en l'honneur de Lao-tseu. À Harlem, cité de la plus noire fainéantise, les nègres dormaient toute la journée. À Chicago, des foules musardaient des heures entières, sous les premières pluies d'équinoxe, rien que pour voir passer des enterrements de gangsters ou des noces de stars. Seuls les Italiens de Cicero, jadis importateurs du farniente, peinaient.

« Depuis mon arrivée au wharf, depuis la lenteur insensée avec laquelle l'officier d'immigration consulte le questionnaire contenant les soixante-douze interrogations posées aux immigrants, jusqu'à mon départ où la foule des amis viendra cagnarder sur le pont, par désœuvrement et nullement par sympathie, il en a été, il en est, il en sera ainsi. À chaque voyage, le paquebot ramène en Europe des flâneurs yankees endormis, saouls ou demeurés par négligence du mauvais côté d'une passerelle pourtant retirée et replacée dix fois. L'Amérique, pays découvert par des gens qui avaient le diable au corps, n'est plus que blocage, vacances, grèves, badauderies.

» Si je devais rester ici, soupira-t-il en revoyant New York à son retour de Chicago, je mourrais d'ankylose et de paralysie. Il est nécessaire que je parte sans attendre la fin de l'exposition.

» Partir pour où...

» Pour l'inerte Orient ?

» Pour le langoureux Rio ?

» Pour l'indolente Océanie ?

» Pour l'immobile Tibet ?

» Un peu de méthode, que diable ! Un peu de recueillement. Je dois savoir où je désire aller ; fermons les yeux, imaginons ces voyages. Vers où suis-je poussé par un besoin profond ?... évidemment, d'abord vers une gare ; un train, n'importe lequel ! Le train de ceinture ? Tourner à l'infini autour de New York ? Voyons, je jouis de mon complet bon sens, pourtant... Ce qu'il me faut, c'est une occupation immédiate pour aujourd'hui. Je ne puis rester dans cette chambre, ce serait à se suicider ! »

Tout à coup il se souvint d'avoir accepté pour le jour même, de la direction d'un grand quotidien, l'invitation à survoler New York au coucher du soleil. Il était sauvé.

« Allons, s'écria-t-il joyeusement, allons à cette cérémonie bien américaine. »

Pierre se rendit au métro aérien. Quatre lignes parallèles couraient sud-est nord-ouest, deux extérieures pour les trains omnibus, et au centre, quatre rails réservés aux rames des express. Il prit la rame omnibus.

L'heure ? Peu après le jusant qui a déjà vidé le quartier des affaires.

Le lieu ? En Ville basse, au départ des premières rues, en direction du Bronx, c'est-à-dire au bout du monde new-yorkais ; le long d'une de ces échelles de perroquet, avenues verticales, barrées de rues transversales, qui remontent vers le nord.

Le décor ? Un pont de fer suspendu avec vue plongeante sur des carreaux sales, des toits bas et à mesure qu'on avance, sur des bureaux et des fenêtres propres, sur des hôtels brillamment éclairés, sur des appartements d'abord simples, puis de plus en plus luxueux, puis, de nouveau, pauvres.

Pierre est seul dans son wagon ou presque : quelques femmes de ménage pour bureaux, quelques nègres chauffeurs d'immeubles suspendus aux lanières du plafond par un bras, pareils à des singes sans poils : tout ce monde plongé dans le journal du soir comme dans un bain d'imprimerie. Une réclame de dentifrice tend aux voyageurs une glace dans laquelle Pierre se regarde.

« J'ai très bonne mine. »

Qu'il ne dépasse que de peu la trentaine, ce n'est pas croyable tant ses traits sont tirés, tant sous le noir du chapeau la calotte des cheveux est déjà blanchissante. Son nez est devenu un bec d'oiseau. Non seulement le visage n'a plus ses reflets jeunes et charmants d'autrefois, mais sa physionomie, c'est-à-dire cette partie constante de notre figure sur laquelle s'appuient les diagnostics et les pronostics des médecins ou des bohémiennes, s'est singulièrement altérée pendant le voyage. Le front est ridé comme une plage à marée basse, les rides sont entrées dans la chair, laissant des trous bleus aux tempes, et sous les yeux, des poches d'homme exténué.

« Ce train s'arrête à toutes les stations, pourtant il a l'air de filer rudement. On est si près des maisons qu'on reçoit toutes les fenêtres en pleine face comme autant de coups de poing. »

Pierre est assis sans rien faire, mais il éprouve la sensation d'agir. Ces fenêtres, leur course précipitée lui semblent les moments d'une vie qui ne reviendront jamais. Les rails électriques le tirent en avant avec la même impérieuse invite que la logique qui le précipite dans l'avenir. Se tempérer ? Jamais ! Que les autres s'empêtrent dans leur labyrinthe individuel, qu'ils s'entortillent et s'endorment dans leurs marches et contre-marches, lui se sait étreint par une puissance que justifie une nécessité suprême.

Arrivé à une station principale, il changea, prit l'express.

« Je suis infatigable ; à peine installé dans cette rame, je m'envole déjà par la pensée dans l'auto qui m'attend. Que j'aime ce bruit du vent qui me siffle aux oreilles ! Ce que je fais m'échauffe et me presse ; je laisse tomber ce qui me retarde ; je suis satisfait d'être ainsi dans l'instant suivant.

Je n'existe pas, je préexiste ; je suis un homme antidaté ; non, je ne suis pas un homme, je suis un moment ! »

Ainsi son mal ne le quitte pas ! Dans l'avenir, grand terrain vague, il édifie ses constructions mentales. À mesure qu'il approche d'elles, le terrain se rétrécit. Pierre finira par bâtir sur une peau de chagrin aussi étroite que le roc sur lequel New York s'élève. D'ailleurs, la ville et lui reposent sur rien, sont sans racines ; vacillants et faibles comme l'instant.

Le train express marchait à plus rapide allure que la rame omnibus, mais comme il ne frôlait plus les maisons, on ne s'en apercevait pas. Pierre s'amusa de cette illusion d'aller plus lentement en allant plus vite.

« Le train chante toujours sa propre chanson, une sorte de refrain populaire de l'essieu, une rengaine de chœur d'opéra des rails : "Marchons ! marchons !..." Peut-être l'avion dans lequel je serai assis d'ici quelques instants me fera-t-il regretter ce train ? Peut-être même va-t-il éclater en l'air, perdre une aile, prendre feu ? "Monsieur s'empresse trop", me disait Chantepie lorsque, dans ma précipitation, je me cognais la tête contre le plateau du petit déjeuner. Je voudrais déjà qu'il tombe, cet avion.

» Je ne tiens plus en place... Je brûle toutes les stations, ces stations où mon train passe sans crier gare (quelle drôle d'expression !). »

Pierre éclata de rire à cette réflexion saugrenue. Un rire assez terrible.

Il était livide. Ses doigts tremblaient. Il devenait une exagération de sa propre personne. Cette caricature de lui-même à cette heure, dans ce wagon en fuite suspendu au-dessus de constructions gigantesques et sans authenticité, était cependant la plus exacte expression de sa vérité. Lui qui croyait si fermement à la ligne droite tournait sans issue dans des dédales où se perdaient son âme pétulante, son imagination écervelée, son esprit faux. Cet affranchi portait comme tout le monde son maître sur ses épaules.

Les autos attendaient à la 155e rue.

Pierre monta, en compagnie d'invités, dans une voiture superbe et publicitaire qui démarra. Le compteur toucha les cent cinquante kilomètres à l'heure insensiblement, avec la nonchalance d'une trottinette.

Des cimetières. Des tombes. Des golfs. Des mausolées. Les derniers trolleys. Des restaurants d'été. Pas un arbre. Une brise aigre. Un couchant cuivré.

Woodlawn Cemetery... Pelham Park... Casanova...

Une voix nasillait à ses oreilles des noms de lieux, de sites au passage, mais Pierre n'écoutait pas, ne tournait pas la tête. Un froid intérieur lui glaçait les membres.

« Je ne me sens pas bien, se disait-il ; peu importe... Soyons de belle humeur... Cette excursion est charmante, seulement un peu longue... Laissons-nous vivre... Après tout, mon drame est un drame comique, non cosmique. »

Ayant fait cet effort pour se reprendre en main, à nouveau il s'inquiéta.

« Je suis plus essoufflé que si j'avais piqué un cinq cents mètres... Quand je rentrerai à Paris, il faudra que je voie un docteur. »

Ils arrivèrent à l'aérodrome. Le vent était tombé. La manche à air piquait du nez vers la pelouse. Un bel avion platiné comme une star, le *Lockheed Superus 999*, les attendait entouré de photographes.

Ils décollèrent.

Tandis que tirés par quatre moteurs, ils montaient au ciel aussi droit que par l'échelle de Jacob, la stewardess déposait devant eux, sur des tables de contre-plaqué, des breuvages penchés par l'ascension perpendiculaire, penchés comme quand on boit.

« C'est vraiment curieux, pensait Pierre : j'ai pris successivement un omnibus, un express, une auto rapide et un avion dernier cri, c'est-à-dire que j'ai chaque fois augmenté l'allure et plus je file, plus les choses paraissent s'immobiliser. Nous faisons du cinq cents à l'heure, et il me semble que ça n'avance plus. Je suis ici suspendu en un arrêt total, détaché du monde ; tout devient sempiternel ; plus c'est grand, moins ça bouge ; le port glisse à peine sous mes yeux parce qu'il est énorme ; la mer se fige, à mesure qu'elle devient océan.

» Sans doute ne voyais-je l'univers sous son aspect tumultueux que parce que j'avais le nez dessus. On ne va vite qu'à ras du sol. Dès que je prends du recul pour regarder ma vieille planète, elle me paraît morte. La vitesse, c'est un mot inventé par le ver de terre. »

Brusquement Pierre ressentit une affreuse douleur au côté gauche. Il lui chercha une cause, car il aimait comprendre pour deviner ce qui allait suivre.

« Nous sommes montés trop rapidement », pensa-t-il.

Tout à coup son pouls flancha et son corps devint mou. Il lui sembla qu'à bout portant, une pièce soudain démasquée tirait sur lui. Sur sa cage thoracique tombait un poids de deux cents kilos sous lequel il plia, comme si ses côtes devenues concaves s'en allaient toucher la colonne vertébrale. Il voulut lutter contre cette impression terrible ; plus il essayait de se dilater, plus il se sentait transpercé par un jet brûlant. On eût dit qu'une lance lui était restée fichée dans le corps.

L'avion virait sur l'aile droite, offrait à ses passagers le spectacle merveilleux du port entrant de toutes ses jetées, comme les rayons d'une gloire, dans l'Hudson, tandis que la pointe de Manhattan, portée à l'incandescence par le couchant, enfonçait comme un fer rouge son étrave dans une mer sillonnée de chalands, d'allèges et de remorqueurs emperruqués de fumée noire. Pierre ne vit rien ; il ne pouvait plus respirer ni tourner le cou.

La douleur gagnait l'épaule, passait en écharpe sous l'aisselle, lui ankylosait le bras gauche jusqu'au coude, jusqu'au petit doigt. Il suait, il claquait des dents, les tempes prises dans une porte de fer qui se refermait. Il n'eut pas le loisir de penser : « Je ne vais tout de même pas éclater en l'air », même pas le temps de crier : « Descendez car je suis en train de crever ! » ; il mourait simplement dans son fauteuil sans que personne s'en aperçût.

Si les quatre moteurs avaient sauté d'un coup et qu'il eût été précipité du haut de ces dix mille pieds, quel soulagement !

Il serrait les dents, les paupières, les paumes, les reins, les narines, les orteils ; il pressait l'un contre l'autre, ainsi que l'huître presse ses coquilles contre l'attaque du couteau, tout ce que son corps offrait de couplé et de jumelé. Tantôt il se courbait en arc et tantôt il se bloquait pour se mettre en boule et offrir à la torture la plus petite surface.

La stewardess en blanc, très fardée, passait dans le couloir, le frôlait sans qu'il pût appeler, hurler, tant il était cloué par une pointe de fer, tant il lui semblait que le moindre geste suffirait à le disloquer, le moindre arrêt dans sa résistance, à le fracasser contre la paroi.

Des détonations se succédaient dans sa tête, des tocsins à le mettre en miettes. Il faisait la moue pour éloigner ses lèvres de ses dents qui les auraient tranchées net. Lardé, défoncé, éventré, il ne pensait qu'à se comprimer, à se tasser en attendant la fin de la crise. Du côté de la vie ou du côté de la mort, au point où il en était, ce ne pouvait être qu'un adoucissement de sa souffrance. Un tel paroxysme ne se soutient pas. L'organisme cède ou se redresse.

Autour de lui, c'étaient des exclamations. Les passagers couraient à l'occident, la figure peinturée de couchant comme des Sioux en guerre ; les regards convergeaient au-dessous, les nez s'aplatissaient le long des baies du couloir ; les cris d'admiration résonnaient contre les parois métalliques. Les étincelles crépitaient : on donnait des interviews par sans-fil.

Pierre eut soudain l'impression que des sauveteurs retiraient à grandes pelletées l'avalanche qui s'était abattue sur lui. L'oxygène filtrait à nouveau dans ses poumons, son pouls se stabilisait. L'instant d'après, il put même repousser l'air de ses côtes redevenues mobiles. La lance, qui l'avait perforé, se retirait en le charcutant encore, mais enfin sortait. On le déclouait de sa croix.

Il s'affaissa sous le bien-être, reprit pied dans des sensations désagréables mais ordinaires, la nausée, le mal de tête, une électrocution intermittente aux extrémités. Le cône d'ombre dans lequel il était entré diminua et la lumière reparut dès qu'il put ouvrir les yeux.

« La mort est un animal lent et pesant, fut sa première réflexion, lorsqu'il se retrouva hors de sa souffrance. Quand j'ai failli me tuer en auto à Saint-Vallier, je l'avais déjà compris. »

Sa crise avait duré un certain temps car le soleil était couché et l'avion revenait maintenant à sa base. Personne n'avait fait attention à lui, enfoncé dans son pardessus, le chapeau sur les yeux.

L'avion descendait déjà son train d'atterrissage comme les pigeons qui vont se poser sur un toit sortent les pattes cachées sous leur ventre.

Comme Pierre mettait le pied sur l'aire de ciment au milieu des reporters, les organisateurs insistèrent pour qu'il dît au micro quelques mots sur ses impressions aériennes. Tout tremblant encore, tout effaré d'avoir tant souffert, il ne sut pas résister.

— Chaque fois que le génie d'un homme a vaincu l'inertie de la matière, ses parents et amis l'ont traité d'agité, Dieu l'a puni, le destin l'a frappé. Bref, tout le monde est toujours d'accord pour raccrocher Prométhée à son Caucase, tout le monde y compris les vautours et les journalistes.

Personne n'entendit goutte à ces paroles prononcées d'une voix haletante, dans une langue inarticulée, par un *french guy* qui vacillait d'un pied sur l'autre comme un dindon sur une plaque chauffée. Mais on prit cela pour de l'enthousiasme.

CHAPITRE 23

Pierre sauta dans le premier bateau en partance pour l'Europe, bien qu'il eût retenu sa cabine dans le second.

Gagner sur son horaire, c'est imprudent : on est accueilli par la solitude. Non attendu, Pierre trouva un Paris qui ne s'occupa pas de lui, un appartement vacant, une femme absente. Même pas un mot d'elle. La concierge ne remit à l'arrivant qu'une liasse de feuilles administratives plus comminatoires les unes que les autres et des relevés de compteurs. Les armoires d'Hedwige étaient vides, elle avait emporté ses robes, son linge, ses fourrures. Elle n'était jamais revenue. Elle faisait suivre son courrier à Saint-Germain.

L'accouchement devait avoir lieu dans une quinzaine, d'après les calculs de Pierre. Écarté du présent, évincé de l'avenir, il s'assit au milieu du salon devenu immense comme la steppe, s'étonnant des ravages que peut produire l'absence ; ses malles, l'une haute, l'autre longue, installaient avec un sans-gêne carré leur forme géométrique au milieu de fauteuils chantournés et grincheux. Les cadres, qui ne peuvent jamais rester droits, avaient été plus chavirés par l'immobilité que par un tremblement de terre. Le mouvement excuse la confusion, mais un dérangement mort est bien plus désolant que le plus inextricable fouillis vivant. Le phono, avec ses disques cassés, semblait avoir reçu un coup de poing du piano, le fil du téléphone s'était embrouillé comme un lierre autour de la lampe à pied, les marqueteries s'étaient décollées un peu partout sous le suintement du plafond, du plafond *trepercé*, comme disait Chantepie.

L'emmêlement des objets, le vide poussiéreux de cette pièce, la déroute du mobilier étaient pour Pierre l'image de la mésintelligence entre lui et Hedwige, du désordre de leurs affaires de cœur.

« Que dirait Hedwige si elle était ici ? » pensait Pierre.

Mais elle était loin, elle avait maintenant bien d'autres sujets de souffrance.

Pierre n'osait l'appeler. Il alla rôder à Saint-Germain, guetta ses sorties, s'épuisa à attendre un hasard qui ne se produisit pas. Il écrivit beaucoup et n'envoya rien.

Moins il osait, plus il se surexcitait.

Finalement il téléphona à son beau-frère, au bureau.

— Allô ? Ici Pierre.

— Te voilà revenu !

— Comment va Hedwige ?

— Comme on peut aller dans son état.

— C'est pour quand ? demanda Pierre.

— Pour dans quinze jours.

— Encore quinze jours ! Es-tu sûr que je ne puisse pas la voir avant ?

— Je ne te le conseille pas, répondit Amyot. Les médecins désapprouvent.

— Alors c'est qu'elle est très malade ?

— Non, bien qu'elle nous soit arrivée en fichu état, en te quittant.

— Ne veut-elle vraiment pas me voir ? Est-ce qu'elle me déteste toujours ?

Pierre parlait avec tant d'emportement que le micro craquait, crépitait, détonait sous le timbre de sa voix.

— Il est à craindre, continua Amyot, que tu ne lui fasses plus de mal que de bien.

— Qu'en sais-tu ?

— Je sais qu'Hedwige préfère ne pas te voir...

— Est-elle heureuse, au moins ?

— Mais oui, très heureuse, très entourée. Toute la famille est là comme bien tu penses ; on a mis un matelas par terre pour la garde et on cuisine sur le poêle des horreurs nègres.

Pierre fit explosion :

— Alors, je ne lui manque pas ?

— Pas trop, répondit Vincent Amyot flegmatiquement, sans paraître remarquer la nervosité de son beau-frère. Pas trop, pas trop... Ça va être une mère aussi merveilleuse que le fut la sienne. Au fond, il n'y a que ça qui compte pour elles... Comme j'aurais voulu qu'Angélique me donne un enfant ! Tu n'as jamais compris les Boisrosé : ce sont des végétaux. Au moins, en Hedwige, tu as une plante qui veut bien se reproduire.

Il fut convenu que, dès les premières douleurs d'Hedwige, Amyot appellerait son beau-frère.

Pierre reprit son trépignement solitaire. Rien ne remuait dans sa maison, sauf Chantepie qu'il avait rappelé. L'ascenseur était hors d'usage, les pendules arrêtées, le courant coupé. On était en pleine Toussaint : trois millions de Parisiens, chrysanthèmes sous le bras, avaient gagné les cimetières de banlieue et de province.

Pierre s'ennuya ; il voulut sortir, attiré par un ciel d'été de la Saint-Martin, expulsé par la violence du désœuvrement, mais ses jambes étaient mortes et il se sentit très fatigué, hors d'haleine. À ce malaise de langueur succéda un soulèvement fastidieux de tout son être, un état profondément dégoûté.

« Le jour des morts à midi... à qui diable téléphoner ? »

Placide était absent. Le Mas Vieux trop loin. La seule ressource, dans ce cas-là, ce sont les étrangers.

« Regencrantz m'amuse assez. Je vais l'inviter. »

Pierre avait justement trouvé un mot du docteur dans le courrier. Regencrantz racontait ses plus récents déboires, l'histoire de son dernier visa : c'est du Labrador qu'il attendait maintenant une délivrance trop différée. Il n'habitait plus Bordeaux, mais Marnes-la-Coquette, chez un ami médecin ; travaillant pour une maison de produits pharmaceutiques, il mettait du foie de veau en ampoules.

— Est-ce vous, Regencrantz ?

— Cher Pierre Niox !

— Venez déjeuner.

— Impossible, je suis de service pendant les fêtes. Mais vous, venez ici partager ma côtelette.

Pierre courut à Marnes, retrouva la poignée de main fondante et les histoires de passeport, pleines de péripéties monotones, du Juif errant. Fort d'une expérience millénaire du malheur, Regencrantz savait l'accommoder à toute sauce, avec philosophie. Pierre raconta à son tour son voyage en Amérique avec animation et gaieté.

Il déjeunait les coudes à table, penché sur la nappe comme un skieur sur une piste de neige. Cuillère en avant, il plongeait dans la soupe de midi qu'à la mode germanique le docteur lui offrait et il donnait de la tête dans son assiette. Regencrantz l'écoutait, faisant le gros dos, de plus en plus assis à mesure que la digestion avançait.

— À propos, dit Pierre, il m'est arrivé quelque chose de curieux pendant que j'étais à New York. Ça vous intéressera comme médecin. Moi qui ai une santé de fer, il faut croire que je ne supporte pas l'avion. Pourtant ce n'est pas la première fois : j'ai fait beaucoup de voyages par air. Imaginez-vous que j'ai été pris, au cours d'un tout petit vol, d'une bizarre indisposition, d'une sorte d'attaque...

— Comment cela ? Une attaque ? Expliquez-vous mieux. Mal de tête ? Bourdonnements d'oreilles ?

Pierre décrivit son malaise aérien. Il l'aurait naturellement raconté en deux mots - comme il faisait des anecdotes qu'il contractait au minimum ou des histoires qu'il troussait si vite, qu'il résumait tellement, qu'on ne les comprenait jamais - si Regencrantz, inquiet, ne l'eût pressé de questions.

— Est-ce que vous me permettez de vous ausculter ? Pas ici, trop de bruit... Il faudra aussi que je prenne votre tension.

Après déjeuner, ils se rendirent dans un pavillon voisin. Ils montèrent au laboratoire.

Pierre se déshabilla, tendit le torse. Regencrantz écouta avec soin, comme l'on écoute aux portes.

— Et maintenant, aux rayons.

Regencrantz se colla le nez sur l'écran de verre dépoli. L'ombre du cœur de Pierre montait au-dessus du diaphragme à chaque inspiration, pour redescendre ensuite. Dans l'obscurité, Pierre sentait le froid du verre sur sa poitrine nue et voyait la tête chauve de Regencrantz suivre les mouvements du thorax, comme celle d'un collectionneur qui cherche la signature sur un tableau de maître.

— Maintenant, étendez-vous ici. Pas de contraction. Laissez-vous aller.

Un électro-aimant crépita derrière le paravent. Dans un tube, sur le filament en quartz phosphorescent, de cette couleur d'orchidée que nous devons à la foudre, Pierre vit s'établir, pour se répéter en vibrations interrompues, une sorte de signature magnétique, de moulage oscillant et incandescent de son souffle.

« Ce sont les cris de mon cœur exprimés lumineusement, pensa-t-il. Qu'est-ce que mon cœur peut bien avoir à dire à ce vieux rabbin de Regencrantz ? »

Dans le noir total, Pierre regardait avec stupéfaction le secret de son corps devenu lisible, son pouls transformé en rayon coloré, le battement de son sang habillé en étincelle, sa vie entière dérivée dans ce tube.

Le docteur alluma en silence.

— Eh bien ?

— Êtes-vous sûr, Pierre Niox, que vous n'avez eu qu'une seule indisposition du genre de celle dont vous m'avez parlé ?

— J'en suis certain.

Regencrantz hocha la tête d'un air absent, consulta une notice, ouvrit et ferma des tiroirs.

— Voyons, Regencrantz, pourquoi me demandez-vous cela ? Parlez donc, nom d'un chien !

— À voir l'état de votre cœur, j'aurais cru que vous aviez déjà eu cinq ou six crises, dit Regencrantz en hésitant.

— L'état de mon cœur ? J'ai donc le cœur malade ?

Regencrantz ne répondit que par un mouvement curviligne de la main qui ne signifiait rien, qui n'était que le commentaire extérieur d'une pensée inexprimée.

Pierre réfléchit. Des bribes de conversations médicales de fins de dîners, de lectures de magazines ou de dictionnaires vinrent se souder bout à bout.

— Fléchissez sur les genoux, deux ou trois fois, voulez-vous...

— Je m'essouffle rapidement, dit Pierre, mais ce doit être manque d'entraînement.

— Mais oui… Pourquoi pas ?

— Allons, fit Pierre brusquement. Qu'est-ce que c'est ? Dites-moi vite ce que c'est ! Troubles vaso-moteurs ? Non ? De la fausse angine de poitrine ? Diable… de la vraie ?

Regencrantz fit oui de la tête, en repoussant de l'épaule, sur ses rails, l'appareil de radio.

— Et même… avancée, à ce que je vois ? continua Pierre, pressant.

— Avec des soins, pas d'efforts musculaires… Tension surveillée… Quels sont vos antécédents ? Néphrite ? Scarlatine ?

— Regencrantz, je n'aime pas beaucoup qu'on me berne… Vous en avez dit trop ou pas assez. Vous avez de l'amitié pour moi. Ne faites pas cette drôle de figure. Ce que je veux savoir, c'est si je suis fichu ou non. Vous êtes sûr que ce n'est pas intercostal ?

Les lèvres de Regencrantz s'ouvrirent pour un jugement sans appel.

— Sténocardie classique, malheureusement.

Dans un profond silence, Regencrantz entendit siffler un merle, passer une auto. Mais Pierre n'avait plus aucun sens tourné vers le dehors.

— Je sais que ça ne pardonne pas, mais on vit quelquefois des années, dit-il enfin très lentement.

— Quelquefois, répondit Regencrantz sans enthousiasme.

Pierre avait plongé dans un univers étouffé et glauque où ne lui arrivait ni lumière, ni son.

— Comment faut-il prendre ma crise ? Comme un avertissement ?

— Oui.

— J'en aurai bien d'autres… Je saurai bien quand j'approche du but… N'est-ce pas, je le saurai ?

Regencrantz le catéchisait.

— Pas de chlorures... Pas de tabac... pas d'escaliers.

— Tout cela ne m'intéresse pas, mon cher Regencrantz. Une seule chose m'intéresse, comprenez-moi bien : je tiens absolument à savoir à quelle heure la mort frappera à ma porte.

Regencrantz garda le silence, regardant Pierre édifier ses hypothèses comme des châteaux de cartes.

— Quoi ! continua Pierre en insistant, je verrai bien approcher la mort ? Ne me dites pas le contraire, j'ai des dispositions à prendre.

— Votre cœur cogne sérieusement. Votre ventricule gauche n'est pas un ami sur lequel compter dans les mauvais jours : voilà tout ce que je peux vous dire avec certitude.

— Je ne vous demande pas de me guérir, Regencrantz, je sais bien qu'on ne guérit pas. Je vous demande simplement de me jalonner la route... de me dire le plus exactement possible de combien d'attaques sera marqué le chemin qui me conduit... au cimetière.

— Dans l'état actuel de votre cœur, répondit lentement Regencrantz, je ne crois pas, à vous exprimer tout le fond de ma pensée, que vous puissiez supporter une autre attaque.

— La prochaine m'emportera ?

— Oh non..., fit Regencrantz, hésitant.

Le médecin consciencieux prit le dessus sur l'ami.

— C'est très probable, dit-il sèchement.

Pierre leva les bras comme s'il coulait.

Pierre rentre chez lui.

Le voici prisonnier entre ses quatre murs.

Pour lui, jusqu'à présent, les parties rassurantes, respirantes d'une chambre, ce ne sont pas les murs, mais les portes et fenêtres, car les portes s'ouvrent sur du nouveau, les portes permettent de s'en aller ; les fenêtres sont des amies ; par les fenêtres, on jette les yeux, on jette l'argent, on communique avec les vivants. Pierre n'attend plus rien de sa porte ; il ne regarde plus cette fenêtre qui donne sur un labyrinthe sans dégagement.

Il se répète la conversation avec Regencrantz : « Vous voulez dire, Regencrantz, que la prochaine fois... ? — C'est probable. »

Plus trace en Pierre de mobilité et d'agilité. Il semble pris dans du ciment. Il jouit de toute sa réflexion, mais il a perdu sa sensibilité, il ne bouge plus. Ses pas lui paraissent maintenant aussi inutiles que des cris au fond d'une oubliette.

Tout est bouché. Il y a des gardes à toutes les issues. Plus moyen de s'échapper.

CHAPITRE 24

Un coup de stylet au cœur : la victime fait encore quelques pas avant de tomber morte. Ainsi un grand malheur frappe et anesthésie à la fois, paralysant nos émotions, insensibilisant l'imagination tandis que l'intelligence tourne à vide.

Bien plus tard commence l'assimilation physique de la catastrophe.

Nous portons en nous le choc comme un dénouement différé dont nous guettons les pratiques sous terre, dont nous épions l'infernale machine.

Pierre ne s'endormit qu'au matin. La nuit, il l'avait passée à essayer de comprendre, à s'efforcer de traduire, non plus en mots mais en images mentales, l'aventure suprême où il était embarqué. Il ne souffrait pas, il ne tremblait pas. Il lui semblait que tout cela arrivait à quelqu'un d'autre. Quand le sommeil vint, Pierre l'accueillit comme on prend l'opium avant le supplice.

À neuf heures il se réveilla en sursaut, jeté hors de son lit par cette musique sinistre qui ne l'avait pas quitté dans le sommeil et qui lui répétait les mots de Regencrantz : « C'est probable... c'est probable... c'est probable. »

« Qu'est-ce que je vais devenir ? » dit-il tout haut.

En entendant sa propre voix percer le silence, il fut saisi d'une terreur sans nom. La menace de perdre l'être se dressa d'un coup devant lui. Pour la première fois, il mesura combien il était périssable, aisé à rompre, destiné à être brisé.

« Je suis condamné. »

Il répéta ces mots, imaginant sa défaite, son déclin et la progression vers lui de l'ennemi invisible.

Il se souvint d'histoires de condamnés à mort : les uns crânent, injurient leurs bourreaux, d'autres se campent en héros, d'autres encore font sous eux de peur. Pierre les envia : leur mort du moins a un visage humain, une cause humaine, une date fixée par une volonté humaine. Ils sont dans le connu et même dans le poncif. Des hommes les ont condamnés, des hommes les assisteront ou les exécuteront. Jusqu'à la dernière minute ils auront affaire à des hommes, pourront supplier ou braver des hommes.

Lui était tout seul et attendait quelque chose qu'il était absolument impossible d'imaginer.

« Une mort masquée », fit-il.

Il s'appuya au mur, les yeux fixes. Devant lui, sur le tapis de la table, disposées la veille avec amour, gisaient ses plus récentes acquisitions, un calice doré, un sacramentaire, une soie sicilienne.

« Que vais-je faire de tout cela ? » se dit-il, l'air hébété.

Machinalement, il déplia la soie couleur de sang séché.

« Elle ressemble à la robe d'Hedwige. »

La pensée d'Hedwige l'atteignit avec une force telle qu'il vacilla. Pour la première fois il souffrit. La douleur était si insupportable qu'il craignit de mourir sur place. Un réflexe peureux de grand malade le poussa vers son lit où il s'étendit, respirant avec précaution.

Le soleil de dix heures lui chauffait les pieds comme une boule, mais il ne le sentait pas plus qu'il n'entendait chanter les passereaux ou roucouler les colombes jumelées. Les yeux ouverts, il conservait avec soin le calme que l'on demande à l'obscurité et aux paupières closes. Calme soudain entré en lui, bonace des tropiques, quand les voiliers ont des ailes mortes et que leur reflet dans l'eau immobile ressemble à un vampire pendu au plafond, la tête en bas.

La peur l'avait quitté ; la peur se projette dans l'avenir et pour le moment il lui était impossible de penser à l'avenir. Une joie fugitive l'effleura à l'idée que sa mort était une aventure purement individuelle et qui n'atteindrait que lui. (Moralement et matériellement, Hedwige était à l'abri.) Est-ce parce que la mort devait trancher si tôt le fil de ses jours que la destinée l'avait fait vivre si seul ?

« Il va falloir organiser ma vie », dit-il.

L'absurdité de cette phrase le fit sourire.

« Organiser ce qui déjà n'est plus... N'empêche que si j'étais croyant, quelles belles journées en perspective ! »

Une phrase de Turenne lui revint à la mémoire : « Je voudrais mettre quelque temps entre ma vie et ma mort. » Dans ce *no man's land*, Pierre était installé. À lui d'en faire le royaume de Dieu.

Mais il avait toujours vécu sans Dieu. Uniquement tourné vers les réalités quotidiennes, matériaux de ses constructions dans le futur, dénué d'inquiétude métaphysique, indifférent à la mort qu'il n'honorait jamais d'une pensée, il ne niait ni n'affirmait l'au-delà ; simplement il ne s'en occupait pas, ayant autre chose à faire, ayant à poursuivre avec ivresse un destin qui aujourd'hui l'abandonnait seul au bord du trou.

« Je ne peux pas continuer mécaniquement, comme un gâteux, à faire des gestes dont je ne verrai pas l'aboutissement. Comment vais-je remplir mes heures ? » se demanda-t-il à haute voix.

Depuis la veille il parlait constamment tout haut, comme pour troubler le silence avant qu'il ne devînt éternel et pour s'entretenir aussi avec ce moi caduc qui bientôt serait sans voix. Quand les mots sont très graves, on est porté à les prononcer tout haut ; or, pour Pierre, rien ne pouvait plus être léger.

« J'étais un homme d'action, fit-il ; vers quoi vais-je agir ? »

Il se contraignit à passer en revue les occupations encore possibles. Pour des raisons évidentes, presque tout lui était interdit : comment faire du sport, des voyages, du tourisme, du jardinage, des affaires, des plans ? La lecture même, délassement, instruction, réflexion, rêverie pour d'autres, était pour lui une forme aiguë de l'action, car il lisait pour partager jusqu'au paroxysme les exploits les plus fougueux des grands capitaines, des explorateurs, des aventuriers, ses héros.

« L'action suppose avant tout l'avenir. Regencrantz a épongé mon avenir. L'avenir, c'était ma vie. Comment vais-je vivre sans la vie ? »

Il se sentit égaré dans un pays étranger, un pays sans horloges, un pays dont il ignorait la langue car on n'y parle pas par heures, minutes et secondes, un pays où la monnaie de la durée n'a plus cours, où les mots *précéder, suivre, tôt, tard* n'ont plus aucun sens. Il lui sembla avoir perdu toute épaisseur. Quelque chose de capital, d'essentiel l'avait quitté.

« C'est drôle, dit-il rêveusement, j'ai l'impression d'avoir été opéré de moi-même. »

Pas un instant il ne songea à se soigner comme le lui avait prescrit le docteur. Mourir tout de suite, dans un mois, dans trois mois, quelle importance cela avait-il ? Hier encore, l'avenir était pour lui un espace infini où son élan intrépide le poussait au-delà de toute fatigue. Poser une limite à l'infini, c'était le nier et du coup annihiler le patient.

« Je suis dans un vide où je ne reconnais rien. On m'a abandonné en plein océan, sans secours possible, sur un matelas de caoutchouc... »

Pierre s'étonna de ne pas ressentir la détresse du naufragé. Une apathie toute nouvelle l'envahissait, tirait sur ses paupières. Il s'assoupit.

Il fit un rêve : il était mort et se veillait lui-même, tout étonné de voir un Pierre Niox qui ne bougeait plus. C'était monstrueux, ce corps solidifié par la fuite de la vie, cet homme pressé soudain fixé, pondéreux pour l'éternité. Avec un couteau il ouvrit les veines de ce cadavre et vit qu'aucun sang ne coulait. Dans un de ces calembours symboliques que sont les jeux de mots des songes, Pierre murmurait :

« L'homme pressé a vraiment été pressé jusqu'à la dernière goutte ! »

Cloué sur place, il contemplait son masque funèbre, sa bouche sans paroles, sa chair de pâte tendre et ce sourire intérieur, mi-narquois, mi-béat, qu'ont les morts. Cette attente riche d'espoir qui avait été la vraie compagne de sa vie l'avait quitté. Sa promptitude de manœuvre l'avait abandonné... Et personne ne saurait jamais combien il avait pu aller vite !

— Comment te trouves-tu, demandait Pierre à son double et celui-ci répondait sans entrouvrir ses grosses paupières blanches et gonflées pareilles à des œufs pochés :

— Bien. Toujours plus tranquille.

Pierre se réveilla brusquement, se souvint de son rêve. C'est vrai que personne ne saurait jamais combien il avait pu aller vite. On ne lui aurait aucune reconnaissance des efforts qu'il avait faits pour être toujours plus dextre et plus léger. Il verrait avec envie déposer des fleurs sur les tombes des grands hommes, ses voisins. « Moi aussi, j'ai été une manière de héros, un homme solaire et vivifiant, crierait-il, et qui a beaucoup tiré sur le harnais pour sortir la nature de son ornière ! Moi aussi j'ai eu du mérite ! » Mais on passerait à côté de lui sans l'entendre.

Il avait vécu trop vite pour être remarqué.

Le téléphone sonna très longtemps, si longtemps que Chantepie lui-même l'entendit et accourut :

— Monsieur ne répond pas au téléphone ?

— Non. Mettez l'interrupteur. Dites au concierge que je suis absent pour tout le monde. Je ne veux voir personne. Vous-même, Chantepie, rendez-vous aussi invisible que possible.

Pierre demeura seul dans l'appartement vide, seul avec une intelligence lucide appuyée sur un cœur malade où le sang jaillissait normalement à droite et à gauche n'arrivait qu'au compte-gouttes. Constamment il voyait sur le mur, comme sur l'écran de Regencrantz, une grosse aorte opaque, pétrifiée, tournant au roc. De son corps il ne sentait plus que le cœur vigilant, en équilibre instable sur sa pointe, comme une toupie. Jusques à quand le petit mouvement à ancre continuerait-il à se déclencher ?

Tous les soirs, après s'être couché, reposant dans la maison silencieuse comme quand il attendait en vain Hedwige, Pierre se demandait obscurément pourquoi il se sentait ruiné. De quel trésor l'avait-on dépouillé ? Oui, par une action prompte, par une procédure expéditive, plus foudroyantes encore que les siennes, quelque chose s'était terminé dès que Regencrantz avait hoché la tête, quelque chose qui était sans doute sa raison d'être. Cette chose indéfinissable, Pierre commençait à peine à la pressentir, c'était le Temps, son cher Temps qui le quittait.

Il devait tout au temps : son originalité, sa verticalité, sa force d'expansion. Il avait tout perdu en perdant cet éther mesurable qu'il parcourait par bonds élastiques et joyeux.

« Maintenant, se dit-il, va commencer la dure épreuve de subsister, de persister, d'attendre. Moi, attendre ! »

Les soirs suivants, Pierre ne se coucha pas, préférant passer ses nuits dans un fauteuil. Il n'osait plus s'allonger de peur d'entendre son cœur ; dès qu'il posait l'oreille sur le traversin, il écoutait malgré lui, dans le silence nocturne, ce tonnerre, pourtant à peine discernable, qui l'épouvantait. Il se rappela la fin du vieux Boisrosé, avec sa bouche bée de poisson au fond d'une barque et son souffle flanchant d'homme à l'agonie ; décidément le Mas Vieux ne portait pas bonheur.

Déjà le coureur assoiffé qui avalait les heures comme un ogre et buvait des kilomètres comme la terre boit l'eau, s'était arrêté. Lui avait-on assez reproché d'être mécanique ! À présent, le mécanisme brisé, la voiture dans le fossé, le moteur réduit au silence, Pierre aurait pu s'en aller à pied dans la nature pleine de bêtes douces, sortir de cette grande brouillerie avec les êtres où son vice l'avait jeté. Mais ses forces déclinantes ne lui en laissaient plus le moyen.

Plutôt que le regret d'un bonheur jamais goûté, Pierre eût éprouvé le remords d'avoir cherché sa volupté dans la vitesse et d'avoir tout fauché sur son passage si le destin miséricordieux ne lui avait fait don d'un enfant. Aux mains de cette créature encore à naître, il laisserait son compte débiteur et le soin de payer ses dettes envers un monde qui désormais se ferait sans lui.

Jadis Pierre entrait dans son lit sans entrer dans le repos ; à présent il entrait dans le repos sans entrer dans son lit. Assis la nuit, les yeux ouverts, il regardait monter l'accalmie.

Chaque matin il recommençait les mêmes gestes ; il faisait sa toilette très lentement, contemplant avec indifférence ses haltères qui ont la forme du monde à la première page des atlas, comme il contemplait le monde lui-même, sans plus avoir envie de les soulever. Puis il sortait, s'en allait le long des quais de la Seine à pas de flâneur, aux heures vides des retraités, ces heures où l'on ne rencontre que des pêcheurs à la ligne et des vieux à pèlerine, le foulard de soie blanche noué sous la barbe blanche et qui gardent dans les squares de petits enfants. À trente-cinq ans, il vivait le *De Senectute* et se promenait comme un vieillard en levant les yeux sur les maisons.

Devenu lui-même infiniment fragile, c'était l'univers extérieur qui lui apparaissait maintenant caduc et périssable.

« C'est inouï ce que tout a changé ! »

Et de jour en jour, il s'en détournait davantage.

Il sentait l'apaisement envahir son être qui ne luttait plus, tandis que toute sa vie, au contraire, n'avait été que lutte et que sa puissante chaleur vitale venait du frottement de sa personne contre le vent, contre les hommes, contre tout ce qui lui barrait le passage. Aujourd'hui, le souvenir même de cette révolte héroïque contre des forces ennemies s'était effacé. Vaincu, il laissait tomber ses armes. C'était une sorte de défaite heureuse à laquelle il adhérait pleinement. Il possédait le vrai désespoir, c'est-à-dire cette absence totale d'espoir qui apporte la résignation et la paix, non ce violent regret bien à tort baptisé désespoir où se dissimule encore une ombre d'espoir, juste ce qu'il faut pour prolonger notre résistance et nos atroces soubresauts.

Pierre ne sortait plus depuis qu'un jour, ayant croisé une ambulance municipale avec son drapeau, son timbre et ses vitres dépolies, il s'était vu tombant dans la rue, relevé et mourant sur place.

« Il faut que je vive encore quinze jours », pensa-t-il.

Le temps qu'il fallait pour voir, pour apercevoir son enfant, pour lui passer le *témoin* dans cette course de relais où le père et le fils courent contre le temps.

Craignant les escaliers, se méfiant des marches, redoutant jusqu'aux trottoirs, il restait chez lui sans bouger pour être sûr d'arriver à terme, lui aussi. Il regardait de son lit les averses violacées, les nuages couleur d'iris, les coups de lumière aigre sur Paris, et, dans l'axe du dôme des Invalides, la tour Eiffel coiffant Montsouris d'un épervier aux mailles de fer.

Toutes ses exigences étaient mortes et sa frénésie dissoute. Ses nuits se passaient à lire. Il retrouvait Bossuet : au lycée, il avait commencé par adorer les grands panoramas pleins du parfum de l'encens et de la poudre à canon, ces larges ouvertures sur des vies d'enfants nobles qui « offrent toutes les extrémités des choses humaines ». Aujourd'hui, il s'arrêtait de préférence aux passages moins éblouissants, aux pages sourdes où la voix de Bossuet retombe après ses éclats : « Le pasteur trouve et atteint sa brebis fuyante... »

Vivant une vie nue et réduite, il ne lui restait qu'un spectacle, le ciel, le ciel où il retrouvait, traduits en vapeurs, tous les prestiges de la terre qu'il allait quitter, étendards, cathédrales, neiges boursouflées, îles sur l'océan, continents nés sous ses yeux, effilochés l'instant d'après ; toutes ces formes d'ici-bas reconnues au passage, leur évanouissement rapide le pénétrait du sentiment de leur irréalité.

Quel détachement ! Il demeurait couché sur le dos, comme le dormeur d'été, jamais las de chercher le beau fixe derrière les nuages fugaces. Un jour il le trouva.

Alors, dressé à la patience, il se tint prêt à attendre Celle qui est toujours exacte aux rendez-vous.

Un coup de téléphone d'Amyot : Hedwige, transportée rue Mozart, avait eu une fille.

Pierre, tout pâle, descendit lentement, très lentement son escalier.

« Ce serait trop fort, pensait-il, que je m'affaisse en bas, que la garde descendante ne puisse donner le mot de passe à la garde montante... Je vais aller voir ma fille et il faut que, d'ici à Auteuil, il ne m'arrive rien. »

Il prit sa voiture, débraya tout doucement, sans faire patiner ses pneus usés par tant d'accélérations passées. C'était l'heure des économies et des ménagements. Il maintenait son volant d'un index incertain ; on eût dit qu'il avait peur de se casser en route.

Il arriva enfin à la clinique. Cela lui parut singulier qu'un homme qui allait mourir vînt hanter le quartier de Paris où l'on naît le plus.

Il s'arrêta chez le concierge et fit téléphoner. On le pria de monter.

Il traversa un parc où des infirmières prenaient le frais, où des convalescents poussaient eux-mêmes leur fauteuil roulant (cette façon de progresser en limace le fit frissonner).

Il parcourait les couloirs où les plateaux de compote de pommes et de biscottes, les gerbes de roses éloignées des chambres pour la nuit, étaient rangés sur des tables, parmi des vases gradués et des éprouvettes.

Un ascenseur, vaste comme une salle d'opérations, l'arrêta au second. Il aperçut les pèse-bébés : c'était l'étage des maternités.

Dans un instant, il allait voir une petite boule aux poings fermés qui ressemblerait à un vieux grand-père tout rouge, et qui serait sa fille...

Il pensait que cette enfant sortirait de la clinique dans quinze jours, qu'elle entrerait pour de bon dans le monde, qu'il ne verrait pas ses yeux briller à tous les bijoux entrevus, comme à chaque souhait brille la lampe d'Aladin, qu'il ne la mènerait pas au bal et qu'elle ne serait pas amoureuse de lui.

Il s'assit sur une chaise de fer laqué, attendant le retour de l'infirmière qui était allée dîner. Il aurait pu entrer sans être annoncé, mais de lui à cette porte sur laquelle tant d'hommes se seraient jetés avec une précipitation émue et un légitime orgueil de voir réalisé ce don de création qui fait de chaque père un artiste, de lui à Hedwige il y avait un abîme qu'il ne se décidait pas à franchir. Il le contemplait sans vertige, en un dessèchement de yoghi. Avec cette inhumaine incuriosité de ceux qui vont quitter la vie à l'égard de ceux qui y restent ou qui y entrent il pensait qu'Hedwige se trouvait derrière cette porte, à moins de dix mètres de lui, et il restait assis, ne ressentant pas le moindre élan vers elle, sans aucune émotion, sans trace de cette fougue surabondante et furieuse qui l'avait jeté sur le chemin de sa femme. À Saint-Germain, au Mas Vieux, elle avait été pour lui, pour lui le plus trépidant, le plus anxieux des hommes, un symbole de repos. Maintenant il avait trouvé un plus parfait repos en dehors d'elle et sans elle. La mort est plus berceuse que la plus sédative des compagnes.

Hedwige ne lui était plus nécessaire.

Derrière la porte, un cri d'enfant. De l'autre côté de la vie quelqu'un appelait.

Pierre l'entendit à peine, comme un mort pourrait, à travers sa dalle tumulaire, au fond d'un cimetière oublié, entendre le cri du coq.

« Ma semence a germé, se dit-il, et je me continue… »

Une dernière fois il se sentit presque vivre comme jadis, c'est-à-dire poussé en avant, mais c'était plutôt un souvenir abstrait que le réflexe lui-même qui agissait. Il se leva, fit un pas sur le linoléum poli. Le nouveau-né vagit encore. C'était un tout petit bêlement humain.

« Elle a déjà sa chanson », pensa-t-il.

Il appuya l'oreille contre le capitonnage de toile cirée. Il n'entendait presque plus l'enfant. Il était déjà sur une rive du fleuve noir, et sur l'autre rive il imaginait un tout petit être, avec une grosse tête, un corps de têtard et des os encore mous, qui lui faisait un signe, un signe bien indéfini qui n'était ni un adieu, ni un bonjour, ni un « reviens » ; juste le signe qu'on ferait si on n'avait plus droit qu'à un seul, un simple signe de reconnaissance, comme pour dire : « Je suis là, je suis arrivée, tu peux t'en aller tranquille. »

Pierre ne fit plus d'autre pas en avant. Il n'ouvrit pas la porte. Sa main demeurait immobile, posée sans trembler sur le bec-de-cane. Il écouta encore mais n'entendit plus qu'une respiration aussi régulière que le tic-tac humain du cœur de cette même enfant écouté jadis à travers le corps de sa mère.

« Je suis bien tranquille, dit-il, voilà une petite montre qu'Hedwige ne jettera pas par la fenêtre. »

L'infirmière devait l'avoir oublié. Pierre avait oublié sa propre existence : elle était très loin derrière lui. Il avait terminé son période. Son penchant héroïque ne le poussait plus en avant, mais l'attirait maintenant à reculons. Il lui semblait avoir déjà quitté cette terre qu'il voyait encore, sans plus lui appartenir.

L'homme pressé était arrivé au pied de l'éternité.

Il hésita encore un instant devant la porte blanche. Allait-il entrer ?

« À quoi bon... »

Il haussa les épaules, tourna le dos et redescendit l'escalier.

FIN

PARIS, NOVEMBRE 1940 — MARS 1941.

Collection **L'Imaginaire**

Axée sur les constructions de l'imagination, cette collection vous invite à découvrir les textes les plus originaux des littératures romanesques française et étrangères.

Derniers volumes parus

376. **Daniel-Henry Kahnweiler** ENTRETIENS AVEC FRANCIS CRÉMIEUX
377. **Jules Supervielle** PREMIERS PAS DE L'UNIVERS
378. **Louise de Vilmorin** LA LETTRE DANS UN TAXI
379. **Henri Michaux** PASSAGES
380. **Georges Bataille** LE COUPABLE suivi de L'ALLELUIAH
381. **Aragon** THÉÂTRE/ROMAN
382. **Paul Morand** TAIS-TOI
383. **Raymond Guérin** LA TÊTE VIDE
384. **Jean Grenier** INSPIRATIONS MÉDITERRANÉENNES
385. **Jean Tardieu** ON VIENT CHERCHER MONSIEUR JEAN
386. **Jules Renard** L'ŒIL CLAIR
387. **Marcel Jouhandeau** LA JEUNESSE DE THÉOPHILE
388. **Eugène Dabit** VILLA OASIS OU LES FAUX BOURGEOIS
389. **André Beucler** LA VILLE ANONYME
390. **Léon-Paul Fargue** REFUGES
391. **J.M.G. Le Clézio** TERRA AMATA
393. **Jean Giraudoux** LES CONTES D'UN MATIN
394. **J.M.G. Le Clézio** L'INCONNU SUR LA TERRE
395. **Jean Paulhan** LES CAUSES CÉLÈBRES
396. **André Pieyre de Mandiargues** LA MOTOCYCLETTE
397. **Louis Guilloux** LABYRINTHE
398. **Jean Giono** CŒURS, PASSIONS, CARACTÈRES
399. **Pablo Picasso** LES QUATRE PETITES FILLES

400. **Clément Rosset** LETTRE SUR LES CHIMPANZÉS
401. **Louise de Vilmorin** LE LIT À COLONNES
402. **Jean Blanzat** L'IGUANE
403. **Henry de Montherlant** LES BESTIAIRES
404. **Jean Prévost** LES FRÈRES BOUQUINQUANT
405. **Paul Verlaine** LES MÉMOIRES D'UN VEUF
406. **Louis-Ferdinand Céline** SEMMELWEIS
407. **Léon-Paul Fargue** MÉANDRES
408. **Vladimir Maïakovski** LETTRES À LILI BRIK (1917-1930)
409. **Unica Zürn** L'HOMME-JASMIN
410. **V. S. Naipaul** MIGUEL STREET
411. **Jean Schlumberger** LE LION DEVENU VIEUX
412. **William Faulkner** ABSALON, ABSALON !
413. **Jules Romains** PUISSANCES DE PARIS
414. **Iouri Kazakov** LA PETITE GARE ET AUTRES NOUVELLES
415. **Alexandre Vialatte** LE FIDÈLE BERGER
416. **Louis-René Des Forêts** OSTINATO
417. **Edith Wharton** CHEZ LES HEUREUX DU MONDE
418. **Marguerite Duras** ABAHN SABANA DAVID
419. **André Hardellet** LES CHASSEURS I ET II
420. **Maurice Blanchot** L'ATTENTE L'OUBLI
421. **Frederic Prokosch** LA TEMPÊTE ET L'ÉCHO
422. **Violette Leduc** LA CHASSE À L'AMOUR
423. **Michel Leiris** À COR ET À CRI
424. **Clarice Lispector** LE BÂTISSEUR DE RUINES
425. **Philippe Sollers** NOMBRES
426. **Hermann Broch** LES IRRESPONSABLES
427. **Jean Grenier** LETTRES D'ÉGYPTE, 1950 suivi d'UN ÉTÉ AU LIBAN
428. **Henri Calet** LE BOUQUET
429. **Iouri Tynianov** LE DISGRACIÉ
430. **André Gide** AINSI SOIT-IL OU LES JEUX SONT FAITS
431. **Philippe Sollers** LOIS
432. **Antonin Artaud** VAN GOGH, LE SUICIDÉ DE LA SOCIÉTÉ
433. **André Pieyre de Mandiargues** SOUS LA LAME

434. **Thomas Hardy** LES PETITES IRONIES DE LA VIE

435. **Gilbert Keith Chesterton** LE NAPOLÉON DE NOTTING HILL

436. **Theodor Fontane** EFFI BRIEST

437. **Bruno Schulz** LE SANATORIUM AU CROQUE-MORT

438. **André Hardellet** ONEÏROS OU LA BELLE LURETTE

439. **William Faulkner** SI JE T'OUBLIE, JÉRUSALEM. LES PALMIERS SAUVAGES

440. **Charlotte Brontë** LE PROFESSEUR

441. **Philippe Sollers** H

442. **Louis-Ferdinand Céline** BALLETS SANS MUSIQUE, SANS RIEN précédé de SECRETS DANS L'ÎLE et suivi de PROGRÈS

443. **Conrad Aiken** AU-DESSUS DE L'ABYSSE

444. **Jean Forton** L'ÉPINGLE DU JEU

446. **Edith Wharton** VOYAGE AU MAROC

447. **Italo Svevo** UNE VIE

448. **Thomas De Quincey** LA NONNE MILITAIRE D'ESPAGNE

449. **Anne Brontë** AGNÈS GREY

450. **Stig Dagerman** LE SERPENT

451. **August Strindberg** INFERNO

452. **Paul Morand** HÉCATE ET SES CHIENS

453. **Theodor Francis Powys** LE CAPITAINE PATCH

454. **Salvador Dali** LA VIE SECRÈTE DE SALVADOR DALI

455. **Edith Wharton** LE FILS ET AUTRES NOUVELLES

456. **John Dos Passos** LA BELLE VIE

457. **Juliette Drouet** « MON GRAND PETIT HOMME… »

458. **Michel Leiris** NUITS SANS NUIT

459. **Frederic Prokosch** BÉATRICE CENCI

460. **Leonardo Sciascia** LES ONCLES DE SICILE

461. **Rabindranath Tagore** LE VAGABOND ET AUTRES HISTOIRES

462. **Thomas De Quincey** DE L'ASSASSINAT CONSIDÉRÉ COMME UN DES BEAUX-ARTS

463. **Jean Potocki** MANUSCRIT TROUVÉ À SARAGOSSE

464. **Boris Vian** VERCOQUIN ET LE PLANCTON

465. **Gilbert Keith Chesterton** LE NOMMÉ JEUDI

466. **Iris Murdoch** PÂQUES SANGLANTES
467. **Rabindranath Tagore** LE NAUFRAGE
468. **José Maria Arguedas** LES FLEUVES PROFONDS
469. **Truman Capote** LES MUSES PARLENT
470. **Thomas Bernhard** LA CAVE
471. **Ernst von Salomon** LE DESTIN DE A.D.
472. **Gilbert Keith Chesterton** LE CLUB DES MÉTIERS BIZARRES
473. **Eugène Ionesco** LA PHOTO DU COLONEL
474. **André Gide** LE VOYAGE D'URIEN
475. **Julio Cortázar** OCTAÈDRE
476. **Bohumil Hrabal** LA CHEVELURE SACRIFIÉE
477. **Sylvia Townsend Warner** UNE LUBIE DE MONSIEUR FORTUNE
478. **Jean Tardieu** LE PROFESSEUR FRŒPPEL
479. **Joseph Roth** CONTE DE LA 1002[E] NUIT
480. **Kôbô Abe** CAHIER KANGOUROU
481. **Rainer Maria Rilke, Boris Pasternak, Marina Tsvétaïeva** CORRESPONDANCE À TROIS
482. **Philippe Soupault** HISTOIRE D'UN BLANC
483. **Malcolm de Chazal** LA VIE FILTRÉE
484. **Henri Thomas** LE SEAU À CHARBON
485. **Flannery O'Connor** L'HABITUDE D'ÊTRE
486. **Erskine Caldwell** UN PAUVRE TYPE
487. **Florence Delay** MINUIT SUR LES JEUX
488. **Sylvia Townsend Warner** LE CŒUR PUR
489. **Joao Ubaldo Ribeiro** SERGENT GETULIO
490. **Thomas Bernhard** BÉTON
491. **Iris Murdoch** LE PRINCE NOIR
492. **Christian Dotremont** LA PIERRE ET L'OREILLER
493. **Henri Michaux** FAÇONS D'ENDORMI, FAÇONS D'ÉVEILLÉ
494. **Meša Selimović** LE DERVICHE ET LA MORT
495. **Francis Ponge** NIOQUE DE L'AVANT-PRINTEMPS
496. **Julio Cortázar** TOUS LES FEUX LE FEU
497. **William Styron** UN LIT DE TÉNÈBRES
498. **Joseph Roth** LA TOILE D'ARAIGNÉE

499. **Marc Bernard** VACANCES
500. **Romain Gary** L'HOMME À LA COLOMBE
501. **Maurice Blanchot** AMINADAB
502. **Jean Rhys** LA PRISONNIÈRE DES SARGASSES
503. **Jane Austen** L'ABBAYE DE NORTHANGER
504. **D. H. Lawrence** JACK DANS LA BROUSSE
505. **Ivan Bounine** L'AMOUR DE MITIA
506. **Thomas Raucat** L'HONORABLE PARTIE DE CAMPAGNE
507. **Frederic Prokosch** HASARDS DE L'ARABIE HEUREUSE
508. **Julio Cortázar** FIN DE JEU
509. **Bruno Schulz** LES BOUTIQUES DE CANNELLE
510. **Pierre Bost** MONSIEUR LADMIRAL VA BIENTÔT MOURIR
511. **Paul Nizan** LE CHEVAL DE TROIE
512. **Thomas Bernhard** CORRECTIONS
513. **Jean Rhys** VOYAGE DANS LES TÉNÈBRES
514. **Alberto Moravia** LE QUADRILLE DES MASQUES
515. **Hermann Ungar** LES HOMMES MUTILÉS
516. **Giorgi Bassani** LE HÉRON
517. **Marguerite Radclyffe Hall** LE PUITS DE SOLITUDE
518. **Joyce Mansour** HISTOIRES NOCIVES
519. **Eugène Dabit** LE MAL DE VIVRE
520. **Alberto Savinio** TOUTE LA VIE
521. **Hugo von Hofmannsthal** ANDRÉAS ET AUTRES RÉCITS
522. **Charles-Ferdinand Ramuz** VIE DE SAMUEL BELET
523. **Lieou Ngo** PÉRÉGRINATIONS D'UN CLOCHARD
524. **Hermann Broch** LE TENTATEUR
525. **Louis-René Des Forêts** PAS À PAS JUSQU'AU DERNIER
526. **Bernard Noël** LE 19 OCTOBRE 1977
527. **Jean Giono** LES TROIS ARBRES DE PALZEM
528. **Amos Tutuola** L'IVROGNE DANS LA BROUSSE
529. **Marcel Jouhandeau** DE L'ABJECTION
530. **Raymond Guérin** QUAND VIENT LA FIN
531. **Mercè Rodoreda** LA PLACE DU DIAMANT
532. **Henry Miller** LES LIVRES DE MA VIE

533. **R. L. Stevenson** OLLALA DES MONTAGNES
534. **Ödön von Horváth** UN FILS DE NOTRE TEMPS
535. **Rudyard Kipling** LA LUMIÈRE QUI S'ÉTEINT
536. **Shelby Foote** TOURBILLON
537. **Maurice Sachs** ALIAS
538. **Paul Morand** LES EXTRAVAGANTS
539. **Seishi Yokomizo** LA HACHE, LE KOTO ET LE CHRYSANTHÈME
540. **Vladimir Makanine** LA BRÈCHE
541. **Robert Walser** LA PROMENADE
542. **Elio Vittorini** LES HOMMES ET LES AUTRES
543. **Nedim Gürsel** UN LONG ÉTÉ À ISTANBUL
544. **James Bowles** DEUX DAMES SÉRIEUSES
545. **Paul Bowles** RÉVEILLON À TANGER
546. **Hervé Guibert** MAUVE LE VIERGE
547. **Louis-Ferdinand Céline** MAUDITS SOUPIRS POUR UNE AUTRE FOIS
548. **Thomas Bernhard** L'ORIGINE
549. **J. Rodolfo Wilcock** LE STÉRÉOSCOPE DES SOLITAIRES
550. **Thomas Bernhard** LE SOUFFLE
551. **Beppe Fenoglio** LA PAIE DU SAMEDI
552. **James M. Cain** MILDRED PIERCE
553. **Alfred Döblin** VOYAGE BABYLONIEN
554. **Pierre Guyotat** PROSTITUTION
555. **John Dos Passos** LA GRANDE ÉPOQUE
556. **Cesare Pavese** AVANT QUE LE COQ CHANTE
557. **Ferdinando Camon** APOTHÉOSE
558. **Pierre Drieu la Rochelle** BLÈCHE
559. **Paul Morand** FIN DE SIÈCLE
560. **Juan Marsé** LE FANTÔME DU CINÉMA ROXY
561. **Salvatore Satta** LA VÉRANDA
562. **Erskine Caldwell** TOUTE LA VÉRITÉ
563. **Donald Windham** CANICULE
564. **Camilo José Cela** LAZARILLO DE TORMÈS
565. **Jean Giono** FAUST AU VILLAGE
566. **Ivy Compton-Burnett** DES HOMMES ET DES FEMMES

567. **Alejo Carpentier** LE RECOURS DE LA MÉTHODE
568. **Michel de Ghelderode** SORTILÈGES
569. **Mercè Rodoreda** LA MORT ET LE PRINTEMPS
570. **Mercè Rodoreda** TANT ET TANT DE GUERRE
571. **Peter Matthiessen** EN LIBERTÉ DANS LES CHAMPS DU SEIGNEUR
572. **Damon Runyon** NOCTURNES DANS BROADWAY
573. **Iris Murdoch** UNE TÊTE COUPÉE
574. **Jean Cocteau** TOUR DU MONDE EN 80 JOURS
575. **Juan Rulfo** LE COQ D'OR
576. **Joseph Conrad** LA RESCOUSSE
577. **Jaroslav Hašek** DERNIÈRES AVENTURES DU BRAVE SOLDAT CHVÉÏK
578. **Jean-Loup Trassard** L'ANCOLIE
579. **Panaït Istrati** NERRANTSOULA
580. **Ana María Matute** LE TEMPS
581. **Thomas Bernhard** EXTINCTION
582. **Donald Barthelme** LA VILLE EST TRISTE
583. **Philippe Soupault** LE GRAND HOMME
584. **Robert Walser** LA ROSE
585. **Pablo Neruda** NÉ POUR NAÎTRE
586. **Thomas Hardy** LE TROMPETTE-MAJOR
587. **Pierre Bergounioux** L'ORPHELIN
588. **Marguerite Duras** NATHALIE GRANGER suivi de LA FEMME DU GANGE
589. **Jean Tardieu** LES TOURS DE TRÉBIZONDE
590. **Stéphane Mallarmé** THÈMES ANGLAIS POUR TOUTES LES GRAMMAIRES
591. **Sherwood Anderson** WINESBURG-EN-OHIO
592. **Luigi Pirandello** VIEILLE SICILE
593. **Guillaume Apollinaire** LETTRES À LOU
594. **Emmanuel Berl** PRÉSENCE DES MORTS
595. **Charles-Ferdinand Ramuz** LA SÉPARATION DES RACES
596. **Michel Chaillou** DOMESTIQUE CHEZ MONTAIGNE
597. **John Keats** LETTRES À FANNY BRAWNE
598. **Jean Métellus** LA FAMILLE VORTEX
599. **Thomas Mofolo** CHAKA

600. **Marcel Jouhandeau** LE LIVRE DE MON PÈRE ET DE MA MÈRE
601. **Hans Magnus Enzensberger** LE BREF ÉTÉ DE L'ANARCHIE
602. **Raymond Queneau** UNE HISTOIRE MODÈLE
603. **Joseph Kessel** AU GRAND SOCCO
604. **Georges Perec** LA BOUTIQUE OBSCURE
605. **Pierre Jean Jouve** HÉCATE suivi de VAGADU
606. **Jean Paulhan** BRAQUE LE PATRON
607. **Jean Grenier** SUR LA MORT D'UN CHIEN
608. **Nathaniel Hawthorne** VALJOIE
609. **Camilo José Cela** VOYAGE EN ALCARRIA
610. **Leonardo Sciascia** TODO MODO
611. **Théodor Fontane** MADAME JENNY TREIBEL
612. **Charles-Louis Philippe** CROQUIGNOLE
613. **Kôbô Abé** RENDEZ-VOUS SECRET
614. **Pierre Bourgeade** NEW YORK PARTY
615. **Juan Carlos Onetti** LE CHANTIER
616. **Giorgio Bassani** L'ODEUR DU FOIN
617. **Louis Calaferte** PROMENADE DANS UN PARC
618. **Henri Bosco** UN OUBLI MOINS PROFOND
619. **Pierre Herbart** LA LIGNE DE FORCE
620. **V. S. Naipaul** MIGUEL STREET
621. **Novalis** HENRI D'OFTERDINGEN
622. **Thomas Bernhard** LE FROID
623. **Iouri Bouïda** LE TRAIN ZÉRO
624. **Josef Škvorecký** MIRACLE EN BOHÊME
625. **Kenzaburô Ôé** ARRACHEZ LES BOURGEONS, TIREZ SUR LES ENFANTS
626. **Rabindranath Tagore** MASHI
627. **Victor Hugo** LE PROMONTOIRE DU SONGE
628. **Eugène Dabit** L'ÎLE
629. **Herman Melville** OMOU
630. **Juan Carlos Onetti** LES BAS-FONDS DU RÊVE
631. **Julio Cortázar** GÎTES
632. **Silvina Ocampo** MÉMOIRES SECRÈTES D'UNE POUPÉE
633. **Flannery O'Connor** LA SAGESSE DANS LE SANG

634. **Paul Morand** LE FLAGELLANT DE SÉVILLE
635. **Henri Michaux** DÉPLACEMENTS DÉGAGEMENTS
636. **Robert Desnos** DE L'ÉROTISME
637. **Raymond Roussel** LA DOUBLURE
638. **Panaït Istrati** ONCLE ANGHEL
639. **Henry James** LA MAISON NATALE
640. **André Hardellet** DONNEZ-MOI LE TEMPS suivi de LA PROMENADE IMAGINAIRE
641. **Patrick White** UNE CEINTURE DE FEUILLES
642. **F. Scott Fitzgerald** TOUS LES JEUNES GENS TRISTES
643. **Jean-Jacques Schuhl** TÉLEX N° 1
644. **Guillaume Apollinaire** LES TROIS DON JUAN
645. **Curzio Malaparte** LE BAL AU KREMLIN
646. **Rainer Maria Rilke** DEUX HISTOIRES PRAGOISES
647. **Junichirô Tanizaki** LE SECRET ET AUTRES TEXTES
648. **V. S. Naipaul** UN DRAPEAU SUR L'ÎLE
649. **Adalbert Stifter** LES GRANDS BOIS
650. **Joseph Conrad** AU CŒUR DES TÉNÈBRES
651. **Piotr Rawicz** LE SANG DU CIEL
652. **Julio Cortázar** FAÇONS DE PERDRE
653. **Henri Calet** DE MA LUCARNE
654. **William Faulkner** LES LARRONS
655. **Truman Capote** LES CHIENS ABOIENT
656. **Robert Walser** LE BRIGAND
657. **Jean Rhys** SOURIEZ, S'IL VOUS PLAÎT
658. **Mouloudji** ENRICO
659. **Philippe Soupault** CHARLOT
660. **Patrick White** ÉDEN-VILLE
661. **Beppe Fenoglio** L'EMBUSCADE
662. **Cesare Pavese** LE BEL ÉTÉ
663. **Iris Murdoch** AMOUR PROFANE, AMOUR SACRÉ
664. **Giuseppe Antonio Borgese** VIE DE FILIPPO RUBÈ
665. **Federico García Lorca** IMPRESSIONS ET PAYSAGES
666. **Blaise Cendrars** MON VOYAGE EN AMÉRIQUE suivi du RETOUR

667. **Graciliano Ramos** SÃO BERNARDO
668. **Darcy Ribeiro** UTOPIE SAUVAGE
669. **Pierre Gascar** LE PRÉSAGE
670. **Cesare Pavese** SALUT MASINO
671. **D. H. Lawrence** LES FILLES DU PASTEUR
672. **Violette Leduc** LA VIEILLE FILLE ET LE MORT
673. **Marcel Proust** CHRONIQUES
674. **Philippe Soupault** LE TEMPS DES ASSASSINS
675. **Claudio Magris** ENQUÊTE SUR UN SABRE
676. **Alejo Carpentier** CHASSE À L'HOMME
677. **Roger Caillois** PONCE PILATE
678. **Jean Paulhan** LE GUERRIER APPLIQUÉ. PROGRÈS EN AMOUR ASSEZ LENTS. LALIE
679. **Milan Füst** L'HISTOIRE DE MA FEMME
680. **Marc Bernard** MAYORQUINAS
681. **Ernst von Salomon** LE QUESTIONNAIRE
682. **Nelson Algren** LA RUE CHAUDE
683. **Thomas Bernhard** UN ENFANT
684. **Jorge Luis Borges** ANTHOLOGIE PERSONNELLE
685. **Violette Leduc** LA FEMME AU PETIT RENARD
686. **Isaac Babel** CONTES D'ODESSA suivi de NOUVELLES
687. **Karen Blixen** LETTRES D'AFRIQUE 1914-1931
688. **Robert Desnos** NOUVELLES HÉBRIDES suivi de DADA-SURRÉALISME 1927
689. **Kenzaburô Ôé** LE JEU DU SIÈCLE
690. **Joseph Conrad** UN PARIA DES ÎLES
691. **Inès Cagnati** LE JOUR DE CONGÉ
692. **Kenzaburô Ôé** LE FASTE DES MORTS
693. **Raymond Queneau** LE DIMANCHE DE LA VIE
694. **Louis Calaferte** C'EST LA GUERRE
695. **Vladimir Nabokov** ROI, DAME, VALET
696. **Lawrence Durrell** LE SOURIRE DU TAO
697. **Henri Calet** FIÈVRE DES POLDERS
698. **Eugène Ionesco** LE BLANC ET LE NOIR
699. **Erskine Caldwell** LES VOIES DU SEIGNEUR

700. **Vassili Axionov** L'OISEAU D'ACIER
701. **John Updike** COUPLES
702. **Thomas Bernhard** LES MANGE-PAS-CHER
703. **Alejo Carpentier** LA DANSE SACRALE
704. **John Edgar Wideman** DEUX VILLES
705. **Réjean Ducharme** DÉVADÉ
706. **Lawrence Osborne** ANIA MALINA
707. **René Depestre** ALLÉLUIA POUR UNE FEMME-JARDIN
708. **Hector Bianciotti** SANS LA MISÉRICORDE DU CHRIST
709. **Nathalie Sarraute** MARTEREAU
710. **Isaac Babel** CAVALERIE ROUGE
711. **Panaït Istrati** CODINE. MIKHAÏL. MES DÉPARTS. LE PÊCHEUR D'ÉPONGES
712. **John Rechy** CITÉ DE LA NUIT
713. **Peter Handke** HISTOIRE D'ENFANT
714. **Ernst Jünger** LE LANCE-PIERRES
715. **John Dos Passos** AVENTURES D'UN JEUNE HOMME
716. **Anna Maria Ortese** LA DOULEUR DU CHARDONNERET
717. **Victor Segalen** LETTRES D'UNE VIE
718. **Jean Giono** POUR SALUER MELVILLE
719. **Herman Melville** PIERRE OU LES AMBIGUÏTÉS
720. **Herman Melville** VAREUSE-BLANCHE
721. **Amos Oz** JUSQU'À LA MORT
722. **Amos Oz** LA COLLINE DU MAUVAIS-CONSEIL
723. **Anna Maria Ortese** L'IGUANE
724. **Isaac Babel** MES PREMIERS HONORAIRES
725. **Natalie Barney** NOUVELLES PENSÉES DE L'AMAZONE
726. **William Styron** LA PROIE DES FLAMMES I
727. **William Styron** LA PROIE DES FLAMMES II
728. **Gisèle Halimi** LE LAIT DE L'ORANGER
729. **Andrée Viollis** CRIQUET
730. **Hélène Cixous** LE LIVRE DE PROMETHEA
731. **Chantal Akerman** MA MÈRE RIT
732. **Hervé Guibert** L'INCOGNITO
733. **Édouard Glissant** LE QUATRIÈME SIÈCLE

Composition : IGS-CP à L'Isle-d'Espagnac (16)
Achevé d'imprimer par Dupli-Print à Domont (95) en juin 2022.
Dépôt légal : juin 2022.
Premier dépôt légal dans la collection : octobre 1990.
Numéro d'imprimeur : 2022060861.
ISBN : 978-2-07-072065-1/Imprimé en France

545529